[日]

芥川龙之介

著

魏大海 主编

侏儒警语

GUANGXI NORMAL UNIVERSITY PRESS
广西师范大学出版社
· 桂林 ·

图书在版编目（CIP）数据

侏儒警语 /（日）芥川龙之介著；魏大海主编. ——
桂林：广西师范大学出版社，2022.5（2025.9重印）
ISBN 978-7-5598-4726-3

I. ①侏… Ⅱ. ①芥… ②魏… Ⅲ. ①随笔 – 作品
集 – 日本 – 现代 Ⅳ. ①I313.65

中国版本图书馆CIP数据核字（2022）第020041号

ZHURU JINGYU
侏儒警语

作　　者：（日）芥川龙之介
主　　编：魏大海
责任编辑：谭宇墨凡
特约编辑：徐　露
装帧设计：汐　和　at compus studio
内文制作：陆　靓

广西师范大学出版社出版发行

　广西桂林市五里店路9号　邮政编码：541004
　网址：www.bbtpress.com
出版人：黄轩庄
全国新华书店经销
发行热线：010-64284815
河北鑫玉鸿程印刷有限公司印刷
开本：889mm×1260mm　1/64
印张：7.375　　　　　　字数：190千字
2022年5月第1版　　　2025年9月第7次印刷
ISBN 978-7-5598-4726-3
定价：49.00元

目录

肉骨茶

——以寿陵余子笔名写成的戏文

《天路历程》[1]

　　日本将 The Pilgrim's Progress 译作《天路历程》，这也许是沿袭了清同治八年（1869）上海华草书馆出版的汉译书名。这本书里，有几页铜版画插图把篇章中的人物风景全都描绘成中国风格。《入窄门图》或《入美宫图》[2]，尽管艺术水平不及创作长崎绘[3]的外国人，但也不失一种风韵。其

1　英文书名 The Pilgrim's Progress，英国作家约翰·班扬（John Bunyan，1628—1688）创作的长篇寓言式小说，书中多引用《旧约全书》《新约全书》等基督教经典。

2　两图皆对应《天路历程》相关章节"女徒挥泪进窄门"和"富丽宫沐浴真光"。（王汉川《天路历程》，山东画报出版社，2002）

3　江户时代长崎创作的木版画，描绘西方人物、风物等，充满异国情调。

文章以汉语叙述西洋事情，读来反倒觉得妙趣横生。尤其是书中英文诗歌的翻译，纵令作为汉诗缺乏韵味，可毕竟有一种别样的格调，与插图内容相得益彰。譬如，《生命之河》[1]是这样翻译的：

路旁生命水清流，天路行人喜暂留。

百果奇花供悦乐，吾侪幸得此埔游。

我论及此般情趣，恐为旁人所嗤笑。不过君当深思，身陷囹圄的王尔德，其行住坐卧形影不离的伴侣，就是烦冗的希腊语《圣经》。（一月二十一日）

别样乾坤

戈蒂耶[2]诗歌中的中国，既是中国，又非中国。

1　源自《天路历程》相关章节"众圣徒渡越天河"。

2　朱迪特·戈蒂耶（Judith Gautier, 1850—1917），受其父法国著名乡村派诗人戈蒂耶的影响，倾慕东方文化，与丁敦龄合译中国古今诗歌《白玉诗集》，影响较大，亦译有日本诗选《蜻蜓之歌》等。

葛饰北斋创作的《新编水浒画传》插图，谁能说逼肖地再现了中国？故此，无论那位明眸的女诗人还是这位短发的老画翁，其无声诗、有声画里似是而非的所谓中国，毋宁说是二人白日梦里尽畅逍遥游的别样乾坤。人生幸在别样乾坤。谁会与小泉八云一同喟叹天风海涛苍茫浩荡之处那一去不返的蓬莱海市蜃楼？！（一月二十二日）

轻佻

　　元朝李衎[1]观赏了文湖州[2]创作的数十幅墨竹绘画，悉不满意。读了苏东坡与黄山谷等人的评论之后仍然认为此乃彼等私交亲密使然，乃至自己也想和二人如此亲近。后李衎偶遇友人王子庆，

1　李衎（1245—1320），元代画家，擅画枯木竹石，其主要传世作品有《双钩竹图》《新篁图》等，并著有《竹谱》一书。以下插曲源于李衎《竹谱》自序。

2　文同（1018—1079），中国北宋画家，因神宗元丰初年奉诏知湖州，世人以文湖州称之。他善画墨竹，有"画竹以墨深为面，淡为背，始于文同"之说。（米芾《画史》）

谈及文湖州的墨竹绘画。子庆曰："君未见真迹，方有此感。府史[1]藏画甚真，明日借来示之。"翌日，李衎即往观之，果然"风枝扶疏拂寒烟，露叶萧索带清霜"，恰似置身渭川淇水之间。李衎感叹不已："吾孤陋寡闻之甚，自当引以为耻。"李衎之流尚可原宥。而那种看到塞尚画作照片便喋喋论说色彩浓淡者，可谓轻佻，当遭唾弃，不可不引以为戒。（一月二十三日）

俗　人

巴尔扎克死后葬于拉雪兹公墓，立于棺椁旁的人里，有内务部长巴洛修。送葬途中，巴洛修转过头来，问同行的雨果："巴尔扎克先生是有才之士吗？"雨果高度概括地回答："他是天才[2]。"据说，巴洛修对这一回答感到气愤，遂向身边的人私语道："雨果先生比传闻中更加疯狂。"法兰

1　古时管理财货文书出纳的小吏。

2　源自雨果散文《巴尔扎克之死》。

西内阁中也不是没有这等俗人，日本帝国的大臣诸公尽可以心安气闲了。（一月二十四日）

同性恋

喜爱道林·格雷的人，不可不读 *Escal Vigor*（《艾斯卡·维高》）。关于男人爱男人，恐怕没有一本书像这本描写得如此淋漓尽致。倘要翻译书中的一段内容，其中不触及我国当局讳疑的文字甚少。本书的出版在当时引起了著名的诉讼事件，亦因冶艳之笔累及颇多。作者乔治·埃克豪特（George Eekhoud）是比利时近代文坛上的大手，名声不在勒蒙尼耶[1]之下。然而人才济济的日本文坛，对其等身著述未有片语只言的介绍。文艺岂能独在北欧天地里呈现北极光一般的洋洋大观？！（一月二十五日）

1　比利时法语小说家、艺术批评家。1863 年至 1881 年发表许多美术论文、短篇小说和儿童文学作品。

同人杂志

　　年少子弟醵金[1]印行同人杂志，此乃当今之世时髦活动之一吧。不过，在纸价与印刷费用皆不低廉的今天，同人杂志经营得步履维艰者，亦不在少数。据传闻，《法兰西信使》创刊号面世之际，正是因为文坛上怀才不遇之士缺钱少银，迫不得已，只得向同人发放债券，一股六十法郎。可是唯一的大股东勒纳尔[2]，也不过持有四股而已。同人之中，有许多像萨曼[3]与古尔蒙[4]那样的一代才子，因此觉得当今之世流行的同人杂志似乎无理由抱怨资金甚匮。它们缺乏的只是一打（dozen）男子

1　指筹款。

2　朱尔·勒纳尔（Jules Renard，1864—1910），法国小说家、剧作家。代表作有小说《胡萝卜须》与小品文集《自然纪事》，广受日本读者欢迎。芥川的《动物园》一文就模仿了勒纳尔的《自然纪事》。

3　阿尔伯特·萨曼（Albert Samain，1858—1900），法国十九世纪末期象征主义抒情诗人。

4　雷·德·古尔蒙（Remy de Gourmont，1858—1915），法国作家、象征派权威评论家之一。

汉，像当年在《法兰西信使》上竖起象征主义大旗的一代精英。（一月二十六日）

三　马

三两人聚首议论："以今人之眼光描写古人之心，或许此乃自然主义勃兴后文坛上最显著之倾向。"一老者从旁插言："式亭三马[1]的《大千世界寻后台》一书如何？"那三两人一时语塞，唯相顾哑然。（一月二十七日）

雅　号

现在，日本作家大多不用雅号。以其有无雅号，足可辨别文坛上的新人与旧人。所以，从前曾有过雅号而今弃之不用者，竟也为数不少。雅号命运之不幸，甚矣。俄国有位作家名叫奥西

1　式亭三马（1776—1822），日本江户时代古典文学中"滑稽本"的代表作家。

普·德莫夫 [1]，我记得这名字与契诃夫的短篇小说《蝗》[2] 里主人公的名字相同。德莫夫或恐是借《蝗》里主人公名字做自己的雅号吧。若能承蒙博学之士赐教，则不胜荣幸。（一月二十八日）

青　楼

法语称妓楼为 "la maison verte"，这是埃德蒙·德·龚古尔 [3] 创造的新词。若要翻译出来，大约要将青楼与美人二词合为一体。《龚古尔日记》中说道："这一年（1822）出于搜集日本美术品的病态心理，耗费的资金确已高达三千法郎。这是我的全部收入，就连本应用来买怀表的四十法郎也没能余剩下来。"他又说："数日来（1876），欲

1　奥西普·德莫夫（Osip Dymov，1878—1959），俄国作家，本名约瑟夫·别莱利曼。

2　原文为"蝗"（いなご），疑是契诃夫《跳来跳去的女人》（The Cricket）。

3　埃德蒙·德·龚古尔（Edmond de Goncourt，1822—1896），法国作家、历史学家，与茹尔·德·龚古尔（1830—1870）俗称"龚古尔兄弟"。弟弟死后，哥哥热心于搜集日本的浮世绘。

赴日本的心情难以抑制，但这次旅行的目的不仅仅在于满足自己平素的搜集癖。我的理想是完成一部著作，书名为《旅日一年》，采用日记式体裁，表现形式上令叙事让位于抒情。这样一来，便可写出无与伦比的好文章。只是我这老朽之躯如何能得偿所愿？"伶俜孤寂的龚古尔喜爱日本版画，喜爱日本古玩，尤其喜爱日本的菊花。想及拥有这样品位的龚古尔，"青楼"一语虽简，却可蕴含无限情味。（一月二十九日）

语 言

不言而喻，语言的表达纷繁多样，或称山，或称岳，或称峰，或称峦。如果使用同义的异字，则可寓意于玄妙之中，譬如，日语称大胃王为大松，称多嘴多舌者为左兵卫次。闻此言者，会认为言者或许是江户儿，虽遭当面辱骂仍能处之恬然。试想，若借用《金瓶梅》和《肉蒲团》中类似"品箫、后庭花、倒浇烛"等语汇作一篇小说，

需要多少可以彻底破译、能看穿其中隐含淫秽猥亵之真意的出版物检察官？（一月三十一日）

误　译

试指出卡莱尔德文翻译中的误译之人，是德·昆西[1]。然而，"切尔西的哲人"[2]与这位后进鬼才却情谊甚笃。据说德·昆西也敬服"切尔西的哲人"的襟怀，遂结为百年知音。我不知卡莱尔的误译如何，所知最为滑稽的误译，乃将圣母玛利亚译作"夫人"。显然，译者既非把守乐园大门的男仆，亦非把守乐园大门的天使。（二月一日）

1　托马斯·德·昆西（Thomas De Quincey，1785—1859），英国散文家、文学批评家。他把文学分成两大类："知识的文学"与"力量的文学"，认为前者教育读者，后者感动读者。

2　切尔西是位于伦敦西南、泰晤士河北岸的一个区，乃文人聚居之地。1834年，托马斯·卡莱尔迁居此地，故有"切尔西的哲人"之称。

戏 训

　　近年来，久米正雄[1]把萧伯纳戏称为"笑迂"，把易卜生戏称为"熏仙"，把梅特林克[2]戏称为"瞑照磷火"，把契诃夫戏称为"智慧丰富"。将此称为"滑稽训读"[3]，可乎？《两个比丘尼》的作者铃木正三[4]将自己辨析耶稣教弊端的著作题名为《破鬼理死端》[5]，此可谓恶意的"戏训"显例。（二月二日）

1　久米正雄（1891—1952），小说家、剧作家。以芥川龙之介亲密好友的身份为大众所周知。

2　莫里斯·梅特林克（Maurice Maeterlinck，1862—1949），比利时剧作家、诗人、散文家。1911 年，获得诺贝尔文学奖，是象征派戏剧的代表作家。

3　久米正雄的戏称皆来自与几位作家名字的日语发音相近的汉字。"训"即训读，指以汉字本身含义为基础，对应的日语发音。

4　铃木正三（1579—1655），日本江户时代"假名草子"作家、僧侣。

5　"鬼理死端"的日语读音与天主教的日语读音相同。

尾崎红叶

尾崎红叶作古已近二十年。其《多情多恨》《沉香枕》《两个妻子》等作品,如今翻阅,依旧宛然一朵"龟甲牡丹花",光彩愈加不可磨灭。人亡业显,即谓此人。想来,前述诸篇作品中,行文布局富于变化而绝不乖违规矩,此乃红叶作品久垂于世之缘由。我时常思忖:艺术境中皆成品,红叶文学亦然!(二月三日)

俳　句

尾崎红叶的俳句至今未悟古人灵妙之真谛,缘由并非仅在谈林调 [1]。读其文章,亦无"楚楚落墨即成松"之妙处。尾崎红叶为文的强项,在于精整致密,有描写岩石不忘点缀一茎细草之巧。

1　俳句风格的一种。

不善俳句，岂非理所当然？牛门才子[1]泉镜花的俳
句品位遥遥高于其师尾崎红叶，亦不外乎此理。
不管怎样，斋藤绿雨[2]隐藏其纵横自如的才华，终
在俳句的创作上与"沿门乞黑[3]"之辈不分轩轾，
实乃怪事。（二月四日）

苍松路树

某时，我从报端获悉，必须伐倒东海道沿途
苍松路树。当然，因道路改筑而伐树，似乎出于
迫不得已。然而念及千百株枯龙因此须受斧钺之
灾，痛惜不已。克洛岱尔[4]来日本见到东海道的苍

1　尾崎红叶（1867—1903），居所位于东京市牛込区（今东京都新宿区一带），以其为中心的派系故称"牛门"。明治时期小说家泉镜花及小栗风叶师从红叶，被称作"牛门二才子"。

2　斋藤绿雨（1868—1904），明治时期小说家，评论家。与森鸥外、幸田露伴共同连载《三人冗语》，曾盛赞樋口一叶，与幸德秋水亦是好友。

3　源自清代沈宗骞《芥舟学画编》，形容东施效颦而不自知，反而沾沾自喜之徒。

4　保罗·克洛岱尔（Paul Claudel，1868—1955），法国著名诗人、剧作家和外交官。

松路树后，作了一篇文章，将瘦盖含烟危根倒石之状，描写得灵采奕奕。如今，这些苍松路树即将灭亡。克洛岱尔如果得知这一消息，或将浩叹："黄面竖子未浴王化！"（二月五日）

日 本

前已述及，戈蒂耶这位姑娘描写过中国。至于埃雷迪亚[1]描写的日本，亦属别样乾坤。帘内美人弹琵琶，等待铁衣勇士来。不言自明，这是日本的情景。Le samourai（武士）那白绢黑漆黄金装点的世界，却只是高蹈派[2]勾勒的缥缈梦幻境界，而且是埃雷迪亚的梦幻境界。若说此地可在地图上找到，恐怕它距法兰西很近，离日本却甚是遥远。歌德虽然创作过取材于希腊的作品，但在特

---

1 若瑟·马里亚·德·埃雷迪亚（José Maria de Heredia，1842—1905），法国诗人，曾写过《日本武士》《日本大名》等诗。

2 十九世纪六十年代法国诗歌流派，以古希腊神话中阿波罗和缪斯诸神居住的巴那斯山称其名。上文的诗人埃雷迪亚即属于此流派。

洛伊之战中，勇士嘴边的一抹慕尼黑啤酒泡沫尚未消失，此该当如何处理？可见令人喟叹的是，想象领域里竟也存在国籍。（二月六日）

大　雅

　　东海[1]画家众多，但是一般认为，不会再有九霞山樵[2]那样的大器。大雅年届而立，竟也忧虑起自己的技能进步不尽如人意，为此乞教于祇园南海。血性甚于大雅的人，为何对自己的技能进步迟缓就可不焦不躁？我们应当认真学习九霞山樵不曾贻误圣胎长养[3]时机的诀窍。（二月七日）

1　日本别称。

2　九霞山樵，即池大雅（1723—1776），日本江户时代中期的文人画家，日本文人画的集大成者。

3　释道二教皆有的概念，指听闻正法，内外兼修，到达参悟境界。

妖 婆

英语里 witch 一词，一般都译作"妖婆"，但妙龄美貌的迷人女子译作 witch，亦绝非少见。例如梅列日科夫斯基[1]的《先知》，邓南遮[2]的《约里奥的女儿》，以及品位远不及前述作品的克劳福德[3]的《布拉格的魔女》（*Witch of Prague*）等，这般描写美颜如玉的 witch 的作品，寻觅起来还有好多。不仅如此，和白发苍颜者一样，witch 在作品中的个性之活跃出色，也是不可否认的。司各特[4]、霍桑[5]过去的作品姑置不论，近代英美文

---

1 梅列日科夫斯基（Мережковский Дмитрий Сергеевич，1865—1941），俄国十九世纪末二十世纪初最有影响力的作家、诗人、小说家、批评家和思想家。

2 加布里埃尔·邓南遮（Gabriele d'Annunzio，1863—1938），意大利诗人、记者、小说家、戏剧家和冒险者。他常被视作贝尼托·墨索里尼的先驱者，在政治上颇受争议。

3 弗朗西斯·马里恩·克劳福德（Francis Marion Crawford，1854—1909），美国小说家，以写娱乐小说见长。

4 沃尔特·司各特（Scott Walter，1771—1832），英国著名的历史小说家和诗人。

5 纳撒尼尔·霍桑（Nathaniel Hawthorne，1804—1864），美国心理分析小说的开创者，代表作《红字》等。

学中出色地描写妖婆的作品，如吉卜林[1]的短篇小说《黛娜塞德的求爱》（*The Courting of Dinah Shadd*），或许堪称一流。哈代以妖婆为素材创作的小说也屡见不鲜，其著名小说《绿荫下》（*Under the Greenwood*）中的女主人公伊丽莎白·埃达芬尔德，即属此类。在日本，山姥与鬼婆[2]，皆非纯正的 witch。在中国，《夜谭随录》[3]中捉夜星子的妇女大体近似于妖婆吧。（二月八日）

柔 道

听说西方人谈及日本，就必然想起柔术。所

---

1 约瑟夫·鲁德亚德·吉卜林（Joseph Rudyard Kipling，1865—1936），英国作家、诗人。1907年，出版小说《老虎！老虎！》，同年获得诺贝尔文学奖。

2 山姥，日本传说中住在深山的妖怪女鬼；鬼婆，日本俗语中泛指狠毒的丑老太婆，母夜叉。

3 清代笔记式文言短篇小说集。夜星子，指夜间啼哭的小儿。《夜谭随录·夜星子二则》中记载："俗传小儿夜啼，谓之夜星子，即有能捉之者。于是延捉者至家，礼待甚厚。捉者一半老妇人耳。"

以法朗士[1]在《天使的反叛》一章里，有一段这样的记述："由日本来到巴黎的天使，抓住法兰西的巡警，巧妙地将他抛了出去。"莫里斯·勒布朗[2]侦探小说里的主人公——侠客大盗柳潘，精通柔术，其本领也是从日本人那里学来的。然而在日本现代小说中极尽柔术之妙的主人公，唯有泉镜花《芍药之歌》里的桐太郎。柔术及其预言者不为柔术故乡所容，对此怎能不发慨叹。可笑，可笑。（二月十日）

昨日风流

赵瓯北[3]《吴门杂诗》云：

看尽烟花细品评，始知佳丽也虚名。

---

1 阿纳托尔·法朗士（Anatole France，1844—1924），法国作家、文学评论家、社会活动家。

2 莫里斯·勒布朗（Maurice Marie émile Leblanc，1864—1941），法国侦探小说作家。

3 赵瓯北，即赵翼（1727—1814），清代文学家、史学家、诗人。

从来不做繁华梦，消领茶烟一缕清。

后来，赵瓯北又在其"山塘之诗"中写道：

老入欢场感易增，烟花犹记昔游曾。
酒楼旧日红妆女，已似禅家退院僧。

此一腔诗情，殆可谓有股艺术力量促动人们
念及永井荷风。（二月二十一日）

诲淫之书

《金瓶梅》与《肉蒲团》固不待言，就我所知，
中国小说中被指责为"诲淫之书"的，还可列举
出《杏花天》《灯芯奇僧传》《痴婆子传》《牡丹奇
缘》《如意君传》《桃花庵》《品花宝鉴》《意外缘》
《杀子报》《花影奇情传》《醒世第一奇书》《欢喜
奇观》《春风得意奇缘》《鸳鸯梦》《野叟曝言》《淌
牌黑幕》，等等。我听说，早期舶来日本的上述"诲

淫之书",现已有了日语的改编本;又听说,近年来这种改编本有的已秘密刊印了。如果有人要想读完这些日文版艳情小说,请去敲当代的"照妖镜"——各位出版物审查官的家门,毕恭毕敬地借阅他家收藏的禁书。(二月十二日)

发　音

爱伦·坡的名字由 Quantin 出版时被印刷成"Poë"之后,以法兰西为首的各国,都将其发音为"坡耶"。我亲自听过,曾任我们英国文学老师的已故劳伦斯先生,有时也将其发音为"坡耶"。不言而喻,西方人名字的发音容易出现讹误。但是惠特曼和爱默生等人的尊崇者,读我们佛陀的名字竟然重音[1]都发错了,令人感到低俗之极。对此,诸君须谨而慎之。(二月十三日)

1　日语单词中,一般都有需要提高发音的音节。重音不同,词义也可能不同,重音读错便容易发生谬误。

戏剧史

研究西方戏剧的专著，如今多有出版。然而其滥觞者确系永井彻著《各国戏剧史》。这本书画着大鼓铜号竖琴的铜版画封面上，题有 Kakkoku Engekishi 的罗马字字样，内容涉及剧场与道具设备的变迁，男女演员的古今状况以及各国戏剧的由来，是论述英国戏剧最为详细的一部。以下简介，可窥其一斑："及至 1576 年伊丽莎白女王时代，戏剧特别兴盛，由此布莱克弗里亚寺院空置的领地里建起了剧场[1]，这是英国正规剧场的源头。（中略）演员中有威廉·莎士比亚。当时他是十二岁的儿童，刚刚在斯特拉特福镇的学校学完拉丁文与希腊文。"

如此这般，令人不禁开颜一笑的内容颇多。明治十七年（1884）一月，《各国戏剧史》印行。著者系警视厅警视永井彻，此亦饶有趣味

1　普遍认为是红狮剧场，但其具体位置仍存争议。

的事。（二月十四日）

傲岸不逊

一位青年作家在某次聚会时，刚开口说："我们文艺之士……"旁边的巴尔扎克当即打断他的话头，说道："要让我们近代文艺的将帅与你所说的'我们'为伍，你真是不自量力。"我听过有人指责：日本文坛有三两人素来傲岸不逊。然而至今在日本文坛上我还没见过一位像巴尔扎克那样的人物。当然，也不曾听说过由日本文坛上那三两人创作了《人间喜剧》那样的巨著。（二月十五日）

烟 草

烟草流行于世，乃发现美洲之后的事。说埃及、阿拉伯、罗马等地也有吸烟的习俗，那纯属睁眼瞎之流的无知谬说。应该知道，哥伦布到达新大陆之后，才发现美洲土著人嗜好吸烟，此地已有烟叶、烟丝、鼻烟。有趣的是，tabaco[1] 一词实际上并非植物名称，而是可以用之品味烟丝的烟斗之意。所以，后来欧洲的白种人在吸烟方面别出心裁，研制出方便的卷烟（cigarette）。据《和汉三才图绘》[2] 记载，荷兰船舶的船长最先载运到日本的烟草，是卷烟之类。由此可以想象，村田牌旱烟袋尚未问世之时，我们的祖先大概已经一边嘴里叼着卷烟，一边仰望春日和煦的山口市街头天主教堂十字架，对西洋的结构精巧的文明赞不绝口了吧？（二月二十四日）

尼古丁夫人

众所周知，波德莱尔写过关于烟斗的诗篇。

---

1 葡萄牙语，意即烟草、香烟。
2 附有插图说明的百科事典，江户时代中医寺岛良安著，问世于1712年，系模仿中国明代王圻与其子王思义所辑类书《三才图绘》而成。

我们翻阅一下 *Lyra Nicotiana*[1]，即可发现，西方诗人偏爱吸烟与东方诗人喜欢沏末茶，可谓恰好组成了一对嗜好。

在小说领域，巴里[2]的《尼古丁夫人》最是脍炙人口，唯一原因在于其轻妙之笔容易引起读者的微笑。"尼古丁"一词，最早源出法国人让·尼科特（Nicotte）这一人名。十六世纪中叶，尼科特作为大使被派往西班牙。据说在此地，他得到了由佛罗里达州运来的烟叶，得知烟叶有疗疾效用，便异常努力地栽培，以至在一段时间里人们直接称法国烟草为"Nicotiana"。德·昆西的《瘾君子自白》[3]曾促使佐藤春夫[4]写出了奇文《指纹》。

---

1 威廉·哈奇森（William G. Hutchison）选编的诗集，1898 年出版，这本诗集选的都是与烟草有关的诗篇。

2 詹姆斯·巴里爵士（Sir James Matthew Barrie，1860—1937），英国剧作家、小说家，主要作品有《小白鸟》《永别了，朱莉小姐！》等。《尼古丁夫人》，1926 年重新出版时副标题为"烟草的研究"（*A Study in Smoke*）。

3 《瘾君子自白》是德·昆西的自传小说。

4 佐藤春夫（1892—1964），日本诗人、小说家、评论家。文风受到永井荷风影响，具有浪漫主义色彩，兼有理智主义的倾向。

继巴里之后，世上还有谁的影响能遥遥超过巴里？
就像在哈瓦那和马尼拉[1]创作出"烟草小说"一样。
（二月二十五日）

一字之师

唐代的任翻[2]游天台巾子峰，题诗于寺院墙壁云：

> 绝顶新秋生夜凉，鹤翻松露滴衣裳。
>
> 前峰月映一江水，僧在翠微开竹房。

题罢，离去。走出数十里外，途中憬悟"一江水"不如"半江水"，遂当即返回题诗处一看，

1　古巴是欧洲人第一次发现烟草的地方。第二次世界大战前，菲律宾生产的烟草主要就是雪茄的芯叶烟。

2　任翻，唐末诗人。出身贫寒，步行到京师去考进士，结果落第而归。遂放浪江湖，吟诗弹琴自娱，便有《宿巾子山禅寺》一诗题于壁，脍炙人口。后人题诗云，"任翻题后无人继，寂寞空山二百年"。

不知何人早将"一"字刮掉，改成了"半"字。
任翻不禁长叹："台州有人！"由此可以想象古人
用心作诗惨淡经营之状。

松濑青青[1]的俳句集《妻木》中，有如下一首
俳句：

> 元日初梦里，欣欣喜喜结良缘，一根红
> 绳牵。
> （初梦や赤なる纽に结ぼはる。）

我以为这里有一字不妥，将"る"字换成"れ"
为佳。不知松濑青青能否拜我为"一字之师"？
笑。（二月二十六日）

应　酬

某晚，雨果在位于埃劳大道（Avenue d'Eylau）

1　松濑青青（1869—1937），俳句诗人，师从正冈子规，后成为明
　　治后期关西俳坛的核心人物。

的家中设宴，众来宾不时举杯祝东道主健康。雨果回过头对科佩[1]说："现在，宴会上有两位诗人互祝健康，不亦乐乎？"此言意在为科佩干杯。科佩推辞道："不，不，宴会上仅有一位诗人。"意即名副其实的诗人唯雨果一人。此时，诗集《东方吟》的作者当即莞尔云："诗人仅有一位，好啊，我当如何表态呢？"此言以示自我贬抑否定了科佩的见解。

当今文坛，什么"僧院之秋会""三浦制丝厂长会""猫之会""勺子会"，这个会那个会，聚会甚多，而圆滑自如之妙似雨果等三人那般应酬者，迄今未闻。当时在雨果等三人身旁，有人听了应酬话语后，笑吟吟说道："请自隗始。"[2]（二月二十七日）

1　弗朗索瓦·科佩（François Coppée，1842—1908），法国诗人、剧作家、小说家。有《圣物集》等诗集。

2　语出《史记·燕召公世家》，隗即战国时的郭隗。意即"如欲网罗贤者，最好从我开始"。

骤雨禅

狩野芳崖[1]常训诲弟子："画之神理，理当唯在自悟而识其神韵，不可依赖师授。"一日，芳崖病卧，恰逢骤雨倾盆而降，深巷寂静行人绝迹。师徒一同默闻雨声良久。忽有一人高歌路过门前。芳崖莞尔，转过头来，对众弟子云："可悟其真意？"芳崖此言，暗示歌中含杀意：吾家吹毛剑，单于千金购，妖精泣太阴。君且看，一道寒光。（三月三日）

批　评

皮隆[2]的讥讽艺术闻名于世。一文人对他说，要成就空前之事业。皮隆淡然答道："这很容易，君撰写自我吹捧的文字即可。"当代文坛如我所

1　狩野芳崖（1828—1888），日本画家，师从狩野雅信，开拓了在狩野派笔法中加入西洋画色调的新画风，与桥本雅邦等人一同推进了日本绘画的现代化。

2　皮隆（Alexis Pilon，1689—1773），法国诗人、剧作家。

闻，存在党派批评、卖笑批评、寒暄批评、雷同批评，毁誉褒贬，众说纷纭。一犬吠虚之处，万犬继而传实。庸才自赞，未必不可按皮隆之界定，视其为"空前之事业"。寿陵余子生逢末世，此世纵令皮隆，亦难讥讽矣。（三月四日）

语　谬

　　世间，有呶呶不休的先生解说"门前之雀啼《蒙求》"[1]，就有燎原烈火般相辩的夫子；有农学博士赞美明治神宫的建筑材料"文质彬彬"，就有国会议员议论海陆军的扩张，提出艟艨可"罢休"[2]。古昔，姜度[3]得子，李林甫作手书云："闻有弄獐之喜。"客视之掩口，嘲笑李林甫将"璋"

1　此处芥川将"门可罗雀"与"劝学院的雀啼《蒙求》"（劝学院の雀は蒙求を囀る）两个成语叠用，后者意为，劝学院的麻雀听学生背诵《蒙求》，久而久之也能啼叫出来，表示司空见惯，便自然而然地记住了。

2　艟艨指战舰。此处是"貔貅"（勇猛的军队）之讹。在日语中，这两个词发音相同。

3　太常少卿，李林甫的表兄弟。

字误写作"獐"。如今，大臣慨叹时势，就危险思想之弥漫论述道："病已入膏'盲'，国家兴废只在旦夕。"然而，天下无人怀疑其语怪诞。汉学素养遭忽视之风，亦不可谓不甚。由此不言自明，目下，青年男女虽明晓商标上的英语，但朗读"四书"却生疏得很；托尔斯泰的名字耳熟能详，李青莲的名号却十分眼生。凡此种种，纷纭难以数尽。平日，我时常看见书店橱窗里陈列几本旧杂志，那封皮上题写着"红潮社发行《红潮》第××号"。知否？汉语里"红潮"一词，其意专指女子的月经。（四月十六日）

入　月

西方有无歌吟女子"红潮"的诗篇？我孤陋寡闻，尚未得知。在中国的宫掖闺阁诗中，虽少却有歌吟月经之作。王建的宫词云：

密奏君王知入月，

唤人相伴洗裙裾。

春风吹珠帘，银钩摇荡之处，观蛾眉宫人洗濯衣裙，月经不亦风流乎？（四月十六日）

遗　精

西方有无歌吟男子遗精的诗篇？我孤陋寡闻，尚未得知。日本的《俳谐锦绣段》有俳谐师神叔作的如下一首俳谐歌：

拂晓酣梦醒，讶异夜遗精。

不过，这里的"遗精"是否与当代使用的词义相同，不详。倘能蒙方家赐教，则甚感荣幸。（四月十六日）

后　世

　　君不见，本阿弥[1]的刀剑鉴定标准从古至今未曾变。浪漫主义兴起之后，莎士比亚的名字如雷响彻四海。浪漫主义衰亡之后，雨果的作品宛似霜叶衰萎八方。世事茫茫流转轮回。眼前为泡沫，身后乃梦幻。知音难得，众愚难度。弗拉戈纳尔[2]赴意大利学习技艺，布歇[3]为他送行时叮嘱道："勿观米迦勒之画作，此人纯属疯子。"弗拉戈纳尔则讥笑布歇乃一俗人，怎敢毁谤他人？

　　然而谁敢断言千年之后，天下仍不会靡然从于布歇之见？白眼瞧人，傲视当世，长啸苦等后代，此亦不谙世事者的生活方式。如何才能混迹

1　姓氏之一。室町初期始的刀剑鉴定世家。中世末期起以刀剑鉴定、研磨抛光为业，世代为法华宗信徒。江户初期的本阿弥光悦，在陶艺、漆器艺术、出版、茶道方面均有涉猎，对后世的日本文化影响极大。

2　让·奥诺雷·弗拉戈纳尔（Jean Honore Fragonard，1732—1806），法国洛可可风格画家，其代表作品有《秋千》《读书女孩》《狄德罗》等。

3　弗朗索瓦·布歇（François Boucher，1703—1770），法国画家、版画家和设计师，是一位将洛可可风格发挥到极致的画家。

俗世而一己不俗？东篱下有菊而琴上无弦¹，来见南山常悠悠。寿陵余子鬻文陋室，愿一生不言后世，或谈纷杂文坛的张三李四与托尔斯泰，或论井原西鹤及甲主义乙倾向之是非曲直，安于游戏三昧²之境地。（五月二十六日）

《罪与罚》

鸥外先生任主编的《栅草纸》第四十七期，发表了谪天情仙的七言绝句《读〈罪与罚〉上篇》数首。就西方小说题汉诗，这几首绝句或为其嚆矢³。现抄录两三首如下：

考虑闪来如电光，茫然飞入老婆房。

自谈罪迹真耶假，警吏暗杀狂不狂。（第

---

1 即无弦琴。据萧统著《陶靖节传》，陶渊明不会弹琴，故饮酒时抚弄无弦琴。

2 指一种聚精会神心无杂念投入的境界。

3 本义为响箭，指事物的开端。

十三回）

穷女病妻哀泪红，车声辘辘仆家翁。

倾囊相救客何侠，一度相逢酒肆中。（第
十四回）

可怜小女去邀宾，慈善书生半死身。

见到室中无一物，感恩人是动情人。（第
十八回）

汉诗写得好坏，姑且不论，念及明治二十六
年（1893 年）文坛已有人议论陀思妥耶夫斯基，
对这几首汉诗情不自禁吟诵开颜者，岂止我寿陵
余子一人？！（五月二十七日）

恶　魔

恶魔数量甚多，总数为一百七十四万五千九
百二十六个，分成七十二队，每队配一个队长。

这个说法载诸十六世纪末叶德国人 Wierus[1] 著就的《恶魔学》。不论古今，也不论东方西方，就介绍魔界情形而言，再没有比此书更加详密的了。（十六世纪的欧洲，研究恶魔学的先哲很多，之外，还有意大利的达巴诺[2]，英格兰的雷金纳德·斯科特[3] 等人，皆名扬天下。）此书又云："恶魔之变化随心所欲，或变成法律家，或变成昆仑奴，或变成黑马，或变成僧人，或变成毛驴，或变成猫，或变成兔，或变成马车车轮。"恶魔既然能变成马车车轮，何故不变成汽车车轮，夜半邀人去那烟花城中？恶魔可畏，人当防备之。（五月二十八日）

---

1 即德国医生维耶（1515—1588），Wierus 是其拉丁文名字。

2 达巴诺（Pietro d'Abano，约 1257—1316），意大利哲学家、占星家，医学教授。被宗教裁判所指控为异端和无神论者，最终死于监狱。

3 雷金纳德·斯科特（Reginald Scot，约 1538—1599），英国国会议员，著有《巫术的发现》（*The Discoverie of Witchcraft*），部分内容揭示了"奇迹般的魔法"的原理，表明巫术并不存在。

《聊斋志异》

在中国小说中，《聊斋志异》与《剪灯新话》，都是讲述鬼狐故事，极尽寒灯青光之妙，此乃众人皆知的内容。遗憾的是，作者蒲松龄对清朝廷十分不满，假托牛鬼蛇神故事讽刺宫掖的阴暗这一点往往为我国读者所忽略。例如《聊斋志异》第二卷所载的侠女故事，实际上就是官吏年羹尧之女暗杀雍正皇帝这一秘史的改编。《昆仑外史》的题词是"董狐[1]岂独人伦鉴"，不是泄露此类消息又是什么？西班牙有戈雅的作品集《心血来潮》[2]；中国有留仙[3]的《聊斋志异》。两部作品都意在假借山精野鬼骂杀乱臣贼子，正可谓东方西方一对白璧，堪做金匣中宝物。（五月二十八日）

1　春秋晋国太史，亦称史狐。董狐为史官，不畏强权，坚持原则。在赵盾族弟赵穿弑晋灵公后，董狐以"赵盾弑其君"记载此事，留下"董狐直笔"的典故。

2　版画集，1799 年出版，素材来自魔法、风俗习惯、斗牛、上流社会的舞会等。

3　留仙是蒲松龄的字。

丽人图

西班牙有丽人，名曰玛丽亚·特蕾莎[1]。她豆蔻年华嫁给了维拉弗兰卡地方第十一代阿尔瓦侯爵。玛丽亚明眸红唇，香肤雪白如凝脂。女王玛丽亚·路易莎[2]嫉妒她的美貌，最终令她服毒身亡。这与留香囊长恨于世间的杨太真[3]有何相异？侯爵夫人有一情郎，名曰戈雅。戈雅系画家，名声驰遍西班牙。生前他曾屡次三番为玛丽亚作画像。若信传言，戈雅的《穿衣玛哈》（*Maja vestida*）与《裸体玛哈》（*Maja desnuda*）两幅画作，委实再现了侯爵夫人的一代国色。及后，法国另一画家马奈得到戈雅的侯爵夫人画像后，狂喜不

---

1 十三世阿尔瓦公爵夫人（全名 María del Pilar Teresa Cayetana de Silva-lvarez de Toledo，1762—1802），她与十一世维拉弗兰卡侯爵何塞·贡萨加（José lvarez de Toledo）结婚，使她和她的丈夫成为西班牙王国中最富有的夫妻。戈雅为她画了许多画像。

2 指特蕾莎·德帕尔马·玛利亚·路易莎（Teresa de Parma Maria Luisa，1751—1819），西班牙王后，帕尔马公爵菲力浦一世之女。1765 年嫁与后来的查理四世。

3 即杨玉环。

能自禁，立即临摹，创作出一帧春意盎然的丽人图。马奈系当时印象派先驱，与之结交者，多为当世才华横溢之人。其中有一诗人，名曰波德莱尔。马奈得到侯爵夫人画像后，赏之如同拱璧。1866 年，波德莱尔患疯癫病死于巴黎寓所。据说在其寓所墙壁上，也挂着这幅檀口雪肤美似天仙的丽人图。美人的星眼久久浮动秋波，看着《恶之花》的作者、诗人波德莱尔的临终情状，宛如当年在马德里宫殿中旁观黄面侏儒的筋斗戏表演。（五月二十九日）

卖色风香饼

　　中国把出卖龙阳之色的男青年称作相公。"相公"一语，源出"像姑"，因其妖娆恰如姑娘。"相公"与"像姑"读音相通，在用法上等同于阴马[1]。在中国，称路边鬻春之女为野鸡。据说因其

---

[1]　指出卖男色的人。

徘徊以诱行人，恰如野鸡。日语称此类人为夜鹰，其本义殆可谓同出一辙。"野鸡"一语流行开来，又引出了"野鸡车"一语。究竟何谓野鸡车？野鸡车即出没于北京、上海的拉着无牌照人力车的昏昏沉沉的车夫。（五月三十日）

泥黎口业 [1]

寿陵余子为杂志《人间》撰写《肉骨茶》已有三回。我引用古今西东杂书，炫示玄学气焰，恰似《麦克白》里的女巫煮沸的大釜。精明者逃到三千里外以避其臭；蒙昧者弹指之间必中其毒。思索起来，我做的事确系泥黎中的口业。罗贯中作《水浒传》而三代生哑子 [2]，那我寿陵余子亦作《肉骨茶》，当受何等冥罚？是让我遭受冷遇，将我毁灭，还是让我的小说集在市场上一本也销售

1 梵语中泥黎意为地狱；口业意为作诗或此类行当。
2 另有一说是施耐庵三代生哑子。

不出？不如迅疾投笔，醉中于绣佛[1]前独享逃禅[2]之闲。悔昨非而知今是，抛下我的《肉骨茶》无须踟蹰须臾。今日若吃得讲究，明日厕所放瑞光。粪中舍利，大方之家去欣赏吧。（五月三十日）

大正九年（1920）

（刘立善　译）

1　刺绣的佛像。印度与西域古昔就有绣佛，日本《日本书记》中亦有"绣佛"字样。

2　指遁世而参禅。

点

心

御　降[1]

　　今天是御降之日。但查《岁时记》[2]得知，元月二日降雨雪或许不叫御降。不过我在摆着蓬莱饰[3]的二楼，还是觉得今天就是御降。楼下的婴儿哭得没完没了，舌头上生了个疖子，千万别是鹅口疮。尽管我一直坐在被炉旁读《藤篓册子》[4]，却时时为婴儿的哭声所扰。我家不是迁移不定的

1　元旦降的雨雪，也指元旦起三日之内降的雨雪，预兆丰年。

2　每首俳句必有季题，把季题汇为一编，加以解释的书称为《岁时记》。

3　为庆祝新年摆在白木方盘里的白米、大虾、栗子、海带、橘子等。

4　上田秋成的诗文集，六卷。

鹌鹑窝[1]，俗世的苦累即便在御降这天，也照样毫不客气地恼乱着我。

记得以前的一个御降之日，我和姐姐以及她的朋友们在客厅里打板羽球[2]玩，伙伴中除了我，还有一个比我年长几岁的憨实少年，他和在场的少女们关系融洽。打板羽球的游戏规则是，谁把毽子打落在地上，谁就得把球拍交出去。相对于我，女孩子们自然是把球拍交给他的时候更多。

然而不知何故，他打出的金色毽子落进了门框横木之间的槽里。他赶忙从厨房搬来一个大梯凳，站上去伸手够那金色毽子。当时，我看个子比我矮的他在梯凳上跷脚够毽子，便突然间把他脚下的梯凳向旁边一撤。他两手抓住横木，身子在半空。姐姐和她的朋友们为了救他，都对我又是叱喝又是哄劝，可我说什么也不肯把梯凳台交出去。他悬在半空，过了一会儿两手疼得扛不住

1 即"鹑居"，意为野居无常处，出自《庄子·天地》："夫圣人鹑居而鷇食，鸟行而无彰。"

2 日本在新年时主要为女孩玩的一种游戏，两人以球拍互相击打毽子，让毽子掉落的一方为负，输的一方要在脸上被涂墨作为处罚。

了，大声哭了起来。如此想来，在有关御降的记忆中，我自幼就感受到嫉妒之类的俗世之苦。

被我戏弄哭了的那个少年，之后放弃学业，到某一家公司就职了，听说现在成了四个孩子的父亲。我家的御降之日充溢着婴儿的哭声，他家的御降之日又是怎样呢？

御降兆丰年，茂竹映黯天。

（一月二日）

夏雄的故事

据香取秀真[1]讲，加纳夏雄[2]在世时，月薪一百元。不消说，能拿到百元月薪的身份，当时肯定

---

1 香取秀真（1874—1954），明治、昭和时代的铸金家、和歌诗人，东京美术学校教授。

2 加纳夏雄（1828—1898），明治时期镂金家，1890 年担当东京美术学校首任镂金科教授。1893 年受命为明治天皇制作御剑，四年后竣事。

是被人称羡的。据传闻，晚年的夏雄卧病床榻之时，时常让人在他的枕边摆满大小金币，目不转睛凝视不已。

听说他的弟子们看到如此情形，品评老师年事虽高而贪欲之心未泯，鄙俗无聊。然而夏雄爱黄金，并不是像千叶胜[1]爱纸币那样爱黄金的力量。他想的是工作上的功夫，离开床榻后，要在黄金上面镂刻些什么。认为老师有贪欲之心，则是弟子们的卑俗。这是香取秀真对夏雄卧病床榻时的心理做出的解释，我想或许言之有理。

后来，我向一位男士讲了这个逸闻，他说，此乃顺理成章的事，当即对香取秀真的观点表示赞成。根据这位男士的见解：自己放荡不止，实际上是将放荡作为观察人生的手段。而不晓其中奥妙的俗辈，不管三七二十一就谴责他品行不端，这与夏雄被误解又有什么两样？实际上是否如此，我也无从知晓。（一月六日）

1　指千叶胜五郎（1834—1903），明治时代的实业家，15岁左右曾跟随高利贷主千叶常五郎，后成为其养子。从事经营歌舞伎座的相关活动，通称"千叶胜"。

《冥途》

近日，我读了内田百间[1]所著小品文《冥途》（载于《新小说》新年号）。《冥途》《山东京传》《花火》《件》《堤坝》《豹》等文章，全是写梦。然而并非像漱石先生那样假托梦境以言他，而是如实记述自己的梦境。在完成的上述六篇小品文中，数《冥途》写得最为出色。仅仅三页，却流淌着非西方式的、令人心情舒适的 pathos（哀感）。百间的小品文写得有趣，并非仅得益于内容。读那六篇小品文，给人一种远离文坛的感觉。

我认为，作者若和我们一样处于文坛的污秽氛围中，与我们呼吸同样的空气，他无论如何也写不出那样的梦境来——纵然能写，也写不出那般水平。一言以蔽之，在我看来，那样的小品文，因其不为当今文坛的时髦所囿，所以有趣。这里顺便讲一点我的事。不知顺了哪股兴致，我打开

1　内田百间（1889—1971），原名荣造，小说家、散文家，别号百鬼园。师从夏目漱石，以讽刺与幽默的文风见长。

自己以前发表的短篇小说集一读，发现亦有赶时髦的地方。说句实诚话，我也不认为自己当得起不立于他人屋檐之下的强大自信。然而从事物的思考和感觉方法上看，也还是不时受到时髦的束缚（这里不意味着受时代的影响，而是受更加肤浅因素的束缚），我对此甚感不快。正因为这样，遇到百间小品文那样自由的作品，我感到格外有趣。不过，据说人们对《冥途》的评价不高，我偶尔一读的某家报纸的批评家评论，好像对《冥途》一无所知。面对如此现状，我觉得理所当然；另一方面，又觉得并非理所当然。（一月十日）

长井代助 [1]

我们这些年龄相仿的，好像许多人都被漱石先生著作《后来的事》所撼动。我这里要写的是被撼动了的人中，倾倒于小说主人公长井代助性

1　《后来的事》的主人公。小说于明治四十二年（1909）起在东京和大阪的《朝日新闻》上连载。

格的那些人。我认为，那些人里又有不少人，岂止是倾倒，简直是在模仿长井代助。然而环顾我们的周围，《后来的事》里主人公式的人物几近于无。

《后来的事》问世之际，当时正风靡世间的自然派小说里出现的人物，皆是我们周围屡见不鲜的人。从这个意义讲，自然派小说里忠实于人生的人物性格描写较多。然而自然派小说并没像《后来的事》一样产生众多主人公的模仿者，维特与勒内当时也是如此，这些人物的性格无不撼动了一个时代。即便在西方，这样的人物也肯定稀有。稀有人物反倒产生出模仿者，原因恐怕正是在于其稀有。毫无疑问，"稀有"一词或许既不意味到处皆无，也不意味到处皆有，而是包含着好像在某处有那样一层意思。正是因为那样的主人公不生活在我们身边，人们才萌发出憧憬之情。而且人们要在那样的主人公可能生活的地方，寻觅憧憬的可能性。由此可以看出，小说要想作用于人生或人的意愿，就必须塑造出不生活在我们身边，但又好像生活在某处的性质。通俗讲来，理想主义小说家应当担负此项大任。《卡拉马佐夫兄弟》的作者陀思妥耶夫斯基，卓越地完成了这一大任。今后的日本，究竟谁能创作出那样性格的人物呢？（一月十三日）

冷酷魔

在出类拔萃的人心中，都有两个自我：一个是惯常活跃的、满腔热情的自我，另一个则是冷酷的、富有观察力的自我。拥有这样两个自我的人，动辄容易仅满足于获得高明的批评能力，而压抑自己的创作能力。拉罗什富科[1]是这一类人，莫里哀则不然。后者感觉不到两个自我的分裂，是个奇妙地让两个自我和平共处的人。莫里哀能独步古今，正因为他生活在这种庄严的矛盾之中。

1　弗朗索瓦·德·拉罗什富科（Francois de La Rochefoucauld，1613—1680），法国道德家、古典作家。

圣伯夫[1]著《莫里哀论》，其中一节写的就是以上内容。

我也感到我心中有着冷酷的自我。我自身无力驱除这个冷酷魔，就像我的面孔无法改变一样。如果冷酷魔的魔力随年龄的增长而增长，我也会像梅里美[2]一样，厌倦如"我的一位朋友给我讲了这样一个故事"的作品开篇。我这个有着虚无的遗传基因的东方人，或恐更加容易发生如上变化。《悭吝人》（*L'Avare*）与《太太学堂》（*École des Femmes*）的作者莫里哀，是个很少有人能与之媲美的有福之人。夫人红杏出墙令他烦恼，肺病折磨着他，集作者、演员、舞台导演三种角色于一身的繁忙工作，并没有使莫里哀陷入冷酷魔的毒手之中。如此莫里哀，真是个值得仰慕的、很少有人能与之媲美的有福之人。

1　查尔斯·奥古斯汀·圣伯夫（Charles A. Sainte-Beuve，1804—1869），法国文学评论家。将传记方式引入文学批评的第一人，认为了解一位作者的性格以及成长环境对理解其作品有重要意义。

2　普罗斯佩·梅里美（Prosper Merimee，1803—1870），法国现实主义作家、剧作家、历史学家。

池西言水 [1]

"言人之难言，乃老练精到之事也，化俗为雅亦如是。然欲多咏俗事俗物，无论如何雅致之人，将多于十七音之大量情趣硬塞入十七音之内，殆不可为也。故此，古来俳人似未尝试之。然此类佳句仍可觅见一二。池西言水乃其作者也。"

这是正冈子规的话（见《俳谐大要》156 页）。后来，子规举出言水的两首俳句作为实例：

星月夜弃煴，汤壶温香醪。

黑冢多妖女，娟聚烤火盆。

我感觉有充分理由将言水的这两首俳句界定为"将多于十七音之大量情趣浓缩于十七音之内"。

---

1 池西言水（1650—1722），江户时代初期的俳句诗人，代表作有《江户新道》《东日记》等。

从这个意义上看，难道与谢芜村和黑柳召波[1]也达到了这个境界？

　　主君动手斩武士，如夫休妻似更衣。

　　男人困欲眠，砧声讨人烦。

　　这不也把复杂内容纳入十七音的形式中了吗？池西言水正因为俳句中的"温香醪""娟聚"等词语听来并不刺耳，才取得了较大的成功。可见，正冈子规的评语的确适用于池西言水的俳句。然而子规为了论尽言水的特色，其见地有概括过宽之憾。那么究竟什么是池西言水的俳句特色呢？我觉得其特色在于他有这样的本领：能把鲜为人知的令人毛骨悚然的一种氛围纳入十七音之内。读子规举出的俳句，我感触最深的便是飘荡其中的疹人氛围。试阅池西言水的俳句集，此类俳句

1　黑柳召波（1727—1771），江户时代中期俳句诗人，别号春泥舍。

尚有许多，例如：

> 显贵佛事钟声响，摔碟罪散伴晓云。
>
> 恋绪焦似猫爪搔，魂不守舍落水潦。
>
> 夜赏樱花人欢快，须磨渔夫独异怪。
>
> 蚊集如立柱，弃儿奠基础。
>
> 树梢灯笼照，人魂已消散。
>
> 虫喧震耳聋，恬然一尼姑。
>
> 人披篝火光，夜守捕鱼网。

先不论佳句与否，单讲这些俳句给人的感觉，确是与谢芜村和黑柳召波的俳句中皆不存在的。即便在元禄[1]时期，能作出如此特色俳句的也仅有池西言水一人。我不能说池西言水的作品中带有如此鬼趣者一定就是最神妙的，但我可以断言：池西言水与其他大家相比最为意趣迥异的地方，正表现在这里。池西言水通称八郎兵卫，号

---

[1] 元禄（1688—1704）是东山天皇（1675—1709）的年号，在这一时期，政治安定，经济文化繁荣。

紫藤轩，享保四年（1720）殁，享年七十三岁。（一月十五日）

《托氏宗教小说》[1]

今日路过本乡大街，无意中发现了《托氏宗教小说》这本书。我打听了一下价钱，答曰："十五分。"我在物质生活方面节衣缩食，几日前，想买涡福的大碗[2]，可价钱是十八元五十分，我望而却步了。这回是十五分一本的图书，还是能够高高兴兴买下它。于是，我赶忙花三枚白铜板换来了这本薄薄的小书，如今书皮破旧的它就摆在我的桌上。《托氏宗教小说》于公元1907年，也就是中国的光绪三十三年，由香港礼贤会（Rhenish

---

1 《托氏宗教小说》是最早的中译本托尔斯泰作品。

2 受中国瓷器的影响，十七世纪三十年代前后，日本有田烧上出现了篆书福字的方形铭印。十七世纪七十至八十年代变成了草书福字，因右侧的田字呈旋涡状扭曲，又称"涡福铭"。涡福的笔法不一，作品的风格和工艺在各窑间也存在很大的差异。明治十八年（1885），十一代酒井田柿右卫门（著名陶艺世家）注册了商标，此后，带涡福款识的瓷器通常指柿右卫门的作品。

Missionary Society）[1] 印行，译者是德国传教士叶纳清[2]，参照的是尼斯比特·贝恩[3]的英译本。《托氏宗教小说》中收入了著名的《主与仆》等十二篇作品。不消说，这本书并非珍本，或许只要拜托文求堂[4]，即刻就能为我订购下来。我翻开《托氏宗教小说》的书皮，看到作者托氏的照片插页，心中有说不清的愉快。再随便往下翻阅，对牧色、

---

1 礼贤会属于新教教派信义宗的教会，起源于德国莱因省的巴冕城（Barmen）。1829 年起遣派传教士前往各国传扬福音。

2 叶纳清（Ferdinand Genähr，？—1864），德国礼贤会传教士，中国礼贤会开基牧师。道光二十七年（1847）三月抵达香港，为福汉会工作。第二次鸦片战争开始后徙居香港，数载后返回内地。咸丰十四年（1864 年），疫疠大行，他精通医术，积极救治乡民和教友，全家被传染。生前著述甚丰，有《大学问答》《真道衡平》和《新旧约四字经》行世。

3 尼斯比特·贝恩（Robert Nisbet Bain，1854—1909），英国历史学家和语言学家，通晓二十多国语言，十九世纪匈牙利语中最高产的英文译者。除了翻译书籍，他还撰写了外国民间传说的学术书籍。

4 日本东京的一家汉籍专营书店，主人田中庆太郎（1880—1951）是一位汉学者、版本学家，对日中文化交流作出重大贡献。文求堂将中国出版物输入日本，鲁迅先生通过它收藏了不少书籍，郭沫若先生亡命日本时的学术著作也由文求堂和岩波书店帮助出版发行。

加夫单、沽未士¹等俄语的音译，感觉果然新鲜。
出版了这样的译本，托氏知道吗？香港人、上海
人中，或恐有若干青年因为偶然读了此书，把托
氏景仰为终生的恩师。托氏是否收到那些南方的
青年向他遥致敬意的信函？我把《托氏宗教小说》
摆在眼前，一边撰写这篇文章，一边这样胡思乱
想。所谓托氏即托尔斯泰伯爵。（一月二十八日）

　　西方之民失去了自由，恢复自由几近无
望；东方之民肩负大任，必须恢复那失去的
自由。

　　顺便，我从托尔斯泰书简中转引了这一段话。
（一月三十日）

1　俄语单词 мужик（男人）、кафтан（长衫）、кумыс（奶酒）的日
语谐音。

版　税

　　于勒·桑多[1]的堂兄到巴黎皇家宫殿（Palais
Royal）[2]的咖啡馆时，遇见巴黎一家名曰沙尔庞
捷图书馆（Charpentier）的出版社[3]正与巴尔扎克
商谈稿酬一事。他们走了以后，桑多的堂兄发现
他们忘在这里的纸上乱七八糟写满了数字。桑多
后来遇到巴尔扎克，问他纸上的数字是什么意思。
巴尔扎克说，那是作品销售十万册时付给著者的
版税数额。当时巴尔扎克约定的稿酬是，八开本
版、定价三点五法郎一册的情况下，每册付给著
者百分之十的版税。依此看来，他和日本作家现
在拿的稿酬相差无几。不过这是他创作《欧也

1　于勒·桑多（Jules Sandeau，1811—1883），法国小说家。著名女
　作家乔治·桑的第一任丈夫。

2　位于巴黎第一区，与卢浮宫的北翼遥遥相对。最早为十七世纪的
　法国首相黎塞留的官邸，现今则为最高行政法院、宪法委员会、
　文化及通信部等法国政府机关的所在地。

3　沙尔庞捷图书馆，法国书商和出版商热尔韦·沙尔庞捷创立经营
　的出版社，后由其子乔治·沙尔庞捷接管。1872年起出版自然
　主义文学作品，其中包括福楼拜、左拉等人的著作。

妮·葛朗台》时的标准，那是 1832 年、1833 年时
候的水平。总之，就稿酬标准而言，认为日本比
西方落后一百年是妥当的。虽说靠笔耕也能成为
暴发户，可在目前的日本，小说家似乎还必须耐
得住清贫。（一月三十日）

日美关系

在此论述日美关系，但不论述外交问题，我
只想谈一谈文坛上的日美关系。日本人学习的外
国语当中，没有比英语使用范围更宽广的语种了，
因此，日本的文士们大多都依赖英语。不过英国
也好，美国也罢，正宗的英国英语文学，除了萧
伯纳与王尔德，其他作家的作品在日本不太流行，
人们还是爱读大陆文学。然而英文译本的大陆文
学又以适合美国审美情趣者居多。这是由于惠特
曼辞世之后，艺术领域荒芜的美国开始向别国募
求天才。鉴于这种关系，尽管不是那般显著，日
本文坛近年来却也受到美国的影响，比森特·布

拉斯科·伊瓦涅斯[1]的名字在日本开始传扬，就是一个实例。（我的高中时代，除了《大教堂的阴影下》，其他伊瓦涅斯作品的英文译本皆无法找到。）等到大河对岸的火势消静之后，这次或许将帕皮尼[2]等意大利作家的文学介绍到日本，意大利文学不属于大陆文学。此前在本文坛一角，爱尔兰文学一度走红，这火源也好似来自美国。正是因为这样的日美关系，英国的英语文学在日本不甚流行的现象才出人意料地容易遭到忽略。

日前偶尔去丸善书店[3]，看见摆了好多伊瓦涅斯、布雷斯特·加纳[4]、阿拉尔孔[5]、皮奥·巴罗

1　比森特·布拉斯科·伊瓦涅斯（Vicente Blasco Ibáñez，1867—1928），西班牙小说家，有《血与沙》等作品。

2　帕皮尼（Giovanni Papini，1881—1956），意大利作家，有诗集《诗歌一百页》等。

3　在福泽谕吉的指点下，由实业家早矢仕有的创办的经营书籍、文具、杂货贩售和出版的老字号书店。十九世纪八十年代开始积极进口西方书籍，成为明治时代各领域精英吸收先进知识文化的精神宝库。

4　布莱斯特·加纳（Alberto Blest Gana，1830—1920），智利作家。在创作上借鉴了西班牙作家的写作技巧，创作出《马丁·里瓦斯》等作品，被誉为"智利小说之父"。

5　阿拉尔孔（Pedro Antonio de Alarcón，1833—1891），西班牙诗人、小说家，主要作品有《三角帽》等。

哈[1]等作家的西班牙小说，遂将此事述之以文。（二月一日）

Ambroso Bierce[2]

谈论了文坛上的日美关系之后，顺便举一位美国作家为例吧。比尔斯是位独树一帜的作家，其特色主要表现于以下几点。第一，在短篇小说的结构方面，很少有人拥有他那样的敏锐技巧。人云比尔斯是爱伦·坡再世，此见允当。而且比尔斯的描写也与爱伦·坡一样，侧重于恐怖的超自然世界。这方面的作家，尚有英国的阿尔杰农·布莱克伍德[3]，但他毕竟不是比尔斯的对手。

第二，比尔斯写批评文章或写讽刺诗时，是

1　皮奥·巴罗哈（Pío Baroja，1872—1956），西班牙作家，作品以嘲讽、反叛的态度审视社会问题。小说多以丛书形式出现，其中以三部曲《为生活而斗争》最广为人知。

2　安布罗斯·比尔斯（Ambrose Bierce，1842—约1914），美国作家，以短篇小说闻名。此处拼写为作者之谬。

3　阿尔杰农·布莱克伍德（Algernon Blackwood，1869—1951），英国短篇小说家，最高产的灵异小说作者。

一位辛辣无双的讽刺家。据说，确有一位名曰雷金斯基的波兰诗人，在比尔斯辛辣讽刺的戏弄下自杀了。我认为，读比尔斯的批评文章，虽无精到之妙趣，却有犀利之快感。

第三，比尔斯在同时代作家当中，是最典型的世界主义者。南北战争时他曾从军入伍，后又担任过旧金山一家杂志社的主编；还赴伦敦鬻文为生。如今他去向不明，生死不晓。也有人说，比尔斯言辞尖刻，伤人过甚，被人暗杀了。

第四，比尔斯的著述汇编成了十二卷的全集。只喜欢读短篇小说的读者，可关注《在生命途中》（*In the Midst of Life*）和《这种事可能吗？》（*Can Such Things Be ?*）这两卷。两卷当中，我尤其愿向读者推荐前者，后者之中，仅有佳作一两篇。

第五，世间尚无一本 A. 比尔斯的评传，与欧·亨利相比，这方面也是他的不幸。想大略了解 A. 比尔斯的人，可翻阅剑桥版《美国文学史》（*History of American Literature*）第二卷 386 至 387页，亦可阅读库珀著《美国短篇小说选》（*Some*

American Story Tellers)中的《比尔斯论》。前边忘记提及，比尔斯生于 1838 年[1]，据推测卒于 1914年。目前尚未见到比尔斯作品的日文译本。我这篇在日本很可能是第一篇介绍文章。（二月二日）

虫　罩

　　我写小说《龙》时，写道："一个女人头戴虫罩[2]，站在告示牌下。"后根据某人的提醒，传说虫罩的风行始于镰仓时代以后。其证据是，《源氏物语》中"参拜初濑"一段[3]里，并没有虫罩之类的描写。我感谢那人的提醒。不过当时我写虫罩之类，缘起于《信贵山缘起》与《粉河寺缘起》等画卷。鉴于此，尽管我接受别人的提醒，但顽固的我仍然没能改变一己之说。及后，某时我顺

1　比尔斯出生于 1842 年（详见 32 页注释），此处或为笔误。为保留作者原文未做改动。

2　日本平安、镰仓时代妇女外出时，缝在竹笠圆沿上的薄麻布，作用相当于面纱，以遮面颜。

3　即《源氏物语》第二十二回《玉鬘》。

64

便向宫本势助[1]提及此事。他告诉我《今昔物语》中也有虫罩出现。我急忙查阅《今昔物语》，发现在《本朝部卷六·从镇西上人得观音助免盗灾平安物语》中写着："郁郁愁思，然观晨风吹开虫罩，心神愈益恍惚，恳望恕罪云云。"于是，揪缩的心叶舒展开来。同时我意识到，过去那种固执己见的底气略感不足，是因为没有文献上的证据。（二月三日）

款　冬[2]

坡路上的土，干燥得像切割磨刀石时飞落的粉末。这是一个寂静的山区小镇，路面上有不少石块。路两旁古旧薄板覆盖屋顶的房舍，静悄悄沐浴着阳光。

我们两个中学生匆匆登着小镇的上坡路。此时，一个背着婴儿的少女，踩着脚下浓浓身影，

1　宫本势助（1884—1942），明治、昭和时代前期的风俗史学家。
2　别名冬花、蜂斗菜或款冬蒲公英，属于菊科款冬属植物。

静静地走下坡路来。少女的袖口挽起，手里举着条茎苗秀的款冬。那是为什么呢？猜测之后终于悟出道理，款冬的作用在于遮挡盛夏的阳光，不让它照射在甜甜熟睡的婴儿脸上。少女擦肩而过时，我俩悄悄地交换了一个微笑。少女装作毫未察觉，依旧静静地从我俩身旁走过去了。少女的两颊被太阳晒得微黑，脸庞流露出落落大方的气质。

直到如今，那脸庞还时而清晰地浮现在我的记忆里。里见君[1]所谓的一见钟情，或恐就是指这样的心情吧。（二月十日）

大正十年（1921）

（刘立善　译）

---

[1] 此处的里见君为日本作家里见弴（1888—1983），其文《母与子》曾得到芥川恩师夏目漱石推荐，后与芥川友人久米正雄等创办文学刊物《人间》。

宛似西洋画的日本画

我去了中央美术社主办的展览会。

到展览会一看，三个展室里陈列着七十余幅作品，清一色日本画，但不是一般的日本画。每幅画皆因惨淡经营过甚，宛似西洋画。首先，把日本画的颜料涂在绢或纸上，竟能产生这般油画似的效果。对此，我聊致敬意。

以外行的眼光来看，既然如此作画，作者眼中的自然必定如其所画。换言之，正因为他如此观察自然，他才理所当然地创作了此处陈列的这种风格的画来。不过外行看这种风格的画，或许会问："为何此类画的作者不以调色板取代颜料盘？为何不以油画布取代绢或纸？"继而还想问，"画家倘若那样作画方便，我们外行欣赏起来会很感谢。"

然而，那些画家或许会做出如下漂亮的回答："我们就是这样看待自然的——'这样看待'，并不意味着以西洋画风为尺度，而要以我们日本画风为尺度。"这样回答是可以的，我们也能理解。但是陈列的这些画中，与西洋画毫无二致者，不在少数。譬如，吉田白流的《奥州路》、远藤教三的《嫩叶的森林》乃至穴山义平[1]的《盛夏》等，皆属此类作品。假如说"我们日本画的风格"就是这样，我们只能表示遗憾，丝毫不觉精彩。首先我们要做冷酷的批评：本来用剃须刀就可以剃落的胡须，为何偏偏用长柄薙刀[2]剃给我们看？这等功夫我们倒是佩服。不过佩服之后又想提问："使用剃须刀，不是剃得更干净吗？"

当然，七十余幅作品并非尽皆如此。例如畠山锦成的《贵美子》，至少是未受崇洋之弊影响

---

1 吉田白流、远藤教三、穴山义平（本名胜堂），以及下文中的畠山锦成，四位都是大正、昭和时期的日本画家。

2 日本长柄武器的一种。长柄的前端宽广而长，刀刃弯曲。江户时代以后，作为女性的武器被使用。

的作品。无论画得多么奇崛不凡，最起码要达到这种水平，否则对新型日本画的存在理由，我们这些外行还真觉得有点茫然。我还想继续写下去，怎奈登门取稿的人正焦候鹄立于门口，故而本文于此搁笔，恕不展论。说三道四乃旁观者清所致，尚希谅察。

大正九年（1920）七月十八日

（刘立善　译）

近期的幽灵

西洋的幽灵 —— 说是西洋，其实仅指英美两国，我这里简略谈谈近来英美小说里出现的幽灵故事。若从稍古的时候算起，写幽灵的作家，英国有创作了名著《奥特兰托城堡》的沃波尔[1]、拉德克里夫夫人[2]、马杜林[3]（其作品《流浪者梅莫斯》对巴尔扎克与歌德均产生过影响）。此外尚有

---

[1] 霍勒斯·沃波尔（Horace Walpole，1717—1797），第四任奥福德伯爵，英国作家。他的小说《奥特兰托城堡》被公认在西方哥特小说中首开先河。

[2] 安·拉德克里夫（Ann Radcliff，1764—1823），英国女作家。以写浪漫主义的哥特小说见长，被司各特称为"第一位写虚构浪漫主义小说的女诗人"。

[3] 查尔斯·马杜林（Charles Maturin，1782—1824），爱尔兰哥特剧作家、小说家，最广为人知的作品是小说《流浪者梅莫斯》（*Melmoth the Wanderer*），其被视作最后一部经典英国哥特式小说。

写了《僧侣》并以"僧侣"为其名的马修·路易斯[1]、司各特、爱德华·利顿[2]、霍格[3]等人。美国则有爱伦·坡与霍桑。然而写幽灵的作品，或通称为写妖怪的作品，如今仍比比皆是。尤其是欧洲战役之后，宗教性感情弥漫开来，同时与战争相关的形形色色的幽灵故事也随之诞生。战争文学中多出怪谈，无疑是一个耐人寻味的现象。就连法兰西那样的国家，也出现过像贞德那样，看到基督和天使就在眼前的女子克莱尔·菲尔逊。庞加莱[4]和克里孟梭[5]接见了这位女子，福煦[6]将军

1　马修·格里高利·路易斯（Matthew Gregory Lewis，1775—1818），英国小说家、剧作家。

2　爱德华·利顿（Edward Bulwer-Lytton，1803—1873），英国小说家、诗人、剧作家和政治家。

3　詹姆斯·霍格（James Hogg，1770—1835），苏格兰诗人、小说家、散文家。

4　亨利·庞加莱（Jules Henri Poincaré，1854—1912），法国数学家、天体力学家、数学物理学家、科学哲学家。

5　乔治·克里孟梭（Georges Clemenceau，1841—1929），政治家，曾任法国激进党政府总理。

6　斐迪南·福煦（Ferdinand Foch，1851—1929），法国元帅，著有《战争的原则》。

成了信徒。既然这样，小说大量描写超自然事件也就顺理成章了。读此类小说，其中有异常离奇的妖怪故事。以下是美国参加欧洲战役后诞生的故事。有一篇小说（罗兹的《多余人》[1]）中写道，华盛顿的幽灵与美国独立军的幽灵一道横渡大西洋，为助祖国出征军一臂之力。华盛顿的幽灵，很奇特吧。还有一篇小说（伍德的《白营》[2]）中写道，法国娘子军与德国军队对峙，德国部队以抓来的幼儿作为遮挡枪弹的盾牌。这时，已经战死的法国男子军——法国娘子军丈夫们的幽灵，如大雾般驰援而来，驱散了德国军队。总之，从类别上讲，近期在描写幽灵的小说中，已经诞生了一批作家，例如阿瑟·梅琴[3]等，专写此类战争

---

1 哈里森·罗兹（Harrison Rhodes，1871—1929），著有《密西西比来的绅士》（*A Gentleman from Mississippi*）、《多余人》（*Extra Men*）。

2 弗朗西斯·吉尔克里斯特·伍德（Frances Gilchrist Wood，1859—1944），美国作家。曾担任西方报纸的记者和编辑，发表了许多流行的短篇小说，其中包括《鞋》（*Shoes*）、《白营》（*The White Battalion*）和《土耳其红》（*Turkey Red*）。

3 阿瑟·梅琴（Arthur Machen，1863—1947），二十世纪早期英国著名作家，被誉为"超自然主义恐怖小说四大名家之一"。

读物，引人注目。

　　类别问题论及于此。一般说来，在近期的小说中，关于幽灵或关于妖怪的描写，在相当程度上趋于科学性。绝不似哥特式的鬼怪故事，鲜血淋漓的幽灵乱现，或骷髅跳舞。特别是近来心理学的进步，使小说中的幽灵出现了惊人的变化。我觉得，依次数来，吉卜林、布莱克伍德、比尔斯[1]，等等，他们的书桌抽屉里或许都放着心灵学会的研究报告。尤其是布莱克伍德，他是一位神智学者，他写出的所有小说里都含有心灵学因素。他有一篇小说叫《约翰·塞伦斯》，主人公塞伦斯可以说是心灵学领域里的福尔摩斯。塞伦斯去鬼怪出没的住宅里探险，被除附于人体的鬼魂。将此类内容依序写来，便构成了一篇小说。此外，他还有超短篇小说《孪生子》，作品中的两个孩子实为一人。这样说似乎不通，孪生子虽形为二人，灵魂却只有一个。而一人兼有两人性格的同时，

1　安布罗斯·格威内特·比尔斯（Ambrose Gwinnett Bierce，1842—1913），美国作家，喜欢用讽刺笔法处理死亡和恐怖主题。

另一人则是白痴。小说写的就是这样一个过程。外部世界了无变化，内部世界却发生着神秘变化，这里描写得颇为巧妙，此乃路易斯或马图林作品中无法看到的离奇绝技。

顺便再举一例。据说威尔斯[1]的小说首创了第四空间，人一旦因某一机会进入那里，尽管本人明明活着，这个世界的人却看不见他。从某种意义讲，好像是对日本神话"神隐[2]"添加了新的注解。那之后，在比尔斯进入第四空间之前，写出了简洁的两三篇力作。特别是一篇一两页长、带有哀伤感觉的短篇小说，讲述一个少年的失踪。可是，通往某处的雪地上留下了少年清晰的脚印。再往前，便无迹象证明他的去向。少年的母亲只要来到那脚印旁，便能听见儿子的声音。据说至少在英美文坛，在恐怖作品领域，比尔斯称得上

1　赫伯特·乔治·威尔斯（Herbert George Wells，1866—1946），英国著名小说家、政治家、社会学家和历史学家。他的科幻小说题材影响深远，如"时间旅行""外星人入侵""反乌托邦"等都是二十世纪科幻小说中的主流话题。

2　日本传说中指代小孩子或女子的失踪。

是继爱伦·坡之后的第一人。比尔斯本人也跳入第四空间了吗？据说他在去墨西哥等地的途中，杳然失踪，从此下落不明。

幽灵或妖怪的描写方法变化不居，而幽灵、妖精的各类变种也随之增加。例如，布莱克伍德的作品中，有一个幽灵叫埃尔门塔尔斯，时常跳入小说中。据说，埃尔门塔尔斯的古意是火、水、土等元素之灵。埃尔门塔尔斯之称或许早已有之，然而其活动出现于小说里，无疑是近期之事。读布莱克伍德的小说《柳树》，讲述两个青年去多瑙河旅行，泛舟河上，为河洲茂密柳树的埃尔门塔尔斯所扰。总之，夜营的场面以及关于埃尔门塔尔斯的描写十分巧妙。柳树精发出轻敲铜锣般的弱响，这种描写挺有意思。但是这个柳树精与日本三十三间堂[1]的柳树精不同，它是来杀人的，所以让人不敢掉以轻心。此外有的小说中还出现过不明其真形的妙物。称其为妙物，是因为它无声

1　日本古建筑，位于今京都市东山区七条，为日本天台宗寺院，以供奉一千尊观音雕像闻名。日本国宝，京都最精彩的寺院建筑。

无形，却能通过触觉感觉到它。总之一句话，是个妙物。小说或以莫泊桑的《奥尔拉》等作为其蓝本。就我所知，英美小说中出现的此类怪物，大致有两种。一是比尔斯的小说（《讨厌的东西》）中的怪物。它通过某处时，唯有靠草的摇动来察觉。不过动物好像能看见它，于是狗叫鸟飞，最终是人被怪物勒死。在场的男子一看，那个与怪物绞在一起的人，已隐没于怪物（The Damned Thing[1]）的体内，销声匿迹了。另一种恐怖情况是，人一看见月光，脸就变得像皱皱巴巴的褥单——这无疑是新的构想。

请容许我述及于此。总的说来，西洋幽灵只要不是骷髅就都穿着衣服，直到最近好像也没有出现赤条条的幽灵。怪物中则赤身裸体者居多。奥布莱恩[2]笔下的怪物，确是毛毛烘烘的裸体。由

---

1 比尔斯的短篇恐怖小说。

2 菲茨·詹姆斯·奥布莱恩（Fitz-James O'Brien，1832—1862），美国科幻作家。在美国南北战争中战死，年仅三十岁。代表作品《钻石透镜》。

此看来，幽灵比人更讲究文明礼貌。所以，当今若是有人去写裸体幽灵的小说，至少在此种意义上，他会开拓出前人未拓的新天地。（谈话）

大正十一年（1922）一月

（刘立善　译）

八宝饭

石敢当 [1]

今东光 [2] 君是一个好学的美青年。他于《文艺春秋》2 月号上载文，引用桂川中良 [3] 的《桂林漫录》，嗤笑了《古琉球风物诗集》著者佐藤惣之助君的孤陋寡闻。其潇洒文章之风格得体，风前玉树 [4] 亦叹之不如。不过我怀疑，今东光君是否知道石敢当之起源？今东光君与桂川中良皆相信《姓

1　源于中国旧时宅院外或街衢巷口建筑的小石碑，通常刻有"石敢当"字样，在日本主要分布于冲绳至九州一带。

2　今东光（1898—1977），昭和时代小说家，僧侣。

3　即森岛中良（1756—1810），江户中期的兰学者，出生于著名兰学家庭桂川家，该家族世代为德川幕府的御医。森岛中良除了擅长医学之外，也是知名的文学家、博物学家。

4　杜甫《饮中八仙歌》中的一句——"皎如玉树临风前"。

源珠玑》[1]里的说法。

然而有关石敢当的起源，不唯出自《姓源珠玑》，颜师古[2]《急就章》（史游）的注释中也有如下记述："卫有石碏，郑有石癸，齐有石之纷如。其后亦以命族石敢当。"当以何者为确？令人疑惑。《徐氏笔精》云："二说大不相侔，亦日用不察者也。"倘若如此，不晓石敢当之起源者，岂止佐藤惣之助君？桂川中良亦不知也，今东光君亦不知也。以不知嗤笑不知，山客[3]焉能不嗤笑乎。据察，钟馗判官亦托梦唐明皇[4]，这当然出自稗官的荒诞记载。石敢当亦非实有人物，或为无何有

---

1 明朝杨信民撰，以《洪武正韵》分隶诸姓，而各系之名人于姓下。分为八十一类，各以四字标题，别为编目于卷首。《姓源珠玑》所载：五代后唐时期，造反出逃的唐愍帝的左右想谋害时任河东节度使的石敬瑭。石敬瑭的心腹будет领派了一名叫"石敢当"的勇士，袖子里藏着铁锤，随侍在石敬瑭身后。后二人议事中果然发生冲突，石敢当为保护石敬瑭与唐愍帝的左右格斗而死，后石敬瑭将唐愍帝软禁。石敢当生平逢凶化吉，御侮防危，故后人凡桥路冲要之处，必以石刻其志，书其姓字，以捍居民。

2 颜师古（581—645），中国唐代训诂学家。

3 "琅玡山客"以及下文中的"我鬼"，都是芥川的号。

4 相传唐玄宗李隆基在临潼骊山偶患脾病，久治不愈，一晚梦见一相貌奇伟之大汉，捉住一小鬼，剜出其眼珠后，将其吃掉。大汉声称自己为"殿试不中进士钟馗"，皇帝梦醒，即刻病愈。

之乡¹的英雄。倘若还有许多士人欲知石敢当之出典，就请问"秋风动禾黍"²中孤影萧然的稻草人吧！

猥亵之谈

据说，我鬼先生大赞佐佐木味津三³君之文，并劝其题名为猥亵之谈，何其失礼。佐佐木君是为人温厚的君子，幸纳先生之言，将日星河岳般文字自题为《猥亵之谈》。佐佐木君，您想成为血性壮士吧？那就应当怀揣匕首，发誓要刺杀先生。将那般文字称为《猥亵之谈》者，有明代的枝山祝允明。祝允明字希哲，自幼专攻文辞，奇气纵横。据说挥笔千言，立时而就。他的书法名气颇大，以其笔法遒劲，风韵潇洒著称。因其祖父与外祖

---

1 出自庄周《庄子·逍遥游》。指空无所有的地方，多用以指空洞而虚幻的境界或梦境。

2 耿湋《秋日》诗云："古道行人少，秋风动禾黍。"

3 佐佐木味津三（1896—1934），原名佐佐木光三，大正、昭和时代小说家。

父皆为当时鸿儒，希哲之文博引典籍，涵容古今，成其大名。然而佐佐木君乃东坡再世般才子，非枝山之辈所能及。称此人之文为《猥亵之谈》，宛似称明珠为鱼目。山客偶然读了《文艺春秋》2月号，既欲耻笑我鬼先生之愚，又欲悲叹佐佐木君之屈。佐佐木君，请安心，识君者，山客矣。

红萝

　　江口涣[1]君是无产阶级的文豪。他刊稿于《文艺春秋》2月号，题名为《格杀勿论》。论旨欲与昆吾争锐，文辞欲同卞玉[2]竞光，真乃当代盛观也。江口君有一论曰："阅历星霜仅一载，无产阶级论客轻易占领了论坛。"说得何其壮烈！江口君之二论曰："创作界头道城门、二道城门以及城池中央的天守阁，皆有陷落之忧。"说得何其悠

1　江口涣（1887—1975），日本小说家、评论家，积极从事无产阶级文艺运动。曾经是"白桦派"的重要作家。

2　昆吾，中国古代名剑，《列子·汤问》有记载；卞玉，典出《韩非子·和氏》。此处二者指代个中翘楚。

然！江口君之三论曰："无产阶级文学勃兴之同时，倏然间赤红遍染，红萝卜层出不穷，堆积成山。"说得何其痛快！不过琅玡山客愚顽，请问可否将突变为无产阶级的小说家、批评家、戏剧家称作红萝卜？占领论坛，又欲占领创作界头道城门、二道城门乃至城池心脏天守阁的诸位先生，可否被称作红萝卜？对此，我多少有些疑问。

且在琅玡山客眼中，红萝卜的繁殖，似乎肇端于无产阶级文艺勃兴以前，邻邦的俄国革命。倘果真如此，江口君也只是古色可爱的红萝卜。您不以为然么？近期的红萝卜不正是因您的小说而感奋，或因您的评论而崛起的新锐青年吗？您帮他们染上红色，又骂他们是红萝卜，无情不亦过甚乎？您听，红萝卜哭声啾啾，欲震动文坛静夜。古人云："英雄岂无儿女情。"琅玡山客亦欲深信，江口君乃有情之人。要做有情之人么？但您终究仅是个红萝卜，仅是个红萝卜。

琅玡山客

大正十二年（1923）三月

*

田中纯[1]就《文艺春秋》杂谈栏陷入卑俗而非难道："古今文人，总愿谈论某人阳物之大小。"对于田中纯的义愤，我必须表示声援。但是喜好卑俗的闲聊，古人不次于今人。有一本书名曰《二家笔谈》，记录了谷三山与森田节斋两位大家的笔谈（因为谷三山耳聋）内容。这本书我还没有见过，阅市岛春城所著《随笔赖山阳》中的妓女下班一节，亦可获知，古人如田中君所信，对阳物大小并非冷淡。毋宁说，古人比今人更具有高昂的兴趣。

　　赖山阳时常摆弄画师竹洞的大阳物。竹洞大怒，将自己阳物绘于画上，赠予山阳。画上附文云："山阳先生，您以我的阳物为大，我的阴茎仅如此。"画工小田百合在座，便说道："这大概是缩图吧？原物必定颇大。"

1　田中纯（1890—1966），日本作家。

满座大笑。由此，文人称竹洞先生为缩图先生。（原文中夹杂的汉文，这里将之改写成汉字假名混合体。）

我等并不抬高今人，也极少抬高古人。同样是今人，人们往往抬高大洋彼岸的文人。其实他们与我们无大差别。或者说许多洋人足可使之侍于我等几旁，倾听我等之讲解。我作如是说，似豪言壮语。但说到底，冷眼看洋人，亦出自几分卫生上的必要。

*

论及骂同时代人的危险程度，赵瓯北的《檐曝杂记》有一实例。南昌人李太虚，明崇祯年间任列卿，国变未死，降李自成。清朝定鼎之后逃归。举人徐巨源曾讥笑之。一日，徐巨源去看望病中的李太虚。李太虚言："病将不起。"徐巨源道："公寿正长，必无死。"李太虚诘问此言真意，答："甲申、乙酉[1]（缺'明亡'二字，甲申年明亡）未死，则更无死期。"李太虚闻之发怒。发怒亦在情理中。

继之，徐巨源又撰一剧本，剧情如下。李太虚与龚芝麓降贼，后闻清兵入关，二人仓皇逃至杭州，追兵赶来，惊慌失措，跑到岳飞墓前，藏身于铁铸的秦桧夫人胯下，恰值铁像来月经，追兵过去。之后，二人从胯下爬出，满头皆是血污。李太虚风闻此剧走红，遂与恰好来南昌的龚芝麓一起，秘密将演员招来家中，令其夜半演之观之。演至由秦桧夫人胯下爬出之处，两人不觉大哭曰："名节扫地至此。夫复有何可言？然为孺子所辱至此，必杀之以泄愤念！"乃派刺客将才子徐巨源暗杀于某地驿馆。据考察，怯于自杀者，未必怯于杀害他人。徐巨源不辨此理，乱骂同时代人，终于做了刀下冤鬼。君须知：玩笑当适可而止。

大正十二年（1923）

（刘立善　译）

1　甲申年为 1644 年，乙酉年为 1645 年。

东西问答

问 对于现代作家的划分，分为东洋型与西洋型，
是否合适？

答 现代作家也许可以分为东洋型与西洋型。但
不妨说，创作活动完全脱离西洋型的作家，
几乎一个也没有。譬如久保田万太郎[1]，一般
认为他是纯粹日本型的作家，然而，久保田
的小说中有一篇是用洋文写的题目——《序
章》[2]。当然，作品本身掺杂的大概是《三田
文学》风格的 "西洋型"。比较而言，大概

---

1 久保田万太郎 (1889—1963)，日本小说家、剧作家、俳句诗人。
 庆应大学文科就读期间开始在永井荷风主办的《三田文学》上发
 表小说及剧本。

2 《序章》实际上不是小说，是戏曲。

德田秋声[1]的作品没有西洋味。

问 葛西善藏[2]如何？

答 葛西善藏的作品也较少带有西洋味。

问 那么我想请教一下，东洋型作家的要素是什么？

答 这是一个难题。这里所说的东洋型，意指其中没有掺杂西洋味。这不过是一种消极说法。积极地说，具备何种特色的作家才能称作东洋型呢？这个问题，必须经过缜密思考。两种类型的界定都挺棘手，姑置勿论吧。不过无论从官能性还是思想性上讲，德田秋声和葛西善藏的作品中，都较少有受西洋人影响的痕迹。这样断言想必是稳妥的。

*

1　德田秋声 (1871—1943)，原名德田末雄，日本小说家。经儿时好友泉镜花介绍，拜入尾崎红叶门下从事文学创作。与正宗白鸟、田山花袋、岛崎藤村并称为日本自然主义文学的四巨匠。

2　葛西善藏 (1887—1928)，日本小说家。二十世纪二十年代以现实主义的小说创作被称为"新起作家"。

问　关于风流，想聆听您的见解。

答　怎么解释风流？文人墨客的风流，首先大致是春日长昼的游戏。人们南画南画地谈论着，其实不妨说，除了两三个天才画家，余者大都是平庸之辈。我不愿玩弄那种意义的风流。我所尊崇的东洋情趣（不可将此混同于上述的东洋型）是一种精神，由此产生了玉畹梵芳[1]的兰花与松尾芭蕉的俳句。不能把煎茶的茶道师傅与汉诗人的东洋情趣与我所说的东洋情趣混为一谈。

问　佐藤春夫说风流是一种感觉，久米正雄说风流是一种意志。对此，您持何高见？

答　如果不让他们对感觉和意志的含义做出明确界定，我无法同意任何一方的见地。一切艺术都是感觉的，一切艺术又都是意志的。说风流是意志，在某种意义上可以成立。同时说风流是感觉，在某种意义上也可以成立。

1　玉畹梵芳（生卒年不详），室町时代的禅僧、画家，工于兰花。

我尚未读过二位的议论。二位对感觉和意志分别做出了何种特殊界定和论述呢？我期待着拜读二位的高论。

问　文艺上是否存在这样的区别，即以行为为主的作品和以心境为主的作品？

答　我认为，有主要写事件的作品和主要写心境的作品，这种区别是存在的。

问　那么是否可以这样说，以事件为主的作品是西洋式的，而以心境为主的作品是东洋式的？

答　《水浒传》也好，《耍枪的权三》¹也好，皆以事件为主，却是东洋式的作品；歌德《漫游者的夜歌》那样的作品，以心境为主，却是西洋式的作品。我认为，若以心境、事件为标准来区分东洋和西洋，是十分困难的事情。总之，作品的倾向取决于作者本身。

1　指由江户时代流行的歌谣改编而成的净琉璃《枪之权三重帷子》。

*

问 将来的日本文艺会去向何方？会变成西洋式
的，还是会变成东洋式的？

答 我不知道会去向何方，不过如下一点乃确凿
的事实。假如将来西洋人珍视日本文艺，随
之也就会珍视东洋特色的文艺。以比喻为例，
"像孔雀一样傲慢的女人"会给日本人带来新
鲜感，却不能给西洋人以新鲜感。反之，"瓜
子脸的女人"对日本人来说毫不稀奇，对西
洋人来说却很稀奇。人们谈论一个比喻的表
现特色，也就等于谈论整个作品的表现特色。
（谈话）

大正十五年（1926）五月

（刘立善　译）

文艺杂谈

刊载于文艺春秋昭和二年 1 月刊，岩波书店 97 版《芥川龙之介全集》第十四卷42 页。

登载我们小说的是月刊杂志和报纸，这一点和以前并没有什么两样。但是，看到朋友从西方寄来的带有巴黎圣母院风光的明信片，我不得不产生了下面一些想法。究竟是一种什么样的想法呢？具体说来，绘画本来就是受建筑控制的，概莫能外。米开朗基罗的大壁画之所以产生，是因为罗马式建筑的存在；凡·艾克[1]之所以能创作小

1　扬·凡·艾克 (Jan Van Eyck，1385—1441)，尼德兰画家，也是十五世纪北欧后哥特式绘画的创始人，被誉为"油画之父"。

油画，也是哥特式建筑带来的影响。现实的作品也许也会受到刊载其作品的杂志以及报纸的影响。如今的情况是，长篇小说就带有某家报纸的味道。后代假如进行观察，也同样能够从今天短篇小说的字里行间感觉出月刊杂志的存在来。这或许只是我个人的主观臆想。但是，一提到我等的作品头脑中便浮现出报纸及杂志来，却无疑带有表现派[1]的电影式的空想色彩。

*

如果把报纸以及杂志所登载的小说数量做个统计，一年可能会超过千篇。可是，想来小说的生命却很短暂。在一切文艺的形式之中，没有什么比小说更能表现一个时代的生活。同时从另外

---

1 表现主义电影通常采用倾斜、颠倒的影像，以夸张的表演方式反映人物内心深处的孤独、残暴、恐怖、狂乱的精神状态。从1919年到1924年，大致存在了5年的时间，之后便逐渐衰落。《野人生计事·丘比特》中曾经提到的电影《卡里加里博士》是该派别最具代表性的一部作品。

一个方面讲，随着生活方式的变化也没有什么比小说能更快地失去力量。诚然，要想了解昨天的生活，则必须去读昨天的小说。然而，这样做只是"为了了解"，而不是为了去感觉那激荡我们心怀的小说的生命。

和我同时代的作家们，在书中刻画了人性化的忠直卿[1]、俊宽僧都[2]等。但是，这些人物迟早会被"更加人性化"的忠直卿、俊宽僧都等所取代。最为朴素的心境——如男女相爱之情，即使出现于《源氏物语》之中也应该能够打动我们。可是，肯定没有谁会为了读几行充满真实的文字，而耐下性子去通读几百页的东西。只有那些切实表现出了朴素心境的东西才能够超越时代，这就是抒情诗的生命要比小说长久的原因。实际上，虽然日本文学有很多，但是却没有一个能够像《万叶

---

1 松平忠直（1595—1650），江户时代的大名，越前松平家的第二代当主、越前国福井藩主。菊池宽曾作《忠直卿行状记》，芥川曾作《俊宽》。

2 俊宽（？—1179），权大纳言源雅俊之孙，真言宗僧人。因参与讨伐平氏密谋，被流放萨摩鬼界岛，亡于该地。

集》中的和歌一样具有长久的生命力。

这样一来，小说——恐怕戏剧也是极其接近于新闻界的东西。如严格说来，一个作家，一部作品，都是不能脱离一个时代而独立存活的。这就是小说为了切实表现一个时代的生活而要交纳的租税。正如前面已经讲到的那样，在一切文艺的形式之中，没有什么比小说更加短命。同时另一个方面，也没有什么比小说活得更加深切。因此从这一点看来，小说的生命与其说是抒情诗，更像是带有抒情诗般的色彩。就是说，小说就像那闪电之中从我们面前一飞而过的灯蛾一样的东西。

*

接下来要说的是，我读到了提出大正十五年除了正宗白鸟[1]的时评以外便再无文艺批评的文章。

---

[1] 正宗白鸟（1879—1962），原名正宗忠夫。日本小说家、戏剧家、评论家。日本自然主义文学巨匠之一。

关于正宗时评的犀利，应该没有人提出异议。但是，要说除了正宗的时评便全然再无时评，至少我个人对此持有疑问。一般说来，要知道有或没有，必须首先去读文艺批评。然而依我来看，却是很少有人去读批评家的文艺批评（虽然批评家自己，还有写批评的作家会看之外）。不读批评便说没有批评，这对批评家很不公平，更何况事实也并非如此。年轻的批评家们反对"诗歌精神的欠缺"。这一类的话，是值得我们好好倾听的。

假如要把私小说从自传中剥离开来，那么区分的唯一标准应当是根据诗歌精神的有无或者多少。当然，我所说的诗歌精神，并不是单单指称西方诗歌的精神，而是说东方诗歌的精神也在其中。就以葛西善藏的私小说而言，我不像某些人所认为的那样，说它是真实地描写了人生才可贵。同时，也不像某些人所认为的那样，说它没有真实地描写人生所以才不可贵。我只是认为，他捕捉到了某种雨中风物的美，这正是他难以被别人模仿的特色。但是，就连那些不惜颂扬葛西的私小说的人，是不是都感觉出了这种美呢？对此我持怀疑态度。想必这一点也可以用在泷井孝作作品的议论上。我甚至认为，如果没有这种美——即没有诗歌精神，任何文艺作品都是不能成立的。

*

另外我还对无产阶级文艺抱有很大希望。这绝不是什么反语。之前的无产阶级文艺，只是把作家具有社会意识作为独一无二的条件。但是使《源氏物语》得以成为《源氏物语》，既不是因为作家是贵妇人，也不是因为题材取自宫廷生活，这是不言而喻的。批评家们强烈要求所谓的资产阶级作家们必须具备社会意识，我对这种说法不存什么异议。但是我想，对所谓的无产阶级作家也应说上一句：你们则必须具备诗歌精神！

我最近感到我的希望并不是徒劳。例如，中

野重治[1]的诗就不是像之前的所谓无产阶级作家那样缺乏精彩的东西，而是带有一种过去极少见到的、纯熟的美。也许这类小说和戏剧将来会产生更多。也许，或在我的目之所不及之处已经不断地产生出来。（顺便补充一句，我近来读了中野的诗，中野在诗中针对久米正雄的《万年大学生》使用了"万年小伙计"。但是，久米对于那部作品中的社会主义者主人公并没有蔑视的意思。一旦被指责为"万年小伙计"，想必久米也会感到冤枉。这么讲，不是出于对久米的客气。在我们中间，久米当时真的曾是一个最具社会主义者式激情的大学生。考虑到这一点，难耐今昔之感，于是便有了略加补充的想法。）

*

既然说到了久米正雄，那就顺便多说几句。

---

1 中野重治（1902—1979），日本小说家、诗人、评论家。别号日下部铁，是日本无产阶级文学运动的主要理论家。

作为批评上的印象主义者，我认为很少有批评家能够像久米一样理解各种各样的东西方人。

有一次，久米说契诃夫"既不是一个今日的作家，也或许不是一个明日的作家，但却在任何时代都是一个昨日的作家"。作为对于一个我们熟悉的作家的评价，是十分中肯之言。假如让久米写文艺时评，即使不像正宗白鸟一样那么具有思想上的个性，但大半也会像爱吸烟的人可以区分开纸卷烟和雪茄一样，巧妙地分别品味出各种各样的作品的味道（只是在有关我的作品上，赞扬的时候且不说，一旦说了坏话，我当然未必承认久米文艺批评上的锐利眼光）。我纳闷为什么没有一家杂志的编辑请久米来写文艺时评。当然，久米生性怕麻烦，即便求他写，他也不一定能够按月交差。

*

萧伯纳年迈以后好像越发健康而且长期活跃。

能够领取到诺贝尔奖奖金，无疑得益于此。但是，萧伯纳的《圣女贞德》在他的作品中是不是杰作却值得怀疑。即使比《长生》强一些，想必也要比《伤心之家》差。我认为萧伯纳的最高水平是他写《念珠菌》的时期。正像萧伯纳所自居的那样，他不是一个艺术性的作家。毋宁说他是一个道德性的作家。萧伯纳之所以席卷了一个时代，其原因大概在于此处。不过，在后代看来，或许同样出于这个原因而意外不被关注也未可知。萧伯纳已经得到了亨德森作为自己的传记作者，可是，亨德森有没有博斯韦尔[1]对于约翰逊[2]那么大的力量呢？假如没有的话（我想多半没有），萧伯纳死后的名声当然会因此而降低。萧伯纳现在的问题，或许不是"写什么戏剧"，而是"得到什么样的传记作者"。

*

1　詹姆斯·博斯韦尔（James Boswell，1740—1795），苏格兰传记家和日记作家，著有《约翰逊传》《赫布里底群岛之旅》等作。

2　指塞缪尔·约翰逊。

顺便说几句。萧伯纳确实在《长生》的序言里谈到了基督的许多事情，并说基督去耶路撒冷自杀性地走向十字架只能解释为精神错乱。但是，我并不这样认为。驱使基督走向十字架的，应当是基督本身的宗教吧。这样说，不是讲他仅仅因为传布了新的宗教而走向了十字架；而是说他在传布新的宗教的过程中，产生了必须走向十字架受难的思想。我过去读过安德烈耶夫的《加略人犹大》。最近又读了获得好评的帕皮尼[1]的《基督传》，然而，在这一点上两者都和我的见解不同。我并不认为自己的解释是唯一正确的解释。可想起如我解释的那样基督必须接受十字架之难的心情，我觉得其中有着接近于我们平常心的东西。

我基本没有亲近过明治时代的基督教文学（除了德富芦花的作品之外）。但是，从基督教文

1　帕皮尼（Giovanni Papini，1881—1956），意大利诗人、作家。第一次世界大战以后皈依基督教，著有《基督传》。法西斯执政后，又鼓吹民族沙文主义，支持墨索里尼政权。

学这句话所想起的，则是文禄庆长年间的切支丹[1]文学。就我所知，向基督徒寄予诗的感情的，好像首先是北原白秋以及木下杢太郎[2]。斋藤茂吉在第一版的《赤光》上也有南蛮男的连作，我等是走在前辈们所修田埂上的乌鸦。但是，当我写作基督小说的时候，基督教文学的活字书籍基本上还没有问世。我为了得到《鲜血遗书》[3]，走了一家又一家旧书店。这并不是说我有多辛苦，只是想对《红毛杂话》书价贵得离谱，发几句牢骚而已。

昭和元年（1926）十二月

（揭侠　译）

1　天主教和天主教徒最初出现在日本时的称谓。
2　木下杢太郎（1885—1945），本名太田正雄，日本作家。。
3　由罗马天主教会发行，其中记载诸多十六世纪日本政府为抵制天主教对信徒所施的酷刑。

法兰西文学与我

　　我上中学五年级的时候，读了都德的英译本小说《萨福》。当然，无论如何，那读法是靠不住的。也就是胡乱翻翻字典，一页一页地翻看一下罢了。但那却是我最初接触到的法国小说。我记不清自己是否曾被《萨福》感动。只记得有五六行文字，描写了从舞会回来时巴黎的黎明景色，自己非常喜欢。

　　后来我读了阿纳托尔·法朗士的小说《苔依丝》。记得当时《早稻田文学》新年号上发表了安成贞雄写的介绍，我读了介绍以后立刻到丸善书店把它买来。对于这本书我真是佩服得不得了。（直到现在，如果问我：在法朗士的著作中，最有意思的是什么？我会马上回答《苔依丝》。那之后是《鹅掌女王烤肉店》。我并不认为著名小说《红百合花》有什么更佳之处。）当然，小说中最有意思的地方，我还不能完全明白。不过我还是在《苔依丝》的行间用五色铅笔画满了线。那书我现在仍然保存着，当时画线的地方以尼希亚斯的话居多。尼希亚斯这个人，是一个满口警句的亚历山大城高等游民。这也是我上中学五年级时候的事。

进了高中以后，外语能力有所提高，于是时不时地拿法国小说来读。但并不是像专于此道的人一样有系统地读，只是随手拈来，漫不经心浏览式地读。其中记忆清晰的是福楼拜的小说《圣安东的诱惑》。虽然挑战了好几次，但最终也没能把这本书读完。当然，后来读到了罗塔斯丛书的紫色封面英译本，因是胡删乱砍的节译，所以轻轻松松地就读完了。当时的我满以为自己已经读懂了《圣安东的诱惑》，实际上全是托了那紫色书的福。

最近读了科培尔[1]先生的小品集，先生也说这部小说和《萨朗波》[2]挺无聊的。我高兴极了。但是，两者比较起来，我倒觉得《萨朗波》更有意思。还有，我对莫泊桑是既佩服又讨厌（直到现在，仍有两三部作品读起来叫人不痛快）。此外不知什么缘故，一直到上大学以前也没有读过左拉的任何一部长篇。还有，从那个时候起，我就莫名其妙地觉得都德挺像久米正雄的。当然，那时的久米正雄刚刚在第一高等学校的校友杂志上发表诗作，所以都德显得伟大得多了。还有，我饶有兴趣地读了戈蒂耶。作品确实绚丽无比，无论长、短篇都让人愉快。然而，并没有觉得极富声誉的《莫班小姐》有西方人说得那么好，也没有觉得《阿巴塔尔》以及《埃及艳后的一夜》等短篇，值得乔治·穆尔[3]盛赞宛如浑然美玉，加以顶

---

1 拉斐尔·冯·科培尔（Raphael von Koeber, 1848—1923），东京帝国大学著名俄德哲学教师，夏目漱石曾听过他的哲学课。

2 福楼拜的作品。

3 乔治·穆尔（George Moore, 1852—1933），英国自然主义作家、诗人，代表作有《一个青年的自白》。

礼膜拜。同样是取材于吕底亚[1]国王坎道列斯的传
说，但黑贝尔[2]却写出了那可怕的《吉格斯和他的
戒指》。可戈蒂耶的短篇呢，无论是主人公的国王
还是其他什么人，都缺乏勃勃的生气。不过，这
是相隔很远的后话了，当我读黑贝尔的剧本时，
发现编辑在序文中提出了一个像是很有道理的看
法，说戈蒂耶的短篇很有可能给了黑贝尔以启示。
于是我再次找出戈蒂耶的书来看，更加深了我的
印象。还有——算了，太啰唆了。

　　总之，即使给人说自己在高中期间读了什么
什么书，也没有多少意思。顶多算是瞎蒙人好了。
只是，既然专门讲这事，就多说上几句。就是说，
当时或者说在以后的五六年间，我所读的法国小
说基本上距离现代不远，或者说是现代作家写的

1　小亚细亚中西部一古国（1200 BC—546 BC），濒临爱琴海，大约
　在公元前 660 年开始铸币，可能是最早使用铸币的国家。后文的
　坎道列斯国王曾故意使其妻子受辱，其妻子便怀恨在心，与巨吉
　斯合谋杀死了坎道列斯，王位也被巨吉斯攫取。

2　弗里德里希·黑贝尔（Friedrich Hebbel，1813—1863），德国剧作
　家。

东西。大致往远里说,也就是夏多布里昂 —— 再远一些哪怕到极限,也不过是卢梭啦,伏尔泰啦,更远的就没有了(莫里哀是个例外)。当然,文坛上笃学之士很多,也许有哪位大家连 Cent Nouvelles Nouvelles Du Roi Louis XI[1] 也读过。但是除了这种以外,基本上像我读的这类小说,可以说是文坛一般人士都在读的法国小说。这么一来,或许也可以这么讲 —— 谈谈我所读过的法国小说,也就和大文坛有了密不可分的联系,所以可不能把这话当成耳旁风。这样还觉得摆谱没摆够的话,那么就成了 —— 我只读了这么些书,就说明法国文学给文坛带来的影响也不外乎只有这些书嘛。

文坛既没有受到过拉伯雷的影响,也没有受到过拉辛、高乃依的影响,只是主要受到了十九世纪以后的作家的影响。证据就是,在最衷心景仰法国文学的各位先辈的作品中,也没有所谓的

1　指保罗·拉克鲁瓦(Paul Lacroix,笔名 P. L. Jacob,1806—1884),整理的路易十一语录 *Les Cent Nouvelles Nouvelles, Dites Les Cent Nouvelles Du Roi Louis XI*。

高卢精神（l'esprit Gaulois）的磅礴。即使十九世纪以后的作家中，时而有来自高卢精神的、奔腾般的笑声响起，文坛也只是装聋作哑。在这一点上，日本的文坛就像鸥外先生的小说所描写的一样，是一个永远认真的送葬行列——或许可以这么讲。因此，我的这番话就更加不能当成耳旁风来听。

大正十年（1921）二月

（揭侠　译）

小说的戏剧化

关于鬻文的法律好像极不健全。比如把一个短篇交给某杂志社，有若干张纸，得到了若干元的报酬。此时，这若干元的报酬只是卖那小说的钱呢，还是卖那写了小说的若干张稿纸的钱呢，法律上并没有做任何规定。如果是我们的文稿也就算了，假如是夏目先生的文稿当然会产生问题。不过，这样的事怎么着都行。当前最棘手的事情是侵犯著作权的问题。

例如，菊池宽最近把小说《义民甚兵卫》改编成了三幕戏剧。假设戏剧由我改写而不是菊池宽亲自来做，这时我或出于友谊或按照惯例，肯定都要在大体得到菊池宽的许可以后再动笔改写，而且会把稿费乃至演出费的几成老老实实地奉上。

但是，万一既未得到许可，又把稿费乃至演出费全部独吞，那我也用不着交纳罚款和坐监狱。不，既然日本的法律没有关于这种侵犯著作权的明文规定，我明天也还会像昨天一样大大方方地散步呢。

假设菊池宽是被芥川龙之介侵犯了著作权，多半也还能够作罢。至少在宣布了绝交以后，这事情基本上也就了了。可是，当被一个八竿子打不着的君子抢先下了手，可能只好自认倒霉。当然，菊池宽可能宁愿倾家荡产也要在法庭上讨回权利。但即便是提出诉讼也不一定能胜诉，这显然极其不合理。

自然，这并不仅仅发生在日本，英国也同样如此。直到萧伯纳的 *Admirable Bashville* 第一次成书的 1913 年之前，两国应该是相同的。（这是萧伯纳把自己的小说《卡谢尔·拜伦的职业》（*Cashel Byron's Profession*）改编为戏剧的名字。萧伯纳理所当然地在戏剧的序文中指出了法律上有关侵犯著作权的缺陷。否则，对法律生疏的我可能永远也不会觉察到这种问题。或许在 1910 年前后，我自然而然地感觉到了这个问题。）

对付这种法律上欠缺的方法，就是要像菊池宽或萧伯纳一样，当小说可以改编为戏剧的时候由作者自己来改编。然而不写戏剧的作者（比如我），是做不到说改就改的。这么一来，一大群这样的作者就好像乱世之民只得听任野武士[1]们的拦路抢劫了。这不能不说是与圣朝大正极不相符的治安混乱。

另外，关于著作权的所在问题，就法规大全来看其规定好像很暧昧。总之，我们这些鬻文的作者没有得到今日法律的恩惠是千真万确的。

另一个值得思考的问题，是作者自己把小说改编成戏剧的好坏问题。比如，菊池宽把《义民甚兵卫》从小说改编成了戏剧。但《义民甚兵卫》是应当以小说的形式表现呢，还是应当以戏剧的形式表现呢？这是菊池宽预先就要考虑，或者说不能不考虑的问题。把它先写成小说，然后再变成戏剧，难道不会招来"把昨晚剩下的生鱼片凉

1　战时在山野里劫夺战败武士武器等的武装农民集团。

拌"一样的非议吗？至少，这和一不小心把该做凉拌鱼片的东西做成了生鱼片一样无能——别人有这种想法也是有可能的。

可是，并没有同一题材不可使用两次的道理。不，即使不把小说改编成戏剧，也可以从小说到小说。例如，久米正雄等不就是把唯一的一次失恋写成了无数的小说吗？（这样说不是嘲笑久米。比起失恋了无数次却连一篇小说都写不出的新时代青年来，久米要高出好几个档次。）何况从道理上讲，把小说改成戏剧剧本并不是什么丢人的事。当然，有一方或许会更杰出些。但是，这道理就等于在说同一个作者既有优秀作品也有劣等作品。

当然，论者肯定会这样讲：那仅限于特定的场合，即将小说改编戏剧的角度，不同于写小说的角度，否则怎么打折扣，也难以逃脱无能的责难。这种说法，基本上言之有理。的确，假如改成戏剧以后比小说更加出色，过去的无能或许要受到责备。相反，假如没有把改编成戏剧一定会

更加出色的东西加以改编，现在的无能比过去的
无能自然就更加值得非难。此外，就算是改成戏
剧以后反而比小说的效果要差，也不好一概加以
非难，因为这给不看小说的读者提供了另一个鉴
赏的机会。例如，假设命令莎士比亚为斯特拉福[1]
的孩子们写童话故事，就算效果多少差一些，他
也很可能会把《暴风雨》改为童话的。何况像前
面说到的那样，某种著作权受到侵害是得不到法
律保护的。这么一来，会写戏剧的作家既然恰好
有可以改编成戏剧的小说，那么迅速地将它改编
为戏剧，难道不是十分得当的处置吗？

当然，如果硬要说"过去的无能也不行"或
"效果差些也混账"，那么就成了"汝等之中无罪
者，可先用石头击打他"[2]。对于这样的论者，我
只能报以一丝苦笑。

大正十三年（1924）二月

（揭侠　译）

1　位于伦敦北方五十多公里处英格兰沃里克郡，莎士比亚的故乡。
2　改写自《圣经·约翰福音》，原文是"她"。

私小说论小见

——给藤泽清造君

　　文艺上的作品分成许多种类，如诗和散文、叙事诗和抒情诗、正宗小说和私小说——这样数下去，肯定还会有其他很多。但是，这些名称未必说明了它们本质上存在的差别，只不过是一些依据量化标准所贴上的标签。拿诗来说，假设只给符合某种形式的东西冠以诗的名称，则势必把一切自由诗以及散文诗都排除在外。假设给自由诗以及散文诗也冠以诗的名称，那么这些作品所共通的特色，就只是变成了广义上诗一般的作品——带有艺术性。

　　所谓韵文艺术和散文艺术的差别，也多半只是复杂化了的诗和散文的差别而已。诚然，散文艺术——比方小说，乍看上去和诗像是有些不同，但差别在哪里呢？与诗相比，小说给我们的铭感更加切合于我们的实际生活，这是人们经常说的话。还说，这种铭感即使在小说以外，也只是存在于使用了韵文的小说——叙事诗之中。但是叙事诗和抒情诗的差别也好，客观文艺和主观文艺的差别也好，本质上的差别是并不存在的。不必从西方寻找例证，兰派的短歌连作[1]便既是抒情诗又是叙事诗。假设叙事诗和抒情诗已经没有了什么差别，想必一切诗就会像春天一样立即流淌进一切散文之中。

讲完了这一番话，我想来探讨一下久米正雄首先提出、近来又得到宇野浩二声援的"散文艺术的正道是私小说"这样一个看法。要探讨这个看法，就必须弄明白私小说是什么。据首倡者的久米君所言，私小说并不是指西方人所说的第一人称小说，而是只要小说描写了作家的实际生活且不属单纯的自传，那么即使是第二或第三人称

---

1 短歌、俳句领域，同一作家进行一系列的连续创作，系列作品达成主题的统一。

也没有关系。可是自传或者自白，也同样在本质上并不存在与自传性或自白性小说的差别。同样根据久米君的说法：卢梭的《忏悔录》不过是单纯的自传，而斯特林堡的《疯人辩护词》则是自传性的小说。但是，通过阅读比较一下两者，尽管我们偶尔能够在《忏悔录》中感觉出《疯人辩护词》的结构样式，但绝对感受不出两者在本质上的差别。

诚然，两者在描写或者叙述上，会有着各种各样的差异。（如果要举出两者外在表现上的最大差异，那就是卢梭的《忏悔录》没有像斯特林堡《疯人辩护词》一样把对话另行印刷！）然而，那并不是自传和自传性小说的差别，而是卢梭和斯特林堡考虑到时代以及地理因素所造成的差别。这么一来，必须说私小说之所以是私小说，并不在于它是否是自传，而仅仅在于它"描写了作家的实际生活"——也即，相反，也不能不说它是自传吧。但是，是自传也就意味着是比抒情诗还要复杂的主观性的文艺。我在上文提到，叙事诗和抒情诗的差别——客观文艺和主观文艺的差别本质上并不存在，只是一些依据量化标准贴上去的标签。假如已经证明叙事诗和抒情诗没有本质上的差别，那么私小说也同样应该在本质上与正宗小说并不存在任何差别。因此必须说私小说之所以是私小说的原因，本质上是全然不存在的，如果说有的话，那也只是存在于私小说中的某个事件被认为等同于作家实际生活中的某个事件这样一个事实之中。也就是说不管久米君的定义如何，私小说必然会是这样——私小说是带有"不撒谎"这种承诺的小说。

为慎重起见再重复一次的话，私小说之所以是私小说的原因就在于"不撒谎"，这绝对不是我一个人的夸张之辞。"不管怎么巧妙，都无法相信私小说以外的小说"的真实性，久米君本人也确确实实不止一次地这么极力主张。但"不撒谎"这一点，对于实际问题的意义且不说，对于艺术上的问题并不具有任何权威性。哪怕看一下文艺以外的艺术——比如绘画——也可以明白：在高

野山 [1] 的赤色不动明王面前，谁都不会去想实际上有没有这个背上披着火的怪物。可仅凭这种理由而对"不撒谎"付之一笑，也太简单了些。现实中，"不撒谎"这种说法对于文艺确实好像有些特殊的意义。

为什么好像有些特殊的意义呢？这是因为人们普遍认为：文艺比起其他艺术来，与道德以及功利性的认识处于更加深刻的关系之中。可是文艺也和其他艺术完全一样，与这些东西是毫无关系的。诚然，我们在实际中——在"拿出什么、什么时候、面向谁"来发表的问题上，有时会有道德以及功利性的考虑。但是，作为超越了这一点的文艺本身，是不受任何约束的、像风一样极其自由的东西。假如还没有达到完全的自由，那么我们就不能对文艺的内在价值说三道四，于是文艺自然而然地处于一种奴隶性的地位，它上有"文艺化的人生观"，下有宣传检查机关。方才已

---

1 日本佛教密宗真言宗的本山，空海法师在此修行。

经说到文艺是像风一样极其自由的东西。假如是这样的，那么"不撒谎"当然也会像一片落叶一样，必然会被风吹跑。不仅"不撒谎"，而且与私小说多少有关的错误见解如"作家在作品中必须时刻率直"的说法，也理应同样会被风吹跑。本来，"坦诚"或者"不撒谎"的说法，即便能够成为道德上的法律，它也绝不是文艺上的法律。而且作家这种人，除了他内心已经存在的东西以外，是什么也不会表现的。比方说某一个私小说作家，给了他小说中的主人公一个他自身所没有的孝顺的美德。既然小说中的主人公与他不同，那么说他是道德上的撒谎者或许是恰如其分的。可是，具有这种主人公的私小说早在还没有发表以前，就已经存在于作家的心中了。所以，他哪里是什么撒谎者，只不过是把自己内心的东西拿出来给大家观看而已。假如还认为他撒谎了的话，那就只能是这样的场合：他出于什么目的，像卖淫一样出卖了他的天才，耽误了把他内心的私小说充分加以外化（或者说表现）的机会。

所谓私小说，就是如上所述的小说。称这种私小说为散文艺术的正道，当然是荒谬的。但是，这种说法之所以错的原因并不仅仅限于此。说到底，散文艺术的正道究竟是什么呢？我方才说到散文艺术和韵文艺术之间的差别，并未说明它们本质上存在着差别，只是依据量化标准贴上去的标签。这么一来，也就不能把散文艺术的正道解释成"最具文艺性的散文艺术"。如不能做这样的解释，那就唯有解释成"最具散文艺术性的散文艺术"。可是，"最具散文艺术性的散文艺术"，归根结底也只是说散文艺术。比如用纸卷烟来指代散文艺术，在烟草的本质上，纸卷烟和叶卷烟（雪茄）没有丝毫的不同。因此，如果说纸卷烟的正道是"最具烟草性的纸卷烟"，自然会很滑稽。如此，只有说成"最具纸卷烟性的纸卷烟"。于是，我根据常识的名称想问一问诸位：所谓"最具纸卷烟性的纸卷烟"，除了一般的烟卷之外又能指什么呢？

散文艺术的正道之说，和说"最具纸卷烟性

的纸卷烟"完全是一码事。正如这个例子所显示
的一样，"散文艺术的正道是私小说"的议论，其
破绽之处并不单单表现在把散文艺术的正道换成
了私小说，而是从一开始在构筑空中楼阁的时候
就已经露出了破绽。那么，散文艺术的正道这个
东西是不是就不存在了呢？从某种意义上讲，未
必能说不存在。一切艺术的正道都只是横卧于杰
出的作品之中。如果说散文艺术的正道也存在
于某个地方的话，恐怕那地点就在这座杰作的
山上。

　　我对于久米君所主张的"散文艺术的正道是
私小说"这种看法的批评，基本上已经说完。很
遗憾，我的立场和久米君的立场势不两立。但是，
我对于久米君的议论并非没有一点敬意。比如，
久米君把私小说与自传截然区分开来。前面已经
讲到我不赞成他所说的差别根据。但还是必须说，
建立这种差别从某种意义上又恰恰切中了文坛的
时弊。如果多少有些闲暇的话，我真打算写一篇
从这种差别谈起的小论文。另外，我把宇野君的

看法彻头彻尾地束之高阁了。这是因为宇野君像久米君一样，斩钉截铁地说了"散文艺术的正道是私小说"。当然，毫无疑问宇野君在他的议论中极力主张："我们日本人的艺术素质，比起正宗小说来，更适合于私小说。"但这必须看成是宇野君的玩笑话。为什么又要看成玩笑？这是因为我从我们日本人创造的正宗小说性质的作品之中，《源氏物语》且不论，还可以欣喜地历数出近松的戏剧、西鹤的小说、芭蕉的连句等——不，首先可以欣喜地历数出宇野君本身的两三部小说。

最后我想附带说一句，我所提出异议的问题绝不是针对私小说而是针对私小说论。假如有人把我看成是只对正宗小说顶礼膜拜的、小乘尝粪之徒，那么不光是我一个人的冤屈，同时也会给日本文坛上许许多多的私小说名篇脸上抹黑。

大正十四年（1925）十月

（揭侠　译）

俳句之我见

一 十七音

俳句以十七个音节为原则。把十七音以外的东西叫作俳句——或称为新倾向之句，还不如称其为短诗（当然，在这种短诗作家像河东碧梧桐、中塚一碧楼、荻原井泉水等人的作品中，事实上也有佳作）。如果仅仅根据内容而把这种短诗叫作俳句的话，那么俳句与其他的文艺形式——如汉诗并无太大的不同。

初月波中上（当然要用日本式读法）

——何逊[1]

---

1 选自南北朝诗人何逊《入西塞示南府同僚诗》。

明月跃然波中起——子规（明月の波の
中より上りけり）

单就内容而言，子规居士的俳句就是何逊的
诗。同样是用来喝茶，茶碗[1]终归不是茶杯。假
如使茶杯而成为茶杯，在于茶杯这种形式；以及
使茶碗而成为茶碗，在于茶碗这种形式的话，那
么使俳句而成为俳句的，也应当在于俳句这种形
式——即十七个音节。

二　季题

俳句未必需要季题。今天叫作季题的，包括
像洋葱、天河、圣诞、玫瑰、青蛙、秋千、汗水……
各种各样的东西。因此，要作不含季题的俳句，
事实上反倒更不容易。尽管不容易，只要季题不
是包罗万象，没有季题的俳句也还是可以作的。

1　日本的所谓茶碗，除了喝茶用，还可以用来盛饭。

何谓季题呢？其实，除了明月、长夜等诗语之外，基本上就是我们日常中所使用的词语。诗语当然有着它作为诗语的文艺价值。但是，把其他一些日常用语，如洋葱、天河等特别作为季题的话，毋宁说对俳句创作是有害的。由于我们把这些日常惯用的词语特别作为季题从而生出了所谓的季节感，反而容易陷入流俗之见。另外，今日的农艺以及园艺已经大大发展，以至于难以按照过去的春夏秋冬把花草、水果、菜蔬等尽收其中。

俳句完全不需要季题。毋宁说，季题是没有用处的。实际上，短歌[1]没有像俳句一样依靠什么季题。它所依靠的，应当不只是比俳句多出十四个音节。

1　短歌，日本传统和歌的一种，由三十一音组成。

三　诗语

季题对俳句是无用的。但是，即便季题无用，诗语也绝非无用。如晚春这样的词，就带有我们祖先流传下来的美丽的语感。轻视这种语感，如同轻视我们自己一样。

联袂近江人，同来惜晚春——芭蕉
（ゆく春を近江の人と惜しみける）

追记：诗语和非诗语的差别，事实上并不清晰。

四　诗调

俳句既然是诗，那么它自然就应该有着一种诗调。元禄人有元禄人的诗调，大正人有大正人的诗调，这未必是一种错误的说法。然而把诗调的意思限定在十七音上，则是所谓的新倾向作家的谬论。

　　　　不觉岁尾今至，快去年市买香火——
芭蕉
　　（年の市線香買ひに出でばやな）

　　　　夏月升御油，不觉悬赤坂（同上）
　　（夏の月御油より出でて赤坂や）

　　　　穿行右拐有矶海，金波万顷早稻香
（同上）
　　（わせの香やわけいる右は有磯海）

　　这几首诗虽然都是十七音，但诗调各自不同。
在这诗调之妙上，大正人终归不如元禄人。子规
居士性情豪迈奔放，喜好格外紧凑的诗调。但是，
其遗风却使子规居士以后的俳句变得粗乱。如果
仅从在诗调上殚精竭虑的角度说，所谓的新倾向
作家因为不拘泥于十七音，或许胜过俳人们也未

可知。

大正十五年（1926）四月二十三日

　　附记：草就这篇文章后，读了山崎乐堂[1]的《俳句格调本义》（刊载于《诗歌时代》）一文，获益匪浅。特别是我所主张的恪守十七音这种形式上的认识，觉得有必要做进一步的探讨。顺便（这样说可能有些失礼）在此表示感谢。

（揭侠　译）

1　山崎乐堂（1885—1944），日本建筑师、能剧研究者、法政大学教授。

侏儒警语

"侏儒警语"序

"侏儒警语"未必传达我的思想，但可以从中不时窥见我思想变化的轨迹，仅此而已。较之一根草，或许一条藤蔓能伸出更多的分支。

星

古人一语中的：太阳光下无新事。但无新事并不仅仅是在太阳光下。

据天文学家的说法，海格力斯星群[1]发出的光

1　应指武仙座（Hercules），是依据罗马神话的英雄海格力斯命名的一个星座，而其源头是希腊神话的英雄赫拉克勒斯。根据恒星演化论，恒星演化的最终结局是成为白矮星、中子星、黑洞三者之一。

抵达我们地球需三万六千年之久。可是海格力斯星群也不可能永远发光不止，迟早将形如冷灰，失去美丽的光芒。而死总是孕育着生。失去光芒的海格力斯星群也是如此，它在茫茫宇宙中徘徊的时间里，只要遇到合适机会，便有可能化为一团星云，不断分娩出新的星体。

较之宇宙之大，太阳也不外乎一点磷火，何况我们地球！然而，遥远的宇宙终极和银河之畔所发生的一切，其实同我们这泥团上的并无二致。生死照惯性运动定律循环不息。每念及此，不由对天上散在的无数星斗多少寄予同情。那闪烁的星光仿佛在表达与我们同样的感情。诗人已率先就此引吭高歌，赞美永恒的真理：

> 细砂无数，星辰无数，
> 当有一星，发光予吾？[1]

---

1 日本近代诗人正冈子规所作。

但星辰流转正如人世沧桑，未必尽是赏心乐事。

鼻

假如克利奥帕特拉[1]的鼻子是弯的，世界历史或许为之一变——此乃帕斯卡[2]有名的警句。然而恋人们极少看清真相。不，莫如说我们的自我欺骗一旦陷入热恋便将演示得淋漓尽致。

安东尼也不例外。假如克利奥帕特拉的鼻子是弯的，他势必佯装未见。在不得不正视时也难免寻找其他长处以弥补其短。所谓其他长处便是：天下再没有如我们恋人这样集无数长处于一身的女性。安东尼也必定和我们同样，从克利奥帕特拉的眼睛和嘴唇中寻求弥补。何况又有"她

1　克利奥帕特拉七世（Cleopatra VII Philopator，约 69 BC—30 BC），古埃及的托勒密王朝最后一任女法老，以美貌著称。

2　布莱士·帕斯卡（Blaise Pascal，1623—1662），法国数学家、物理学家、哲学家。原句为："假如克利奥帕特拉的鼻子是低的，地面一切将为之一变。"

的心"！其实我们所爱的女性古往今来无不有一颗完美——完美得无以复加——的心。不仅如此，她们的服装、她们的财产或者她们的社会地位等也都可以成为长处。更有甚者，以前被某某名士爱过的事实以至传闻都可列为其长处之一。况且，那克利奥帕特拉不又是极尽奢华的充满神秘感的埃及最后一位女法老吗？香烟缭绕，珠光宝气，倘再手弄荷花，约略弯曲的鼻子根本不会有几个人目睹。何况安东尼的眼睛！

我们这种自我欺骗并不仅仅限于恋爱。总的说来，我们都在随心所欲地——尽管程度略有不同——粉饰事实真相。纵然牙科医院的招牌也是如此：我们眼睛看到的，较之招牌本身，更是对招牌所示之物的渴望导致的牙痛，不是吗？我们的牙痛当然与世界历史无关，但这种自我欺瞒是千篇一律发生在每一个人身上的——无论想知道民心的政治家还是想知道敌情的军人，抑或想知道经济形势的实业家。我毫不否认对此予以修正的理性，同时也承认可以解释世间万事的偶然。

但大凡热情都容易忘记理性的存在，偶然可谓天意。这样一来，我们的自我欺骗便很可能成为足以左右世界历史的永久力量。

这就是说，两千余年的历史并不取决于一个克利奥帕特拉的鼻形如何，更取决于遍布于大地之上的我们的愚昧，取决于应该嗤之以鼻而又道貌岸然的我们的愚昧。

修　身

道德是权宜的别名，大约如"左侧通行"之类。

道德赐予的恩惠是节省时间与力气，而带来的损害则是良心的彻底麻痹。

肆意违反道德者乃经济意识匮乏之人；一味属从道德者乃懦夫和懒汉。

支配我们的道德，是被资本主义毒化了的封建时代的道德。除受害以外，我们几乎没得到任何好处。

不妨说，强者蹂躏道德，弱者则又受道德的爱抚。遭受道德迫害的，通常是介于强弱之间者。道德经常身着古装出场。良心并非如我辈的胡须，随年龄的增长而增长。即使为了获取良心，我们也须进行若干训练。

一国民众，九成以上为无良心者。

由于年少，或由于训练得不充分，我们在获取良心之前被指责为寡廉鲜耻，这是我们的悲剧。

而我们的喜剧则在于在被指责为寡廉鲜耻者之后，终于获取了良心 —— 由于训练得不充分，或由于年少。

良心乃严肃的趣味。

良心也许制造道德。而道德至今仍未造出良

心的良字。

如同所有趣味，良心也拥有近乎病态的嗜好者。其中十之八九若非聪明的贵族即乃睿智的富豪。

好　恶

我像喜欢陈年佳酿一样喜欢古希腊之快乐学说。决定我们行为的既非善亦非恶，仅仅是我们的好恶，或是我们的快与不快。我只能如此认为。

那么，我们为何在隆冬之日遇见即将溺水的儿童，而主动跳入水中呢？因为以救人为快。那么，使得我们摈除入水之不快而选择救助儿童之快的是什么呢？乃是更大的快。但肉体与精神的快感所依据的应当不是同一尺度。其实这两种快感并非完全不兼容，毋宁说相互融为一体，正如咸水和淡水。未受过精神教养的京阪地区的绅士诸君在啜罢元鱼汤之后复以鳗鱼下饭实际上不也感到无上快乐吗？而且冬泳也显示出肉体之快是可以依存于冷水与寒气的。若对此仍有怀疑，不妨想一下色情受虐狂。那种应当加以诅咒的受虐倾向，便是在这种看上去异乎寻常的肉体快感之中加入了常规倾向。据我所信，或以立柱苦行为乐或视火中殉教如归的基督教圣贤便似乎大多带有受虐心理。

如古希腊人所说，决定我们行为的无非好恶而已。我们必须从人生之泉中汲取至味，不是吗？就连耶稣都说"勿像法利赛之徒那样终日面带忧伤"。所谓贤人，归根结底就是能使荆棘丛生之路也绽开玫瑰花之人。

侏儒的祈祷

我是穿五彩衣、献筋斗戏的侏儒，唯以享受太平为乐的侏儒，敬祈满足我的心愿：

不要使我穷得粒米皆无，不要让我富得熊掌食厌。

不要让采桑农妇都对我嗤之以鼻，不要使后宫佳丽亦对我秋波频传。

不要让我愚昧得麦菽不分，不要使我聪明得明察云天。

尤其不要使我成为英雄而勇敢善战。时下我便不时梦见或跨越惊涛骇浪或登临险峰之巅，即在梦中变不可能为可能——再没有比这种梦更令人惶恐不安的。如与恶龙搏斗一样，我正在为同梦的对峙而苦恼不堪。请不要让我成为英雄，不要使我产生雄心义胆，永保这无能为力的我一生平安。

我是醉春日之酒诵金缕之歌的侏儒，唯求日日如此天天这般。

神秘主义

神秘主义并不因文明而衰退，莫如说文明给予神秘主义以长足进步。

古人相信我们人类的祖先是亚当，即相信

《创世记》；今人甚至中学生都相信人是猿猴演变的，相信达尔文著作。亦即，在相信书籍方面今人古人并无区别。上古之人至少曾通读《创世记》，而今人——除少数专家——根本没有读过达尔文著作却恬然相信其说。较之以耶和华哈气的泥土——即以亚当为祖先，以猿猴为祖先作为信念并不更光彩夺目，然而今人无不深信不疑。

亦不限于进化论。即使地球是圆的这一点，真正知晓的人也是少数，大多数人无非人云亦云笃信而已。若追问何以是圆的，则上自总理大臣下至低薪一族，无不浑浑噩噩。

下面试举一例：今人无一人像古人那样相信真有幽灵，可是见过幽灵的说法至今绵延不绝。为什么相信那样的说法呢？因为看见幽灵者为迷信所俘虏。何以为迷信所俘虏呢？因为见过幽灵。今人这种论法当然不外乎循环论法。

自不待言，更深入复杂的问题简直完全立足于信念之上。我们对理性置若罔闻，而仅仅对超越理性的某物洗耳恭听。对于某物我只能称之为某物，连名称都无从觅得。若勉强命名，只能采用诸如蔷薇、鱼虾、蜡烛等象征手法。索性称为我们的帽子亦可。我们像不戴鸟翎帽而戴软帽和礼帽一样相信祖先是猿猴，相信幽灵的子虚乌有，相信地球是圆的。不相信的人想一想日本欢迎爱因斯坦博士或欢迎其相对论的情形好了。那是神秘主义的庆典，是匪夷所思的庄严仪式。至于为何而狂热，就连改造社[1]主人山本亦浑然不知。

那样一来，伟大的神秘主义者就不是斯威登堡[2]也不是伯默[3]，而是我们文明之民。并且，我们的信念也同三越[4]的彩色陈列窗毫无二致。支配我们信念的经常是难以捕捉的流行，或是近似神意的好恶。实际上，西施和龙阳君的祖先也是猿猴这一想法未尝没给我们以些许安慰。

1　系山本实彦创办的改造社。

2　伊曼纽·斯威登堡（Emanuel Swedenborg，1688—1772），瑞典科学家、神秘主义者、哲学家和神学家。

3　雅各布·伯默（Jakob Böhme，1575—1624），德国神秘主义哲学家。

4　指位于东京日本桥的三越百货大楼。

自由意志与宿命

总之，若相信宿命，罪恶便不复存在，惩罚也失去意义，我们对罪人的态度也因之宽大起来。而若相信自由意志，则产生责任观念，从而免使良心麻痹，我们对自身的态度必因此变得严肃。那么，我们应相信哪一方呢？

我想这样平静地回答：应该半信自由意志半信宿命，或应半疑自由意志半疑宿命。为什么呢？我们因我们背负的宿命而娶了我们的妻；同时又因我们拥有的自由意志而未必一一按妻的吩咐为其买来羽织和腰带，不是吗？

亦不仅仅限于自由意志和宿命，对于神与恶魔、美与丑、勇敢与怯懦、理性与信仰等所有天平的两端都应取如此态度。中庸在英语中为 good sense。据我所知，除非具有 good sense，否则就无以得到任何幸福。即使得到，也只能是炎夏拥炭火、寒冬挥团扇那种虚张声势的幸福。

小 儿

军人近乎小儿，喜欢摆出英雄架势，喜欢所谓光荣，这点早已无须赘述。崇尚机械式训练，注重动物般的勇气，此乃唯独小学才可见到的现象。至于视杀戮如儿戏更与小儿毫无不同。尤其相似的是，只要军号军歌一响，便自然冲杀而不问为何而战。

因之，军人引以为自豪的，必同小儿的玩具相似无疑。用绯色皮条穿起的铠甲和铲形头盔并不适合于大人的雅趣，勋章在我看来也委实不可思议。军人何以能在未醉酒的情况下挂起勋章招摇过市呢？

武 器

正义类似武器。只要出钱，武器即可为敌方又为我方所收买。而正义也是如此，只要振振有词，即为敌方又为我方所拥有。"正义之敌"一词古来便如炮弹一般飞来飞去。至于哪一方是真正的"正义之敌",极少黑白分明,除非为其辞令所蛊惑。

日本工人仅仅因为生为日本人,便被勒令撤离巴拿马,显然有违正义。如美利坚报纸所说,乃"正义之敌"。可是,中国工人也仅仅由于生为中国人便被逐出千住[1],此亦有违正义。如日本报纸所说——即使报纸不说——两千年来日本始终是"正义的伙伴"。看来,正义还从不曾同日本的利害关系相矛盾。

武器本身不足为惧,恐惧的是武将的武艺。正义本身不足为惧,恐惧的是煽动家的雄辩。武后不顾人天共怨,冷然蹂躏正义。但遭遇徐敬业[2]之乱而读得骆宾王檄文时仍不免为之失色。"一抔之土未干,六尺之孤安在"——如此名句只有天

1 东京地名,当时的工业地带。
2 光宅元年(684),面对武后废除唐中宗李显和唐睿宗李旦、临朝称制的局面,徐敬业起兵于扬州,自称大将军、扬州大都督,以勤王救国、支持唐中宗李显复位为名,谋士骆宾王撰写《为徐敬业讨武曌檄》号召天下。

生的 demagogue（煽动家）方能脱口而出。

　　每次翻阅史书，我都不由想起游就馆[1]。幽暗之中，过去之廊里陈列着种种正义。形似青龙刀者大概是儒教之正义，仿佛骑士长枪者想必是基督教之正义；此处粗大的棍棒当是社会主义者之正义，彼处带穗的长剑应为国家主义者之正义。目睹这一件件武器，我屡屡想象一场场征战，感到一阵阵心悸。但不知幸与不幸，记忆中我从未有过拿一件自身武器的欲望。

尊　王

　　十七世纪法国有这样一个故事。一天，勃艮第公爵（Duc de Bourgogne）向德舒瓦西神父（Abbé Choisy）[2]问道："查理六世疯了，如何说才能委婉道出这个意思呢？"神父当即回答："若是

1　东京千代田区靖国神社所属武器博物馆，建于 1882 年，陈列战没者的遗物和战利品。

2　弗朗索瓦·蒂莫莱翁即德舒瓦西神父，法国作家、神父、异装癖。

我就直接说查理六世疯了。"德舒瓦西神父将这句答话列入一生冒险之中并久久为之得意。

十七世纪的法兰西富有尊王精神，致使这样的逸闻流传下来。但二十世纪的日本在富有尊王精神这点上似乎并不亚于当时的法兰西——委实喜幸之至[1]。

创 作

艺术家或许总是有意识地构筑他的作品。但就作品本身来看，其美丑有一半存在于超越艺术家的神秘世界里。一半？说大半也未尝不可。

妙在我们往往不打自招。我们的灵魂难免自然流露于作品之中。古人所谓一刀一拜[2]，其意莫非在于诉说对这种无意识境界的敬畏？

创作经常是在冒险。归根结底，竭尽人力之后便只能听命于天。

1　应视为反语。

2　或曰一刀三拜。喻雕刻佛像时的虔诚。

少时学语苦难圆，只道工夫半未全。

到老始知非力取，三分人事七分天。

赵瓯北这首《论诗》七绝大约传达出了个中真谛。艺术总是奇妙地带有某种不可捉摸的可怕神威。如若我们一不贪财二不求名，且最后不为近乎病态的创作欲所折磨，我们恐怕就不会产生同这种可怕的艺术格斗的勇气。我自不才，这两三年间，其实对于创作的格斗之心早已死去。

鉴　赏

艺术的鉴赏来自艺术家本身同鉴赏者的合作。不如说，鉴赏者是以某一作品为题来尝试他自身的创作。因而，任何时代都不失却声誉的作品，必然具有足以使种种鉴赏成为可能的特色。但并不是说——正如法朗士所言——足以使鉴赏成为可能，并不意味其含义带有某种暧昧性，从而可以随意解释。毋宁说它犹如庐山峰岭，具有堪从各个角度加以鉴赏的多样性。

古 典

古典的作者是幸福的，因为反正都已死去。

又

我们或者诸君——是幸福的，因为反正古典的作者都已死去。

幻灭的艺术家

一群艺术家居住在幻灭的世界里。他们不相信爱，不相信所谓良心，只是像古之苦行僧那样以虚无的沙漠为家。这点固然有些悲哀。然而美丽的海市蜃楼却是仅仅出现在沙漠上空的。对一切世事感到幻灭的他们对艺术则仍心驰神往。只要一提起艺术，他们眼前便出现常人所不知晓的金色梦幻。其实他们也并非未曾拥有幸福的瞬间。

坦　白

彻底自我坦白不是任何人都能做到的。与此同时，不自我坦白的人也不是任何时候都能回避坦白。

卢梭是喜欢坦白的人，却无法从《忏悔录》中发现他赤裸裸的自身。梅里美是讨厌坦白的人，但《高龙巴》不是于隐约之间谈了他自己吗？说到底，坦白文学同其他文学的界限并非如外表那般清晰。

人　生

——致石黑定一[1]君

如果有人命令没学过游泳的人游泳，想必任何人都会认为是胡闹；同样，如果有人命令没学过赛跑的人快跑，人们也不能不觉得荒唐。可是无独有偶，我们自一降生便背负这种滑稽的命令。

难道我们在娘胎时学过怎样应付人生吗？然而刚一脱胎，便不由自主地一步步踏入这类似大型赛场的人生。没学过游泳的人理所当然游不出个名堂，没学过赛跑的人势必落于人后，望尘莫及。这样，我们也不可能完好无损地走出人生赛场。

诚然，世人也许会说："看看前人足迹就可以了嘛！那里自有你们的榜样。"问题是纵使观看百位游泳健儿或千名赛跑选手，也不至于马上学

1　作者在上海旅行时的友人。

会游泳或赛跑。何况那些游泳健儿统统都是呛过水的，赛跑选手无一不是浑身沾满过赛场脏土的。试看，甚至世界名将不也是在满面春风中隐约透出几分苦涩吗！

人生类似由狂人主办的奥林匹克运动会。我们必须在同人生的抗争中学习对付人生。如果有人对这种荒诞的比赛愤愤不平，最好尽快退场。自杀也确乎不失为一条捷径。但决心留在场内的，便只有奋力拼搏。四脚朝天倒在赛道上的赛跑选手，滑稽又悲惨；呛水的游泳健儿也会让人笑中含泪。我们同他们一样，上演着人生的悲喜剧，无可奈何地遍体鳞伤。然而若是想要忍受这遍体鳞伤，世人也不知会说些什么。至于我，但愿长持同情与戏谑之心。

又

人生类似一盒火柴。视为珍宝未免小题大做，反之则不无危险。

又

人生近乎严重缺页的书。很难称其为一部书，却确实是一部书。

某自警团¹员的话

好了，去自警团上班好了！今夜星斗也在树梢上凉光熠熠，微风缓缓吹来。就躺在这长藤椅上点燃一支马尼拉雪茄，顺便悠悠然彻夜值班好了！口渴时喝一口壶里的威士忌，幸亏衣袋里还剩有巧克力棒。

听，夜鸟在高高的树梢上喧哗。鸟儿们想必不知晓这次大地震带来的灾难，而我们人类则在品尝丧失衣食住之便的所有痛苦。不，岂止衣食住，喝不上一杯柠檬水都要使我们多少忍受不适的折磨。人这两脚兽是何等窝囊的动物啊！当我

---

1 日本 1918 年发生"米骚动"后，由警察组织的自卫组织。

们最后失去文明之时，才正如风中残烛一样必须守护垂危的生命。看，鸟儿已静静入睡，不知盖被和垫枕的鸟儿们！

鸟儿已静静入睡，梦大概也比我们安然。鸟儿仅活在此时此刻，而我们人却必须活于过去、活于未来。这意味人必须遭受悔恨和忧虑之苦。尤其是此次大地震，不知将给我们的未来投以多大的凄凉阴影。我们的东京被烧毁了，在苦于今日饥饿的同时还苦于明日饥饿。鸟儿们所幸不知此痛苦，不，不限于鸟儿们。

据传小泉八云曾说当人不如当蝴蝶。蝴蝶！如此说来看那蚂蚁好了！假如幸福仅仅意味痛苦少，那么蚂蚁也应比我们幸福。可是我们人类知晓蚂蚁所不知晓的快乐。蚂蚁也许没有因破产或失恋而自杀的苦难，但也不可能和我们一样怀有愉快的希望，不是吗？至今我仍记得，记得自己曾怜悯在月色朦胧的洛阳废都却连李太白之诗的一行都不知晓的无数蚁群！

可是，叔本华……算了，不谈哲学了。反

正有一点是确定的：我们和那里的蚂蚁大同小异。哪怕这一点——仅仅这一点——是确定的，那么我们必须更加珍惜人所特有的全部感情。大自然只是冷冷注视我们的痛苦，所以我们必须互相怜悯。而耽于杀戮之辈通常都觉得——绞杀对手——甚至比驳倒对手还要来得尤其容易。

我们必须互相怜悯。叔本华的厌世观给予我们的教训不也在这里吗？

夜似已过半。星斗依然在头顶凉光熠熠。好了，你喝威士忌吧，我躺在藤椅上嚼一支巧克力棒。

地上乐园

地上乐园的光景屡屡出现在诗歌中。遗憾的是，我从未产生过想在诗人笔下的地上乐园安居的念头。基督教徒的地上乐园终归是单调无聊的全景画卷，黄老学者的地上乐园无非索然无味的中国风味小吃店。更何况近代乌托邦之类，大家恐怕都还记得威廉·詹姆斯[1]曾为之战栗。

我们希冀的地上乐园不是此类天然温室，同时也并非兼作学校的衣食供应站。地上乐园大体应该是这样的地方：居于其中，双亲必然随着子女的成长收取利息；兄弟姐妹即使生为恶棍也决不生为白痴，因而毫不互为负担；女人一旦成为人妻，为了得家畜之魂寄生而变得百依百顺；小孩无论男女，全都可以遵从父母的意志和情感，在一日之中数次或聋或哑或为胆小鬼或为睁眼瞎；甲友不比乙友穷，乙友亦不比甲友富，从而在相互吹捧中获得无上愉悦。总之——大约这样想就行了。

这并非我一人独有的地上乐园，也是普天下善男信女的人间天国。不过，古来的诗人学者，都不曾在金色的冥想中梦过如此光景。这也没什么不可思议，因为这一梦境过于充满真实的幸福。

---

1 威廉·詹姆斯（William James，1842—1910），美国哲学家、心理学家，提倡实用主义哲学、功能心理学。

附记：我的外甥梦想购买伦勃朗的肖像画，却不梦想得到十元钱。因为这十元零花钱过于充满真实的幸福。

暴　力

人生通常是复杂的。为使复杂的人生变得简单，除了诉诸暴力别无他法。故只具有旧石器时代脑髓的文明人，往往爱杀戮胜过爱辩论。

说到底，权力也是获得专利的暴力。即使为统治我等芸芸众生，恐怕也需要暴力，或者不需要暴力。

"正常人"

实在不幸，我不具有对所谓"正常人"顶礼膜拜的勇气。岂止如此，事实上还每每嗤之以鼻。然而有时对其怀有爱也是不容否认的。爱？较之爱或许应称之为怜悯。但不管怎样，反正如果对"正常人"无动于衷，人生势必变成不堪入住的精神病院。斯威夫特[1]最后发疯，只能说是必然归宿。

据说斯威夫特发疯前夕，曾眼望唯独尖梢枯萎的树自言自语："我很像那棵树，先从脑袋开始报销。"每次想起这段逸闻我都禁不住为之战栗。值得暗自庆幸的是，我没有生为斯威夫特那般聪明绝顶的一代鬼才。

楮米树叶

彻底幸福是仅仅赋予白痴的特权。任何乐天主义者都不可能始终面带笑容。假如真正允许乐天主义者存在，那只意味着对幸福何等绝望。

"居家吃饭，楮米树碗；旅途之餐，敷其叶片。"[2]此诗抒发的并不纯粹是行旅之情。较之希

1　乔纳森·斯威夫特（Jonathan Swift，1667—1745），英国讽刺作家，《格列佛游记》作者，晚年精神失常。

2　《万叶集·卷二》，有间皇子作。

望得到什么，我们更多的是同能够得到什么达成妥协。学者想必赋予树叶以林林总总的美名，但若不客气地拿到手中细看，槠米树叶终归是槠米树叶。

赞叹槠米树叶的确比主张以槠米树叶为餐具值得尊敬，但恐怕不如对其付诸一笑显得高雅。至少终生不厌其烦地重复同一赞叹是滑稽而不道德的。实际上，伟大的厌世主义者也并非终日愁眉苦脸。就连身患不治之症的莱奥帕尔迪[1]有时也在苍白的玫瑰花中浮现出凄寂的微笑……

追记：不道德是过度的别名。

佛　陀

悉达多[2]偷偷跑出王宫后苦修六年。所以苦修六年，当然是极尽奢华的宫中生活的报应。作为

1　莱奥帕尔迪（Giacomo Leopardi，1798—1837），意大利诗人、哲学家，终身多病，悲观厌世。
2　释迦牟尼为王子时之名。

证据，拿撒勒的木匠之子 [1] 似乎只断食四十日。

又

悉达多让车匿 [2] 拉着马辔悄然离王宫而去，但他的思辨癖屡屡使其陷入 melancholy（抑郁症）。那么，偷离王宫后让他舒一口气的，究竟是将来的释迦无二佛 [3] 还是其妻耶输陀罗，恐怕很难断定。

又

悉达多苦修六年后在菩提树下达成正觉 [4]。他的悟道传说表明应如何支配物质之精神。他首先水浴，继而食乳糜，最后同牧羊少女难陀婆罗

1　指耶稣・基督。在约旦河受洗之后在旷野中断食四十天。
2　悉达多出家时陪他行至苦行林的车夫名。
3　准确说法应为释迦牟尼佛。
4　佛语，证悟一切诸法，达到如来的真正的觉智之意。

交谈。

政治天才

自古以来，政治天才似乎被认为是以民众意志为其自身意志者。其实大概恰恰相反。毋宁说政治天才是以其自身意志为民众意志之人，至少口头表达上能使民众昏昏然相信此乃大家的意志。因此，政治天才大约兼有表演天赋，拿破仑曾说"庄严与滑稽仅一步之差"。这句话与其说是帝王之言，更像出自名角之口。

又

民众是相信大义的。政治天才总是对大义本身分文不舍，但为了统治民众又必须借用大义这一面具。而一旦借用一次，便再也无法摘掉，直至永远。若强行摘掉，任何政治天才都只能不日死于非命。也就是说，帝王为了保住王冠，身不由己地在接受统治。所以，政治天才的悲剧未必不兼有喜剧，例如兼有古时仁和寺法师举鼎挥舞那种《徒然草》中的喜剧。

恋情强于死

"恋情强于死"这句话也出现在莫泊桑的小说里，但世上比死更强有力的东西不仅仅是恋情。例如明知吃一口伤寒患者之类的饼干就会死去，但还是吃掉了，便是食欲强于死的证据。此外诸如爱国心、宗教热情、人道精神、名利欲、犯罪本能等，强于死的东西必定不在少数。换言之，所有激情都比死更强有力（当然对死的激情除外）。以恋情而言，似乎也很难断定它在激情中尤为强于死。甚至看上去容易被认为是恋情强于死的场合，实质上支配我们的仍是法国人的包法利主义——始自包法利夫人的感伤主义，指习惯于将我们本身空想成传奇中的恋人角色。

地　狱

人生比地狱还地狱。地狱所施加的苦难不曾打破一定的常规。譬如饿鬼之苦，不过是将要取食眼前饭菜时，饭菜上突然起火而已。然而不幸的是，人生所给予的苦难并不这么单纯。取食眼前饭菜之际，既有时上面蹿起火苗，又有时意外地能够轻松吃到嘴。而津津有味地食罢，既有时上吐下泻，又有时乖乖消化之。在这种莫名其妙的世界面前，任何人都不可能轻易得手。假如堕入地狱，我保准以闪电速度一把夺过饿鬼道的饭食。更何况什么刀山火海之类，只消住上三年两载，也就可以处之泰然。

丑　闻

公众喜爱丑闻。白莲事件[1]、有岛事件[2]、武

1　日本诗人柳原白莲私奔事件（1921）。
2　日本作家有岛武郎殉情事件（1923）。

者小路实笃事件[1]——公众从这些事件中找到了多么大的满足啊！那么，公众何以喜爱丑闻，尤其热衷于世之名人的丑闻呢？古尔蒙[2]是这样回答的："因为要使隐蔽的自家丑闻得以理所当然。"

古尔蒙的回答一针见血，但未必尽然。连丑闻都制造不出的凡夫俗子们，在所有名士的丑闻中，找出了足以辩护自己怯懦无能的最好武器，同时找到了树立自己实际上并不存在的优势的台阶。"我没有白莲女士那么漂亮，但比她贞洁。""我没有有岛氏那样的才华，但比他通达世故。""我没有武者小路实笃……"如此说罢，公众便如猪一般无比幸福地堕入酣睡之中。

又

另一方面，天才便显然具备制造丑闻的

1　日本作家武者小路实笃离婚事件（1922）。

2　雷·德·古尔蒙（Rémy de Gourmont，1858—1915），法国作家、评论家。

才能。

舆　论

舆论通常是私刑，而私刑通常是一种娱乐。就像不用手枪而代之以新闻报道。

又

舆论的存在价值，仅仅在于提供蹂躏舆论的乐趣。

敌　意

敌意同寒气无异。适度则给人以爽快感，而且在保持健康方面，对任何人都是绝对不可缺少的。

乌托邦

完美的乌托邦之所以无法出现，原因大约是，如不改变人性，完美的乌托邦便无从产生；而若改变人性，原以为完美的乌托邦即黯然失色。

危险思想

所谓危险思想，乃是企图将常识付诸实践的思想。

恶

具有艺术家气质的青年，对人之恶的发现总是落于人后。

二宫尊德[1]

记得小学语文课本中大写特写二宫尊德的少年时代。生于贫苦人家，白天帮家里做农活，晚间编草鞋；一边和大人同样劳作，一边以顽强的毅力坚持自学。像所有立志谭，即所有通俗小说写的那样，很容易让人感动。实际也是如此，不满十五岁的我在为尊德的志向感动的同时，甚至为自己未能生在尊德那样的穷苦人家而后悔，认为乃自己的一个不幸……

但是，这个立志谭在给尊德带来名誉之时，另一方面当然使尊德的双亲蒙受恶名。他们全然不为尊德的教育提供方便，莫如说其所提供的全是障碍。就父母责任而言，这显然是一种羞辱。然而，我们的双亲和老师竟然天真地忘却了这一事实。尊德的父母既不酗酒又不嗜赌。问题只在于尊德，在于无论多么艰难困苦也不放弃自

---

1 二宫尊德（1787—1856），日本江户末期农村复兴倡导者，通称金次郎。

学的尊德本人。我们少年需像尊德一样培养雄心壮志。

我为他们的利己主义生出近乎惊叹的感慨。诚然,对他们来说,尊德那样身兼男仆的少年都是好儿子无疑。不仅如此,后来还能遐迩闻名,大大彰显父母之名——简直好上加好。可是,不足十五岁的我在为尊德的志向感动的同时,还心想未生于尊德那样的穷人家乃自己的一个不幸,正如原已身带铁链的奴隶希望得到更粗的铁链。

奴 隶

所谓废除奴隶制,指的不过是废除奴隶意识而已。假如没有奴隶,我们的社会连一天都难以保持安宁。就连柏拉图描绘的共和国里都难免有奴隶存在——这点未必出于偶然。

又

称暴君为暴君无疑是危险的，但在当今之世，称奴隶为奴隶同样十分危险。

悲　剧

所谓悲剧，意为不得不斗胆实施自己引以为耻的行为。故而，引起万人共鸣的悲剧起到的是发泄作用。

强　弱

强者不惧怕敌人而惧怕朋友。他可以一拳打倒敌人而全然不以为意；相反，却对不知不觉间伤害朋友怀有类似少女的恐慌。

弱者不惧怕朋友而惧怕敌人，因而又总是四处物色虚构的敌人。

S．M．[1] 的智慧

下面是友人 S．M． 对我说的话：

辩证法的功绩——它使我们最后得出这样的结论：一切都很滑稽。

少女——永远清冽的浅滩。

学前教育——唔，主意不坏。总不至于使人在幼儿园时就对知道智慧的悲哀负有责任。

追忆——遥远地平线的风景画，且已加工完毕。

女人——按玛丽·斯托普斯[2]夫人的说法，女人似乎天生就未贞洁到起码两个星期才对丈夫产生一次情欲的地步。

少年时代——少年时代的忧郁是对整个宇宙的傲慢。

艰难铸汝为玉——若如此，日常生活中深思

1　指室生犀星（1889—1962），日本作家。

2　玛丽·斯托普斯（Marie Stopes，1880—1958），英国作家、古植物学家、优生学家和妇女权利倡导者。

远虑之人便失去了为玉的可能。

吾辈如何求生乎——让未知世界多少残留一点。

社　交

所有社交都必然辅以虚伪。如果丝毫不带虚伪地对我们的挚友倾吐肺腑之言，纵是古代管鲍之交也不能不出现危机。我们每一个人——暂且不论管鲍——无不或多或少地对亲朋密友怀有轻蔑以至憎恶之情。但在利害面前，憎恶也必定收起锋芒。而轻蔑则使自己愈发泰然自若地吐露虚伪。因此，为了同知己朋友亲密地交往下去，彼此必须最充分地保持利害关系和怀以轻蔑。当然这对任何人都是极其苛刻的条件。否则，我们恐怕早已成为谦谦君子，世界也早已出现黄金时代的和平。

琐　事

为使人生幸福，必须热爱日常琐事。云的光影，竹的摇曳，雀群的鸣声，行人的脸孔——需从所有日常琐事中体味甘露。

问题是，为使人生幸福，热爱琐事之人又必为琐事所苦。跳入庭前古池的青蛙想必打破了百年忧愁，但跃出古池的青蛙或许又带来了百年愁忧。其实，芭蕉的一生既是享乐的一生，又是受苦的一生，这在任何人眼里都显而易见。为了微妙地享乐，我们又必须微妙地受苦。

为使人生幸福，我们必须苦于日常琐事。云的光影，竹的摇曳，雀群的鸣声，行人的脸孔——必须从所有日常琐事中体悟堕入地狱的痛苦。

神

神的所有属性中最令人同情的，是神不可能自杀。

又

我们发现了谩骂神的无数理由。但不幸的是，日本人并不相信值得谩骂的全能的神。

民　众

民众是稳健的保守主义者。制度、思想、艺术、宗教，凡此种种，必须使之带有前朝的古色古香，才能为民众所喜闻乐见。民众艺术家不为民众所喜爱，未必尽是他们本身的罪过。

又

发现民众之愚未必足以自豪。但发现我们本身亦是民众却无论如何都是值得自豪的。

又

古人以愚民为治国大道。这就要使民众愚得不可企及或贤得无以复加。

契诃夫的话

契诃夫在日记中论及男女差别："女人年龄愈大，愈遵循女人之道；而男人年龄愈大，则愈偏离女人之道。"

但契诃夫的话也无疑等于说男女年龄愈大，愈自动放弃同异性的往来。必须说，这是三岁小儿也早已知晓之事。较之男女的差别，其揭示的倒更是男女的无差别。

服　装

女人的服装至少是女人自身的一部分。没有

陷入启吉[1]的诱惑当然亦有赖于道德之念。不过，诱惑他的女人穿的是从启吉妻子那里借来的衣服。如果不穿借的衣服，启吉恐怕也不可能轻易远离。

注：请看菊池宽氏的《启吉的诱惑》。

处女情结

为娶处女为妻，我们不知在妻的选择上重复了多少次滑稽可笑的失败。差不多该是向处女情结告别的时候了。

又

处女情结始自知道处女这一事实之后，即较之直率的感情更注重零碎的知识。故必须说处女情结者乃恋爱方面的卖弄专家。或许，所有处女

---

1 菊池宽"启吉系列"小说里的主人公。

情结者全都道貌岸然并非偶然现象。

又

毋庸置疑，崇尚处女风韵同处女情结是两回事。将二者混为一谈的人，大概过于小看了女人的演员才能。

规 范

一个女学生向我的朋友这样问道：

"接吻到底是闭眼还是睁眼呢？"

所有女校的教程中居然没有恋爱规范——我也同这个女学生一起，感到遗憾之至。

贝原益轩[1]

我还是小学时代读的贝原益轩逸事。逸事说，

---

1 贝原益轩（1630—1714），江户前期的儒学家、教育家，本名笃信。

益轩曾同一学生哥儿同乘一船。学生哥儿自恃有才学，谈论古今学艺，滔滔不绝。益轩则未置一词，唯静静倾听而已。不多时船靠岸。临别时船上乘客依例互告姓名，学生哥儿始知益轩。面对一代大儒，不禁深感羞愧，乞恕刚才失礼之罪。

当时的我从这则逸事中发现了谦让美德，至少为发现尽了努力。但不幸的是，如今甚至半点教训都难以觅得。这则逸事多少能引起现在的我的兴趣是下面的想法：

一、始终沉默的益轩的轻蔑何等恶毒！

二、众船客因高兴学生哥儿知耻的喝彩何等卑劣低俗！

三、益轩所不知晓的新时代精神在学生哥儿的高谈阔论中表现得何等鲜活有力！

某种辩护

革新时代的评论家将成语"门可罗雀"用于"猬集"之意。"门可罗雀"乃中国人所创。日本人使用时未必非沿袭中国人用法不可。倘若行得通，形容说"她的笑容简直门可罗雀"也未尝不可。

倘若行得通——一切取决于这不可思议的行得通。例如所谓私小说不也是这样吗？Ich-Roman[1] 之意即第一人称小说，这个"私"不一定指作家本人。但，日本的私小说往往视"私"为作家本人。不仅如此，有时还被看成作家本人的阅历。以致最后竟将使用第三人称的小说也以私小说呼之。这当然是无视德意志人乃至全体西洋人用法的新例。但全能的"行得通"给了新例以生命。"门可罗雀"这一成语还有可能迟早推出类似的意外新例。

这样一来，某评论家便不是多么缺乏学识，而是有些急于追求反乎时代潮流的新例。而受到这位评论家之揶揄者——总之，所有的先觉者都必须自甘薄幸才是。

---

1 德语：第一人称小说。

制　约

天才也囿于各自难以逾越的制约。发现这种制约不能不伴随或多或少的寂寞。但不觉之间又反而会生出一种亲切。正如悟得竹是竹、常青藤是常青藤一样。

火　星

探讨火星上有无居民，无非是探讨有无同我们一样有五感的居民。但生命并不一定都具有同于我们之五感这个条件。假如火星上确有超越我们这种五感的存在，则他们今夜也可能随着染黄法国梧桐的秋风光临银座。

布朗基[1]的梦

宇宙之大无边无际，但构成宇宙的元素不过六十几种[2]。这些元素的结合方式即使极尽变化之妙，也终不能脱离有限。这样，这些元素为了构成无限大的宇宙，在尝试过所有的结合方式之后还必须永无休止地反复进行各种结合。由此观之，我们栖息的地球——作为此类结合方式之一的地球也并不仅仅局限于太阳系中的一颗行星，而理应无限存在。这个地球上的拿破仑固然在马伦哥之战中大获全胜，但茫茫太虚中飘浮的其他地球上的拿破仑在同一战中一败涂地也未可知。

这便是六十七岁的布朗基所梦想的宇宙观。正误另当别论，只是布朗基在狱中将这一迷梦诉诸笔端时，已对所有革命陷入绝望。也唯独这点

---

1 路易·奥古斯特·布朗基（Louis Auguste Blanqui，1805—1881），
   法国空想社会主义者，一生有三十余年在狱中度过。

2 普遍认为除元素锝以外，元素周期表前九十二种都可以在宇宙中
   自然形成。近来又有一些看法，认为仍有一些重元素以极微量存
   在于宇宙中，因此应为九十四或九十八种。

至今仍然使我们的心底沁出几许悲凉。梦想已离他而去。我们若想寻求慰藉，就必须把辉煌的梦境移往数万英里之遥的天上——移往悬浮在宇宙暗夜中的第二地球。

庸　才

庸才之作是大作，也必如无窗的房间，从中根本无法展望人生。

机　智

机智是缺乏三段论法的思想。他们所说的思想是缺乏思想的三段论法。

又

对机智的厌恶之念植根于人类的疲劳。

政治家

政治家比我们政治盲人还自鸣得意的政治知识，无非纷纭的事实性知识而已。归根结底，其程度同某党魁首戴着什么样式的帽子大同小异。

又

所谓"理发店政治家"，是指不具有此类知识的政治家。但以见识而论，未必等而下之。在富有超越利害的热情上，通常比前者还要高尚。

事　实

然而纷纭的事实性知识总是能得到民众喜爱。他们最想知道的不是爱为何物，而是基督是不是私生子。

武者修行

我一向以为武者修行是以八方剑客为比试对手，对武艺精益求精。而实际上其目的则在体悟普天之下无人能及的心理。——《宫本武藏传》读后。

雨　果

覆盖整个法国的一片面包。而且无论怎样看，黄油都涂得不够充分。

陀思妥耶夫斯基

陀思妥耶夫斯基的小说充满所有种类的戏谑。无须说，戏谑的大部分足以使恶魔变得忧郁。

福楼拜

福楼拜告诉我们：美好的无聊也是存在的。

莫泊桑

莫泊桑犹如冰块。当然有时也像冰糖。

爱伦·坡

爱伦·坡在制作狮身人面像之前研究了解剖学，使他的后代震惊的秘密便潜藏于这项研究里。

森鸥外

毕竟鸥外先生乃是一位身穿军服佩剑的希腊人。

某资本家的逻辑

贩卖艺术家的艺术也罢，贩卖我的螃蟹罐头也罢，二者其实半斤八两。但一提起艺术，艺术家便认为是天下至宝。如果效艺术家之颦，我也因一听六十钱的螃蟹罐头就沾沾自喜。不肖行年六十有一，还从未曾像艺术家那样自高自大得滑天下之大稽。

批评学
——致佐佐木茂索君

一个天气晴好的上午。摇身变为博士的Mephistopheles（梅菲斯特）在某大学讲台讲授批评学。不过他讲的批评学并非康德的kritik（批判）之类，而只是如何批评小说和戏曲的学问。

"诸位，上星期我讲的想必你们已经理解了，今天我再讲一下'半肯定论法'。何为'半肯定论法'呢？一如字面所示，即一半肯定某作品艺术价值的论法。但是，这一半必须是'更坏的一半'，肯定'更好的一半'于此论法是颇为危险的。

"比如把这一论法用在日本的樱花上。樱花'更好的一半'即其色美与形美。但为了用此论法，较之'更好的一半'必须更为肯定'更坏的一半'即肯定樱花的气味。也就是要做出这样的结论：'气味的确有，但仅此而已。'假若万一没肯定'更坏的一半'而肯定了'更好的一半'，那么将出现怎样的破绽呢？'色形的确美，但仅此而已。'这样一来，就根本谈不上贬低樱花了。

"当然，批评学问题就是如何贬低某小说和戏曲，时至现在已无须解释了。

"那么，这'更好的一半'和'更坏的一半'以什么为标准加以区别呢？为解决这一问题，也还是要上溯到屡次提及的价值论。价值并非古来公认的那样，存在于作品本身，而是存在于欣赏作品的我们的心中。这样，对'更好的一半'和'更坏的一半'，必须以我们的心为标准，或以一个时代的民众喜爱什么为标准来区别。

"譬如今天的民众不喜爱日本风情的花草，日本风情的花草就是坏东西。今天的民众喜爱巴西咖啡，那巴西咖啡必是好东西。理所当然，某作品艺术价值的'更好的一半'和'更坏的一半'也必须如此区别开来。

"不用这一标准而求助于真善美等其他标准，则是再滑稽不过的时代错误。诸位一定要像抛弃已经泛红的草帽一样抛弃旧时代。善恶不超越好恶，好恶即善恶，爱憎即善恶。这不局限于半肯定论法，若有志于批评学，此乃诸君不可忘记的法则。

"好了，上面大体讲了'半肯定论法'，最后想提醒诸位的是'仅此而已'这个说法。这'仅此而已'是横竖要用的。第一，既然说是'仅此而已'，那么无疑意味肯定此即'更坏的一半'。但第二也无疑意味否定此外的东西。也就是说，'仅此而已'之说法颇有一扬一抑之趣。而更微妙的是第三，隐约之间甚至否定了'此'的艺术价值。否定固然否定了，却又未就何以否定做出任何说明。只是言外否定——这便是'仅此而已'之说法的最显著特色。所谓显而晦、肯定而否定，恰恰指的是'仅此而已'。

"这'半肯定论法'，我想恐怕比'全否定论法'或'缘木求鱼论法'容易博得信赖。关于'全否定论法'或'缘木求鱼论法'，上星期已经讲过，为慎重起见重复一次：此论法即以艺术价值本身否定某作品艺术价值之论法。例如，为了否定某悲剧的艺术价值，不妨责备它的悲惨、不快和忧郁，也可以反过来骂它缺乏幸福、愉快和开朗，如此不一而足。'缘木求鱼论法'即是指后一种情况。全否定论法或缘木求鱼论法诚然痛快淋漓，但有时难免招致偏颇之嫌。但半肯定论法毕竟承认了某作品一半的艺术价值，所以容易被看成公允之见。

"练习题是佐佐木茂索的新著《春之外套》。那么，下星期来之前请把'半肯定论法'用在佐佐木作品的研究之中。"（这时一个年轻旁听生问，老师，用全否定论法不可以吗？）"不可以，全否定论法至少眼下不能用。佐佐木终究是有名的新作家，适用的还仅限于半肯定论法。"

一星期后，得分最高的答案如下所示：
"写得的确巧妙，但仅此而已。"

亲　子

父母亲是否适合养育子女还是个疑问。诚然，牛马是由父母亲养大的。但借自然规律之名为旧习辩护确是父母亲的任性。假如可以在这一名目下为任何旧习辩护，我们则应首先为未开化人种的抢婚大声疾呼。

又

母亲对子女的爱是最无私心的爱。但是，无私心的爱对于培养子女未必最合适。这种爱给予子女的影响——至少大部分的影响——或使之成为暴君，或使之沦为弱者。

又

人生悲剧的第一幕始自亲子关系的形成。

又

古往今来，众多父母不知重复了多少遍这样一句话："我终归是不行了，但无论如何要使子女出人头地！"

可 能

我们并不能做想做的事，只是在做能做的事。这不仅限于我们每一个人，我们的社会也是如此。大概神也未能称心如愿地创造这个世界。

穆尔的话

穆尔在《临死自己的备忘录》中有这样一段话："伟大的画家深知署名的位置，绝不把名字第二次写在同一位置。"

当然，"把名字第二次写在同一位置"对任何画家都是不可能的，这点倒不必责备。我感到意外的是"伟大的画家深知署名的位置"这句话。东方画家中从来未曾有人看轻署名位置，令其注意署名位置纯属陈词滥调。想到穆尔竟就此特书一笔，不禁为这种东西方之差而感之叹之。

大　作

将大作与杰作混为一谈确乎是鉴赏上的物质主义。大作不过是工钱的问题。较之米开朗基罗的《最后的审判》，我倒更为喜爱伦勃朗六十几岁的自画像。

我所钟爱的作品

我钟爱的作品——文艺方面的作品——说到底是能从中感觉出作家本人的作品。要塑造人，塑造一个具有大脑、心脏和七情六欲的像人的人。不幸的是，作家大多是缺少其中一项的残疾（当然不是说不佩服，但仅限于——伟大的残疾）。

《虹霓关》观后

非男猎女，乃女猎男——萧伯纳曾在《人与超人》中将这一事实搬上舞台。但这未必始于萧。我看了梅兰芳的《虹霓关》，得知中国早已有戏剧家注目于此。此外，《戏考》[1] 还提到许多女子如何运用孙吴兵机和剑戟俘获男子的故事。

《董家山》的女主人公金莲，《辕门斩子》的女主人公桂英，《双锁山》的女主人公金定等统统

---

1 王大错撰，考证戏曲之书。

是这样的女杰。《马上缘》的女主人公梨花，不仅将自己喜爱的少年将军从马上俘获过来，还逼其与自己成婚而置对方妻室于不顾。胡适先生对我这样说过："除了《四进士》，我想否定所有京剧的价值。"不过，这些京剧至少是极富哲理的。在这样的价值面前，哲学者胡适先生难道就不能一息雷霆之怒吗？

经　验

若一味依赖经验，犹如不考虑消化功能而只顾吞咽食物；但若完全不依赖经验而仅仅依赖能力，则同不考虑食物而只迷信消化功能无异。

阿喀琉斯

据说，不死之身的希腊英雄阿喀琉斯唯一的致命处是脚后跟。也就是说，要了解阿喀琉斯，就必须了解阿喀琉斯的脚后跟。

艺术家的幸福

最幸福的艺术家是晚年声名鹊起的艺术家。由此思之，国木田独步未必不幸。

老好人

女人并不想找老好人做丈夫。男人则总想找老好人做朋友。

又

老好人最像的是天上的神。第一适合对其讲述欢喜，第二适合与之倾诉不幸，第三其人可有可无。

罪

"恶其罪而不恶其人"[1]——实行起来未见得困难。大多数子女都在向大多数父母认真实行这句格言。

桃 李

"桃李不言，下自成蹊"，确是智者之言。只是并非"桃李不言"，实则是"桃李若言"。

伟 大

民众喜爱为人格的伟大和事业的伟大所笼络。但有史以来便不曾热衷于直面伟大。

---

1 《孔丛子》："孔子曰，可哉。古之听讼者，恶其罪而不恶其人。"

广　告

《侏儒警语》十二月号上的《致佐佐木茂索君》并非贬抑佐佐木君，而是嘲笑不承认佐佐木君的批评家。就此广而告之或许有蔑视《文艺春秋》读者智商之嫌。但实际上，据说某批评家执意认为是贬低佐佐木君，而且听说这位批评家的追随者亦不在少数，因此需要广告一句。不过将其公之于众不是我的本意。实则是年长同行里见弴君煽动的结果。为此广告气恼的读者请责怪里见君好了。

——《侏儒警语》作者

追加广告

前面的广告中"请责怪里见君好了"那句话当然是我开的玩笑。实际不责怪也可以。我实在过于敬佩某批评家所代表的一伙天才了，以至多少有点变得神经质。

——同上

再追加广告

前面追加广告中所说"敬佩某批评家所代表的一伙天才"当然是正话反说。

——同上

艺　术

画力三百年，书力五百年，文章之力千古无穷，此乃王世贞之言。不过，从敦煌出土文物来看，书画阅历五百年之后似乎仍保其力。而文章之力是否能保有千年则是疑问。观念也不可能超然于时流之外。我们的祖先使神这一字眼幻化出峨冠博带的道貌人物；我们则使同一字眼叠印出长须蓬松的西洋绅士。这不限于神，而应适用于一切。

又

记得以前看过东洲斋写乐[1]画像。画中人胸前展开一幅扇面，绘有绿色光琳波[2]纹样。显然是为了强调整体色彩效果。但以放大镜窥之，则绿色呈现出泛铜绿的金色。对这幅写乐画像我的确感到很美。但我感受到的美又和写乐用笔捕捉到的有所不同。但我认为同样的变化在文章上也必然出现。

又

艺术同于女人，必须笼罩在一个时代的精神氛围或流行风气之中方能显得风情万种。

---

1 东洲斋写乐（生卒年不详），江户时期中期浮世绘画家。
2 江户中期画家尾形光琳成就的画风及继承此画风的流派。

又

不仅如此，艺术在空间上还身负桎梏。爱一国民众的艺术必须了解一国民众的生活。在东禅寺遭到浪士袭击的英国特命全权公使阿礼国听我们日本人的音乐，唯感噪声而已。他的《我在日本三年》有这样一节："我们登坡的时候，听得类似夜莺的黄莺叫声。据说是日本人教黄莺唱歌。如果是真的，无疑值得惊异。因为日本人本来是不知晓音乐为何物的。"（第二卷第二十九章）[1]

天　才

天才距我们仅一步之隔。只是，为理解这一步，必须懂得百里的一半为九十九里[2]这一超数学才行。

1　该选节同样出现在《日本的女人》一章中。

2　《战国策·齐策》："行百里者，半于九十。"此言末路之远。

又

天才距我们仅一步之隔。同代人不理解这一步千里，后代人则又盲目崇拜这千里一步。同代人为此而置天才于死地，后代人则因之焚香于天才的灵前。

又

很难相信民众吝于承认天才。但其承认方式通常颇为滑稽。

又

天才的悲剧是被赐予"小巧玲珑且居住舒适"的名声。

又

耶稣："我虽吹笛，汝等亦不跳。"

众人："我等虽跳，汝亦不知足。"

谎　言

无论在任何情况下，我们都不至于向不维护我们利益的人投以"干净的一票"。将"我们的利益"换言为"天下利益"，乃是整个共和制度的谎言。必须认为，这个谎言即使在苏维埃统治下也不会消失。

又

拿出互为一体的两个观念，玩味其临界点。这样，诸君就会发现由此繁衍出多少谎言！故而所有成语通常都是一个问题。

又

给予我们这个社会以合理外观的，难道不是因其本身是不合理的——不合理到极点的吗？

列 宁

我最为惊愕的是，列宁是一位再普通不过的英雄！

赌 博

偶然——亦即与神的搏斗，总是充满神秘的威严。赌博者亦不例外。

又

古来便不存在热衷于赌博的厌世主义者。不难得知赌博同人生是何等一拍即合。

又

法律之所以禁赌，并非由于赌博造成的分配方式本身的不妥，实则因为其经济上的心血来潮难以容忍。

怀疑主义

怀疑主义也是建立在一个信念上 —— 不去怀疑怀疑这件事这一信念之上的。这或许自相矛盾，但怀疑主义同时也怀疑是否存在全然不立足于信念之上的哲学。

正　直

倘若正直，我们势必很快发现任何人都不可能正直。因而我们便不能不对正直感到不安。

虚　伪

我认识一个说谎者。她比任何人都幸福。但由于其谎言过于巧妙，甚至说真话别人也只能以为是谎言。仅仅这点在任何人眼里都无疑是她的悲剧。

又

毋宁说，我也像所有艺术家那样巧于编造谎言。可是在她面前仍只有甘拜下风：就连去年的谎言，她都记得如五分钟以前一样清晰。

又

我不幸懂得：有时只有借助谎言才能诉说真实。

诸　君

诸君害怕青年为艺术而堕落。但请暂且放心好了，他们并不像诸君那么容易堕落。

又

诸君害怕艺术毒害国民。但请暂且放心好了，至少艺术绝不可能毒害诸君，绝不可能毒害不理解两千年来艺术魅力的诸君。

忍　让

忍让是浪漫的卑躬屈膝。

企　图

做一事未必困难，想要做的事则往往困难。至少想做足以做成的事是如此。

又

欲知他们的大小，必须根据他们已做成的事来分析他们将要做的事。

兵　卒

理想的兵卒必须绝对服从长官的命令。绝对服从无非绝对不加批评。亦即，理想的兵卒必须首先失去理性。

又

理想的兵卒必须绝对服从长官的命令。绝对服从无非绝对不负责任。亦即，理想的兵卒必须首先失去责任感。

军事教育

所谓军事教育，说到底只是传授军事用语的知识。其他知识和训练不必等军事教育也可学到。眼下甚至海陆军学校不也在聘用各方面的专家吗？机械学、物理学、应用化学、外语自不必说，还有剑术、柔道、游泳等专业的。再进一步说来，军事用语不同于学术用语，大部分通俗易懂。这样，必须认为所谓军事教育，事实上等于零。而事实上零的利害得失当然无须计较。

勤俭尚武

再没有比"勤俭尚武"一词更空洞无物的了。尚武是国际性奢侈。事实上列强不正在为军备耗费巨资吗？如若勤俭尚武也不算是痴人之谈，则必须说"勤俭浪荡"亦可通行无阻。

日本人

以为日本人两千年上忠君王下孝父母的想法，同以为猿田彦命[1]也抹发蜡如出一辙。差不多到了该彻底还历史以本来面目的时候了。

倭 寇

倭寇显示我们日本人具有完全可同列强为伍的能力。即便在劫掠、杀戮、奸淫等方面，我们也绝不比来找黄金之岛[2]的西班牙人、葡萄牙人、荷兰人、英吉利人等差多少。

徒然草

我屡次被这样问道："你大概喜欢《徒然草》吧？"然而不幸的是，我根本没读过什么《徒然

---

1 日本国神之一，形象怪异。

2 十四世纪初，马可·波罗在《东方见闻录》中称日本为黄金之岛。

草》。老实坦白，《徒然草》那么有名也几乎是我所无法理解的，即便我承认它适于做中学程度的教科书。

征　兆

恋爱的征兆之一，是开始考虑她以前爱过几个男人，或爱过什么样的男人，并对这凭空想象的几个人产生淡淡的妒意。

又

恋爱的另一征兆，是对与她相似的面孔变得极度敏锐。

恋爱与死

恋爱使人想到死或许是进化论的一个例证。蜘蛛、蜂交尾刚一结束，雄性便被雌性刺死。我在观看意大利行脚艺人演出的歌剧《卡门》时，总觉得卡门的一举一动有蜂的迹象。

替　身

我们因为爱她而往往将其他女人作为她的替身。这种可悲情况的出现，未必仅限于她拒绝我们的时候。我们有时由于怯懦，有时由于美的需求，而不惜将某一女人用为满足自己残酷欲望的对象。

结　婚

结婚对于调节性欲是有效的，却不足以调节爱情。

又

他在二十多岁结婚之后再也没有堕入情网，

这是何等俗不可耐！

冗　忙

　　较之理性，莫如说是冗忙能将我们从恋爱中解救出来。毕竟淋漓尽致的恋爱首先需要时间。维特、罗密欧、特里斯丹——即使从古之恋人来看也无一不是闲人。

男　子

　　男子向来看重工作而恋爱次之。若怀疑这一事实，不妨看一看巴尔扎克的书简。他在致汉斯卡伯爵夫人的信中写道："若计以稿费，这封信也超过了好几个法郎。"

举止做派

　　过去出入我家，比男人还争强好胜的女梳

头师有一个女儿。至今我还记得那个面色苍白的十二三岁的女孩。女理发师教女儿举止做派教得十分严格。尤其不允许睡觉落枕，每次落枕都好像非打即骂。近来偶然听说那女孩在地震前便当了艺妓。听得此言时我固然略感不忍，却又不能不现出微笑——即使当了艺妓，想必她也严守母亲教导，断不至于落枕……

自　由

没有哪一个人不向往自由。但这仅仅是表面。其实骨子里任何人都背道而驰。且看证据：就连对杀人害命毫不心慈手软的地痞无赖，都在振振有词地说什么为了国家金瓯无缺而杀死了某某，不是吗？而所谓自由，系指我们的行为不受任何拘束，亦即坚决不对什么神什么道德什么社会习惯负连带责任。

又

自由类似山巅的空气。对于弱者，二者同样是不堪忍受的。

又

毫无疑问，眺望自由即瞻仰神的尊颜。

又

自由主义、自由恋爱、自由贸易 —— 不巧的是任何自由都在杯中混淆着大量的水，且大多是死水。

言行一致

为博取言行一致的美名，须首先善于自我辩护。

方　便

有不欺一人的圣贤，而无不欺天下的圣贤。佛家所说的善巧方便，说到底是精神上的马基雅维利主义[1]。

艺术至上主义者

古往今来，虔诚的艺术至上主义者大抵是艺术上的败北者。正如坚强的国家主义者大抵是亡国之民一样——我们任何人都不会追求我们本身已有的东西。

唯物史观

假如任何作家都必须立足于马克思的唯物史观来描述人生，那么与此同样，所有诗人都须立

1　意大利政治家马基雅维利（Machiavelli，1469—1527）的思想，肯定政治权术，主张为国家利益而摈除一切道德约束。

足于哥白尼的地动说讴歌日月山川。问题是，较之说"金乌西坠"，说"地球旋转几度几分"未必总是那么优美。

中　国

萤的幼虫以蜗牛为食时并不完全置蜗牛于死地，而只是使其处于麻痹状态，以便常食鲜肉。以我们日本帝国为首的列强对中国的态度，归根结底，与萤对蜗牛的态度并无不同。

又

今日中国的最大悲剧，就是没有一位足以给无数国家浪漫主义者——即"年轻中国"以铁的训练的墨索里尼。

小　说

真正的小说不仅事件的发展缺少偶然性，较之人生本身恐怕也缺少偶然性。

文　章

文章中的词汇必须比辞书中的多几分姿色。

又

他们都像樗牛[1]那样口称"文即人"，内心中则似乎无不认为"人即文"。

女人的脸

在热情的驱使下，女人的脸每每不可思议地

1　高山樗牛（1871—1902），日本评论家、作家。

出现少女风情。当然，其热情完全可以是对于阳伞的亢奋。

处世智慧

灭火不如纵火容易。拥有这种处世智慧的代表人物想必是《漂亮朋友》中的主人公。他在热恋的时候已清醒考虑到一刀两断。

又

单就处世而言，热情的不足倒不足为虑。相比之下，更危险的显然是冷淡的缺乏。

恒　产

所谓"无恒产者即无恒心者"已属两千年前的老皇历[1]。而在今天，似乎有恒产者倒是无恒

---

[1]　恒产论是战国时期孟子为私有财产辩护的理论。

心者。

他 们

　　我对他们夫妻没有爱便相拥生活实感到惊讶。而他们则对一对恋人的相拥而死惊讶不已，却是不知何故。

作家所生之语

　　"意气风发""高等游民""凶相毕露""凡庸"[1]等语言在文坛使用开来，始自夏目先生。这种作家所生之语，在夏目先生之后也并非没有。久米正雄所生"微苦笑""强势弱势"等即其典型。另外"等、等、等"写法乃宇野浩二所生。我们并不总是有意脱帽，而是在有意视对方为敌、为怪、为犬时不由得摘下帽去。责骂某作家的文章中出

1　原文分别为"振つてゐる""高等游民""露恶家""月並み"。

现该作家所创语汇也未必属于偶然。

幼 儿

我们到底是出于什么目的而爱幼小的孩子的呢？一半原因至少在于无须担心为幼儿所欺。

又

我们坦然公开我们的愚而不以为耻的场合，仅仅限于对幼儿或对猫狗之时。

池大雅

"大雅不拘小节，疏于世情。迎娶玉澜为妻时竟不晓房事，其为人由此可见一斑。"

"大雅娶妻而不知夫妇之道 —— 此等似乎不食人间烟火之事若说有趣也就有趣，而若说其愚蠢得丝毫不懂常识大概也未尝不可。"

上述引文表明，相信这种传说的人至今仍残存于艺术家和美术史家中间。大雅迎娶玉澜时或许没有交合。但若据此相信大雅不懂交合之事，那么恐怕是因为他本人性欲太强了，故而确信不可能知晓其事而不实施。

荻生徂徕 [1]

荻生徂徕以嚼炒豆骂古人为快。嚼炒豆我相信是出于节俭，至于为何骂古人则全然不解。不过今天想来，骂古人确比骂今人万无一失。

小枫树

哪怕稍稍手扶树干，小枫树都会让树梢密集的叶片像神经一样颤抖不止。植物这东西是何等令人惧怵。

1　荻生徂徕（1666—1728），日本儒学大家，著有《〈论语〉徵》等。

蟾 蜍

最美丽的粉红色确是蟾蜍舌头的颜色。

乌 鸦

在一个雪霁薄暮时分，我曾看过落在邻居房顶上的深蓝色的乌鸦。

作 家

做文章必不可少的首先是创作热情，燃烧创作热情必不可少的首推一定程度的健康。轻视瑞典体操、素食主义、复方淀粉酶等并非意欲舞文弄墨之人的取向。

又

志在舞文弄墨者无论是怎样的城里人，其灵

魂深处都必须有个乡巴佬。

又

意欲作文而又为自身羞愧乃是一种罪恶。为自身羞愧的心田上不可能生出任何创作的嫩芽。

又

蜈蚣　用脚走一下试试！
蝴蝶　哼，用翅膀飞一下看看！

又

气韵乃作家的后脑勺。作家自身无从看见。若勉为其难，唯有折断颈骨了事。

又

批评家　你就只能写上班人的生活。

作家　难道有什么都能写的人不成?

又

所有古之天才都把帽子挂在我等凡夫手无法触及的壁钉上。当然，也并非没有垫脚台。

又

然而唯独那垫脚台不知滚去了哪家旧道具商店。

又

所有作家一方面都具有木匠师傅的面孔，但这并非耻辱；所有木匠师傅一方面也都具有作家的面孔。

又

另一方面，所有作家又都在开店。什么，我不卖作品？唔，那是没人买的时候，或不卖也未尝不可的时候。

又

演员和歌手的幸福在于他们不留下作品——有时我这样认为。

（以下为遗作）

辩　护

为自己辩护比为他人辩护困难。不信请看律师。

女　人

健全的理性发出命令："勿近女人！"

健全的本能则发出相反的命令："勿避女人！"

又

对我们男人来说，女人恰恰是人生本身，即万恶之源。

理　性

我对伏尔泰表示轻蔑。假若始终贯穿以理性，那么我们必须对我们的存在诉诸满腔的诅咒。可是陶醉于世界赞美的《老实人》（*Candide*）的作者的幸福呢？

自　然

我所以热爱自然，原因之一是自然至少不像我们人类这样嫉妒和欺诈。

处世术

最聪明的处世术是——既对社会陋习投以白眼，又与其同流合污。

女人崇拜

推崇"永恒的女性"的歌德的确是幸福者之一。但鄙视雅虎（Yahoo）[1]的斯威夫特并未发狂而死。这是对女性的诅咒，抑或对理性的诋毁？

1　英国作家斯威夫特《格列佛游记》马国中出现的酷似人的狡猾动物。

理　性

一言以蔽之，理性告诉我们的是它的无力。

命　运

命运比偶然具有必然性。"命运在性格中"这句话绝非可以等闲视之。

教　授

借用医家之语，既讲授文艺，就应临床才是道理。然而他们至今仍未触摸过人生的脉搏。尤其他们之中有的人声称精通英法文学，但对孕育他们的祖国的文艺则不甚了。

智德合一

我们甚至不知晓我们本身，何况将我们所知

之事付诸实施更是谈何容易！写出《智慧与命运》
的梅特林克亦不知智慧与命运为何物。

艺　术

最困难的艺术是自由地打发人生。当然，"自
由地"未必意味厚颜无耻。

自由思想家

自由思想家的弱点在于其为自由思想家。他
终究不能像狂热信徒那样进行恶战。

宿　命

宿命也许是后悔之子，或后悔是宿命之子亦
未可知。

他的幸福

他的幸福依存于他自身的无教养，其不幸亦如此。啊，这是何等令人怅惘！

小说家

最好的小说家乃是"精通世故的诗人"。

语　汇

所有语汇都必如钱币，具有正反两面。例如敏感的另一面无非怯懦。

某物质主义者的信条

"我不相信神，但相信神经。"

阿　呆

阿呆总是以为自己以外之人统统是阿呆。

处世才能

毕竟，憎恶是处世才能之一。

忏　悔

　　古人在神面前忏悔。今人在社会面前忏悔。这样，除去傻子和恶棍，也许任何人都无法在不忏悔的情况下忍受俗世之苦。

又

　　但无论哪种忏悔，可信性都自当别论。

《新生》[1] 读后

果真"新生"了不成？

托尔斯泰

读罢比留科夫[2]的托尔斯泰传记，发觉托尔斯泰的《我的忏悔》（*A Confession*）和《我的信仰》（*What I Believe*）显然是谎言。然而没有比持续述说谎言的托尔斯泰那颗心更令人不忍的了。他的谎言远比我辈的真实更为鲜血淋漓。

两个悲剧

斯特林堡的悲剧是"观览随意"的悲剧。但不幸的是托尔斯泰的悲剧不是"观览随意"。故后

1　小说家、诗人岛崎藤村自传性质的长篇小说。

2　保罗·比留科夫（Paul Birukov，1860—1931），海军军官，后活跃于民众文学。

者比前者更加以悲剧告终。

斯特林堡

他无所不知，并且毫不顾忌地言无不尽。毫不顾忌？不，恐怕也像我们这样多少有所算计吧。

又

斯特林堡在《传说》中说他做过死是否痛苦的实验。但这种实验并非儿戏。他也是"想死而未能死成"的人之一。

某理想主义者

他对自己本身是现实主义者这点丝毫不存怀疑。然而这终究是理想化了的他本身。

恐　惧

使我们拿起武器的通常是对敌手的恐惧，并且往往是对凭空想象的敌手的恐惧。

我　们

我们无一不为我们本身羞愧，同时畏惧他们。可是谁都不承认这一事实。

恋　爱

恋爱不过是披以诗的外衣的性欲。至少，不披以诗的外衣的性欲不值得被称为恋爱。

某老手

他不愧为老手。甚至恋爱都鲜乎其有，除非爆出丑闻。

自 杀

人皆共通的唯一情感是对死的恐惧。自杀在道德上评价不高，恐并非出于偶然。

又

蒙田对自杀的辩护含有不少真理成分。未自杀的人并非不自杀，而是不能自杀。

又

想死，什么时候都死得成嘛！
那么试试看。

革 命

革命加革命。那样，我们就可以比今天更合理地咀嚼人间苦果。

死

美因兰德[1]颇为精确地叙述过死的魅力。实际上我们也因某种契机感受到死的魅力，最后都很难逃往圈外，如绕着同心圆旋转一样一步步向死逼近。

伊吕波短歌[2]

我们生活中必不可少的思想，或许仅是伊吕波短歌而已。

命　运

遗传、境遇、偶然 —— 主宰我们命运的不外

1　美因兰德（Philipp Mainlander，1841—1876），德国哲学家，著有《救赎的哲学》（ *The Philosophy of Redemption* ），研究自杀行为，死于自杀。

2　指收录四十八则富有启示性的日本谚语集，如"狗跑正遇当头棒"等。

乎此三者。沾沾自喜者只管自喜就是，但就别人说三道四则属多管闲事。

嘲讽者

嘲讽他人者同时亦怕遭人嘲讽。

某日本人的话

给我以瑞士。否则，给我以言论自由。

像人，再像人……

像人、过于像人的，十之八九像动物。

某才子

他相信自己即使成为恶棍也不会成为傻瓜。然而数年过后，不仅同恶棍全然无缘，反而一直是傻瓜。

希腊人

将复仇之神置于宙斯之上的希腊人哟，你们已洞察一切！

又

而同时又显示我们人类的进步是何等迟缓！

圣　书

一个人的智慧不如整个民族的智慧。只是，如果能多少简洁一点的话……

某孝子

他事母至孝。当然，他深知爱抚和接吻可以

给其寡母以性的慰藉。

某恶魔主义者

他是恶魔主义诗人。无须说，在现实生活中越出安全地带一次——仅仅一次，便再也不敢问津。

某自杀者

他决心为一件鸡毛蒜皮的小事自杀，但这对他的自尊心无疑是沉重的打击。他把手枪拿在手里昂然自语："拿破仑在被跳蚤叮咬时也必定感到发痒！"

某"左"倾主义者

他比左翼中最激进的人还要激进，故而蔑视这些激进的人。

无意识

我们性格上的特点 —— 至少最显著的特点 —— 是超越我们的意识。

自　豪

我们最为自豪的仅限于我们所不具有的东西。例如，T精通德语，但他桌子上常放的全是英语书。

偶　像

任何人都不反对摧毁偶像，同时对将自身塑为偶像亦无异议。

又

然而任何人都不可能泰然自若地以偶像自居，

除非受命于天。

天国之民

天国之民首先应不具有胃和生殖器。

某幸福者

他比谁都单纯。

自我厌恶

自我厌恶最显著的征兆是企图从一切中觅出虚伪，且丝毫不以此为满足。

外　表

最怯懦的人看上去向来是最勇敢的人。

人

我们人的特点是犯神决不犯的错。

罚

再没有比不受罚更痛苦的惩罚。如果神保佑决不受罚则另当别论。

罪

说到底，罪是道德及法律范畴内的冒险行为。因而任何罪无不带有传奇色彩。

我

我不具有良心，我具有的仅仅是神经。

又

我屡屡诅咒他人"死了算了",且他人中甚至包括自己的至亲。

又

我每每这样想道：就像我对那个女人倾心时她也对我倾心一样，我对那个女人生厌时最好她也对我生厌。

又

三十岁过后，我无时无刻不感到爱的饥渴。随即大写特写抒情诗，却在尚未长驱直进时便败下阵来。不过这未必是我在道德上的进步，只不过是意识到了心里有一副小算盘而已。

又

纵使再心爱的女人，同其交谈一小时便觉得乏味。

又

我常常说谎，但从我口中说出的谎无不拙劣至极。当然诉诸文字时除外。

又

对同第三者共有一个女人我并无意见。可是，不知幸或不幸，通常在第三者尚未察觉时，我便陡然对那女子生出厌恶。

又

对同第三者共有一个女人我并无不满。但

有两个条件：或者同第三者素不相识，或者亲密无间。

又

对于为爱第三者而欺瞒丈夫的女人，我还是可以生出爱意；但对于为爱第三者而置孩子于不顾的女人则深恶痛绝。

又

能使我感伤的，唯独天真无邪的儿童。

又

我三十岁前爱过一个女人。一次她对我说："对不起你夫人。"我倒未特别觉得愧对妻子。但她这句话却奇妙地沁入我的心中。我直率地想道：说不定我也对不住这个女人。至今我仍只对这个女人怀有柔情。

又

我对金钱淡然视之。当然是因为糊口总还没有危机。

又

我对双亲尽孝。因为他们都已老了。

又

对两三个朋友，我纵使没说实话，也未曾说过谎言。因为他们也没有说谎。

人　生

即使革命复以革命，除了"人选的少数人"

之外，我们的生活想必也还是惨淡的。而且这"人选的少数人"不外乎傻瓜和坏蛋。

民　众

莎士比亚也罢，歌德也罢，李太白也罢，近松左卫门也罢，恐怕都将消亡。然而艺术必在民众中留下种子。我在大正十二年写过"宁为玉碎不为瓦全"[1]，这一信念至今仍毫不动摇。

又

且听下落的锤音节奏。只要这节奏尚存，艺术便永不消亡。

又

我固然失败了。但造我之物必然造出别人来。

1　出现在作者于 1923 年《中央公论》上发表的《妄问妄答》中。

一棵松的枯萎实在不足挂齿。只要存在广袤的大地，便有无数种子孕育其中。

某夜随感

睡眠比死亡惬意，至少较为容易。

（昭和改元第二日）

大正十二年（1923）至昭和二年（1927）

（林少华　译）

芭蕉杂记

一 著书

芭蕉一卷书也没有写过。所谓的《芭蕉七部集》也全部是他的门人所写。用芭蕉自己的话说，这是因为他"不求扬名"。

> 曲翠[1] 问："有人收集俳句谓之作品集，是否起因于这方面的执着之心？"翁曰："由于卑贱之心，欲使人知己之高明，或出自扬名后世的欲望。"

---

1 菅沼曲水（1659—1717），武士出身的俳人，松尾芭蕉得意弟子之一。本名菅沼定常，号曲翠。

这么讲大致无可非议。可是接着往下读，却禁不住报以微笑。

　　所谓集，不外乎选择一些独具风格的俳句，向人展示自己的风格。我没有选编俳谐集之心。然而，自贞德[1]以来俳人们的风格各异，甚至宗因[2]也来倡导俳谐。但我所说的此俳谐有异于他所说的彼俳谐，眼下由荷兮[3]、野水[4]等监修编成了《冬日》《春日》《阿罗野》等。

按照芭蕉的说法，著蕉风之集不求扬名，而著芭蕉之集则求扬名。如此，不属于任何流派的

1　松永贞德（1571—1653），俳人、连歌师、和歌学者。本名松永胜熊，号逍游。

2　西山宗因（1605—1682），连歌师、俳人。本名西山丰一，号西翁、梅翁等。

3　山本荷兮（1648—1716），俳人，尾张的芭蕉弟子中最为年长者。本名山本周知，号加庆、一柳轩等。

4　冈田野水（1658—1743），俳人，早年师从松永贞德，后期师从松尾芭蕉。本名冈田幸胤，号宜斋。

独立诗人又当如何呢？另外按照这种说法，斋藤茂吉在杂志《阿罗罗木》上发表和歌是不求扬名，而著《赤光》及《璞》，岂非成了"由于卑贱之心，欲使人知己之高明"？

但是，芭蕉还说了——"我没有选编俳谐集之心"。按照芭蕉的说法，他所以担当七部集的监修，只是摆脱扬名的一种手段。而且他之所以不喜欢这东西，除了讨厌名声之外，还应当另有某种原因。如此说来，这个原因到底是什么呢？

据说芭蕉甚至把极其重要的俳谐称为"一生的路旁小草"。因此，他是不是把监修七部集也当成了虚空呢？另外在他视编集之事为丑恶之前，是否早已把这当成了虚空呢？寒山曾在树叶上题诗，可是对于收集那些树叶却显得没有多大兴趣。难道芭蕉也任凭自己的一千多首俳谐像树叶一样流转？至少在芭蕉的内心深处埋藏着这种心情，不是吗？

芭蕉没有著书，我想是理所当然的。而且，宗师一生也没有交纳版税的必要，不是吗？

二 装订

在俳书出版以前，芭蕉好像提出了许许多多的要求。比如对于正文的写法，他表达了这样的意见：

写法可以多种多样，只是希望有一个不浮躁的心态。《猿蓑》写得很好，可是，太大了些。作者名字大，看上去不雅。

另蒙胜峰晋风[1]赐教，成书于芭蕉之集以前的俳书崇尚华美，之后则以简朴枯寂为贵。如果芭蕉生在今日，仍然会为了把正文弄成九磅、封面使用棉布等事而绞尽脑汁的。也或许像威廉·莫里斯[2]一样，在和后援者杉风[3]协商的基础上，对

1　胜峰晋风（1887—1954），大正、昭和时期的俳人，国文学者。

2　威廉·莫里斯（William Morris, 1834—1896），英国设计师、诗人、早期社会主义活动家、自学成才的工匠。他设计、监制或亲手制造的家具、纺织品以及其他各类装饰品引发了工艺美术运动，一改维多利亚时代以来的流行品味。

3　杉山杉风（1647—1732），俳人，"蕉门十哲"之一。原名杉山元雅，号采茶庵、存耕庵等。

T ypography（活字印刷术）提出新颖的意见也未可知。

三　自我解释

芭蕉在和北枝[1]的问答中说，"向人说自己的俳句，如同向人讲自己的颧骨"，对自己解释自己的作品持否定态度。但是这话有些靠不住。因为说这话的芭蕉，也曾不止一次地向门人解释自己的俳句，甚至有时还不无得意地谈及自己的苦思所得。

"冬日鱼店鲜鱼少，咸鲷牙齿亦透寒。"

对于这首俳句，翁言道："不经意间吟出，不足以自赞。'又见新松鱼初上，老家莫非是镰仓？'才是不为人知的苦思觅想所得。"

1　立花北枝（？—1718），俳人，"蕉门十哲"之一。号鸟翠台、寿天轩等。

又言，"猴子牙白，山峰升月"是其角[1]
之句，"咸鲷牙齿亦透寒"，是自己所吟。之
所以加上"鱼店"一语，是因为可以自然
成句。

的确是"向人说自己的俳句，如同向人讲自
己的颧骨"。但是艺术并不像颧骨一样，是任何
人都可以一清二楚的东西。对于萧伯纳总是自己
解释自己的作品，想必芭蕉也会多少抱有一些同
感吧。

四　诗人

俳谐是一生的路旁小草，是颇为麻烦
之物。

这是芭蕉对惟然[2]说过的话。另外，他还时

1　宝井其角（1661—1707），俳谐师。本名竹下侃宪，号螺舍、狂
雷堂等。
2　广濑惟然（1648—1711），俳人。

而向门人流露出轻视俳谐的口吻。这话语对于将人生视为一场梦的隐者芭蕉来说，毋宁是理所当然的。

但是，像芭蕉一样对于"一生的路旁小草"如此认真的人，肯定寥寥无几。不，从芭蕉的用心程度上看，他称俳谐为"一生的路旁小草"的举动，简直让人觉得是在作秀。

土芳[1]说，翁曰"学在于常"。翁还用严肃的口吻说："坐于文几前，则落笔间不容发。快速将所思说出，至此无迷茫之念。一旦撤去文台，即成废纸一张，有时如砍伐大树。关键时刻的会心一击，如同切西瓜一般。"有人责备我是"吃梨的口气，三十六句皆为闲语"，等等，话也都是巧者试图识破我的心才这样说的。

1　服部土芳（1657—1730），俳人。松尾芭蕉的同乡和后辈，地位相当于"蕉门十哲"。将芭蕉晚年的俳论整理为《三册子》。

听芭蕉这语气，像是在教人剑术。怎么也看不出是一个把俳谐视为游戏、隐者的话语。另外，芭蕉说到作俳句时，态度就更加热情奔放。

许六[1]说，有一年江户某人以召开年初披露会[2]为由邀请翁。翁在我家逗留四五日后，一日降雪，天近黄昏。当时所作的俳句是，

海边人声沸，不知嚷什么？（桃邻[3]）
拂晓老鼠窜，行舟咯吱声。（翁）

其后，我造访芭蕉庵时，谈到了这首俳句。我道，其中的"晓"字金贵，如忽视则令人遗憾，有稳如大山之势。闻此言，师起

---

1 森川许六（1656—1715），本名森川百仲，俳人，"蕉门十哲"之一。

2 俳谐师、连歌师在正月择取吉日所设同众门人弟子以元旦为题作诗的宴会。

3 天野桃邻（1639—1720），俳人，本名勘兵卫，号初代太白堂、桃翁。

身曰："你听到一个'晓'字，老翁已经无比满足。"

听闻这首俳句起初想到的是，

须磨有老鼠，木船咯吱音。

前句中有"声"字而不是"音"字，因此才加以改写。虽然翻来覆去想到了"须磨有老鼠（须磨のねずみ）"这个地方，可整句仍不太连贯。我说，改后远远胜过"须磨有老鼠"。（中略）"晓"字之功无可比拟。师闻听此言，大喜，曰："尚未有人这般认真对待。只是一旦出自我口，都露出一副惊呆的神情，哪还管什么好坏，就像鲫鱼醉于泥中。"当晚作这首俳句时，我对在场的众人说："为赎姗姗来迟之罪，献上这首俳句为各位消气。"

对于知己的感激、对于流俗的轻蔑、对于艺

术的热情——诗人芭蕉的形象在这段佳话之中表现得栩栩如生。特别是面对"献上这首俳句为各位消气"这种大气磅礴之势——且不说隐者如何，就算对如今那些兢兢业业的批评家不感到畏缩，那便是幸福。

翁告于凡兆，曰："人在世之时，若有三五首秀逸之作是作者。若有十句者，便是名人。"

就连名人消磨一生，才可得十句。如此一来，俳谐也就不是什么等闲小事。按照芭蕉的说法，那不过是"一生的路旁小草"！

十一日，晨起又是阵雨。不料东武的其角到来。（中略）他立即前往病床，见师骨瘦如柴，且喜且忧。师也看弟子，唯有双目含泪。（中略）

抽签熬菜饭，师徒共夜谈。（木节[1]）

四周都是子，结草虫寒鸣。（乙州[2]）

蹲地守药罐，寒意阵阵袭。（丈草[3]）

欲引喷井鹤，心伤寒雨来。（其角）

　　每一首都由惟然出声吟咏，师再次看了一遍丈草的俳句，用沙哑的声音夸赞道："丈草的好，总那么枯寂完整，妙，妙。"

　　以上便是芭蕉圆寂前一天发生的事。看来芭蕉对于俳谐的执着甚至强过死亡。假如把这一情节讲给视一切执着都有罪孽的谣曲作者听，那么当芭蕉向苦行僧说了地狱的苦难之后，必定会被

1　望月木节，生卒年不详。医师、俳人，松尾芭蕉的弟子。据传芭蕉缠绵病榻，由木节负责照料医治，然木节所开药方效果甚微，曾劝其师另寻他人医治，但芭蕉信任木节，坚持不换，直到去世。

2　川井乙州，生卒年不详。旧姓河合，连同其姊智月、其妻荷月，皆是松尾芭蕉的弟子。

3　内藤丈草（1662—1704），俳人，"蕉门十哲"之一。本名内藤本常，号丈草、佛幻庵等。

安排成一个主角。

在一个隐者身上看到这种热情，要说矛盾是矛盾。尽管矛盾，不也说明芭蕉是天才吗？歌德说他自己作诗的时候，总被 Daemon（守护灵）附身。芭蕉为了做一个隐者，不也是饱受诗魔的玩弄吗？芭蕉身上的诗人性情，难道不是比他身上的隐者性情更加强劲吗？我爱没有彻底成为隐者的、矛盾的芭蕉。同时，也爱他的矛盾之大。否则，也许会对深草的元政 [1] 表示相同的敬意。

五 未来

翁逝世之年离开深川时，野坡 [2] 问："今后俳谐的作法是否仍然会像现在？"翁答："暂时会像现今。五年七年过后将有大的变化。"

---

1 元政（1623—1668），江户时期日莲宗僧人，俗姓石井。住在京都深草，研究《法华经》和诗文。
2 志太野坡（1662—1740），俳人，"蕉门十哲"之一。旧姓志田，号野马。

翁曰："俳谐有三分已经问世，另有七分还没有问世。"

读到这段趣闻，足见芭蕉确实早已将未来的俳谐看得一清二楚。另外，也许会因此在芭蕉众多的门人中间闹出一些喜剧来，比如有的人从情面上也要试图改变原来的风格，有的人则会自命不凡地认为拿出那还没有问世的七分非自己莫属。但是，上面的话应当是指"芭蕉自身的明天"。也就是说，想必是五六年以后芭蕉自己的俳句将有大的变化这种意思。另外就是已经发表的东西不过只有三成，另外七成还在芭蕉的心中这种意思。因此，芭蕉之外的人不要说五六年，就算有三百年，也不一定能有什么变化。所说的七分俳谐之事，也同样如此。芭蕉可不是随便模仿街头卜卦先生的人。芭蕉自身确实在不断进步，对此我从来就没有产生过怀疑。

六　俗语

芭蕉经常在他的俳谐中使用俗语。比如，看看下面的俳句就可以知道。

洗马

断梅区间雨。抬头见浮云。

其中的"断梅"也好，"区间雨"也好，"浮云"也好，可以说都是俗语。一首俳句的旅情客意充满了无限的寂寞。（诚然，这样盛赞稀世的天才比什么都容易，尤其是盛赞任何人都不会提出异议的古典式天才！）可以说，这种例子在芭蕉的俳句中多得不胜枚举。所以芭蕉亲口说"俳谐的益处在于正俗语"，应当说理所当然。所谓正，并不是像文法教师一样纠正语格以及假名用法上的错误，而是在灵活把握语感的基础上赋予俗语以灵魂。

身心若放松，傍晚自然凉。编撰《猿蓑》时，宗次希望自己能再有一首收入集中，便接连吟了几首，可是都不理想。一天傍晚，他在蕉翁身旁。翁说，你放松放松，我也躺下。宗次便说，那就恕我失礼了，身心放松自然凉快。听到这话，翁说：这正是俳句，刚才的话可以入集。（小宫丰隆对这段佳话进行了很有意思的解释，请参考他的相关研究。）

这时的"身心放松"，已经不是单纯的俗语。这是诗语，借用蓝眼黄毛西方人的话说，它生动地表现出芭蕉情调中的颤音。再换句话说，芭蕉之所以使用俗语，并非因为它是俗语，而是因为它可以成为诗语才加以使用的。因此，只要能够当诗语使用，不论汉语词还是文言词或者其他什么词，芭蕉都曾拿来使用。这一点，肯定是不消说的。实际上，芭蕉不仅正了俗语，也曾经正过汉语词和文言词。

于佐夜中山

酷暑难耐何以赖，乘凉之处唯笠阴。

杜牧早行有残梦，小夜中山惊不觉。

马上瞌睡犹梦中，醒时月遥茶气腾。

芭蕉的语汇就是这样出没于古今东西。不过，正俗语肯定是最易受人注目的特色。而且，从正俗语之中也的确可以看出芭蕉的功力来。诚然，谈林派[1]的各位俳人——不，就连伊丹的鬼贯[2]也可能先于芭蕉使用俗语。可是，将所谓的平谈俗话点石成金，则确实是芭蕉的一大功绩。

这个显著的特色，好像同时也造成了对俳谐的误解。误解之一是俳谐易懂；误解之二是俳谐易写。俳谐堕入陈腐这种事情，时至今日大可不

1　指江户时代流行的俳谐流派。反对贞门派形式主义的俳风，善从日常生活的矛盾中发掘笑料，表现手法自由而大胆。其代表人物有西山宗因、井原西鹤等。谈林派风靡于延宝至天和年间（1673—1683），西山宗因死后，被芭蕉的新俳风所排挤，后迅速衰落。

2　上岛鬼贯（1661—1738），本名上岛宗迹，号佛兄、槿花翁。俳谐流派"伊丹派"中坚人物。

必再来讨论。子规居士已经在他的《芭蕉杂谈》中，指出了此等陈腐的闹剧。只是芭蕉使用俗语的精彩性，今天仍有必要加以强调。不然的话，和不幸的惠特曼所遭受的一样，所谓的民众诗人很可能会无所顾忌地把芭蕉也归为他们先达中的一员。

七　耳朵

对于喜爱芭蕉俳谐的人来说，不打开耳孔是遗憾的。若对于诗调之美全然无动于衷，芭蕉的俳谐之美也就只能理解一半而已。

俳谐本来就比和歌更缺乏诗调。要在仅有十七个假名的生杀之中传达"语言的音乐"，须有特大功力之人出现才能做到。而且，执着于诗调则有失于俳谐的正道。之所以呼吁"先不要谈芭蕉的诗调"，大概可以透出其中的信息。但是，芭蕉自身的俳谐很少有忘记诗调的。不，有时一些俳句甚至将一句之妙全托于诗调。

夏月升御油，不觉悬赤坂。

这首俳句为了描写夏天的月亮，利用了"御油""赤坂"等地名带来的色彩感。这种手段算不得稀奇，毋宁说多少有些老套之嫌。但是，它带给人耳的效果，却充满了与旅行者的心绪极其吻合的、悠悠自得的美感。

不觉岁尾今又至，快去年市买香火。

假设"夏月"之句，不是以歌剧歌词而是以乐谱见长的话，那么这一句则是两者皆优之作。到年市买香火，虽说有些苍凉，但肯定能感受到一种亲切感。此外，那兴冲冲的"快去"的语气，宛然可见芭蕉其人内心的欢欣雀跃。还有，再看下面一句，对于芭蕉诗调运用的出神入化，我们只能目瞪口呆。

秋意已浓寂寞生，不知邻居是何人？

能够把握这庄严诗调者，茫茫三百年间唯有芭蕉一人。芭蕉以"俳谐乃万叶集之心"，来教育他的弟子，丝毫不是吹牛。这便是喜爱芭蕉俳谐者必须打开耳孔的原因所在。

八 同上

芭蕉俳谐的特色之一，就是将诉诸眼睛与诉诸耳朵的美微妙地结合为一体的美。借用西方人的话说，就是在形式（Formal element）与韵律（Musical element）的融合上有着独特之妙。即使是芜村这样的大家手笔，只怕是在这一点上也难以望其项背。以下所列，是载于几董[1]所编《芜村句集》中有关春雨的所有俳句：

> 春雨之中见伞笠，窃窃私语渐远行。
> 春雨今又降，暮色渐渐浓。

---

1 高井几董（1741—1789），俳人。本名小八郎，号晋明、春夜楼。

逮鱼冬柴尚未沉，转眼之间春雨中。

踌躇月亮撒半海，纷纷春雨朦胧中。

春雨渐渐沥沥下，绳端悬挂小灯笼。

西京一户人家因有妖怪，长期无人居住而荒置。如今，关于妖怪的传闻消失——

人居烟熏壁，屋漏春雨流。

袋中装物种，春雨给打湿。

春雨落身上，只得戴头巾。

小海滩上小海贝，春雨浇成淡红色。

瀑口呼灯火，闻声春雨中。

莼菜水中生，春雨涨满池。

梦中吟

春雨潇潇下，可怜不写作。

芜村的这十二首俳句酣畅淋漓地表现了诉诸眼睛之美——尤其如同大和绘之美。但是用耳朵听起来，却并不那么酣畅。如果一口气把十二首全部读下来，甚至有一种同一诗调重复的单调之嫌。可是，芭蕉在通过这难关之路时，却畅通无阻。

正值春雨淅沥下，杂草小路拔艾蒿。

于赤坂

懒起恋床笫，搅梦是春雨。

我在芭蕉这两句之中感受到了百年前的春雨。"杂草小路拔艾蒿"的品位之高，自不待言。起于"懒起"并在"搅梦"一语上踌躇的诗调之中，表现了一种近似于柔媚的慵懒。我们最终只能说，芜村的十二首在芭蕉的这两首面前是无能为力的。总之，芭蕉的艺术感觉比起号称近代人的人来说，是经过了千锤百炼的。

九　画

东方的诗歌，不论日本还是中国，都经常把画趣作为生命。西方人的诗生于史诗，说不定会给这"有声之画"贴上歪门邪道的标签。然而，"遥知郡斋夜，冻雪封松竹。时有山僧来，悬灯独自宿"[1]宛如一帧南画。还有那"排排库房后，燕子常飞往"，也自然是一幅浮世绘。足以随心所欲表现出此种画趣的手段，也同样是芭蕉俳谐中不可忽视的特色之一。

> 野松枝叶茂，即可感凉爽。
> 酒醉伸头向外看，小窗瞧见葫芦花。
> 山民行路言语少，只因带刺猪秧秧。

第一句是一幅纯然的风景画。第二句是一幅

1　选自唐朝诗人韦应物的《宿永阳寄璨律师》。

风物加上人物的风景画。第三句是一幅纯然的人物画。芭蕉的这三种画趣，没有一个是品位低下的。特别是山民表达了对于言语少（おとがひ閉づる）的强烈畏惧。在表现这种画趣方面，就算芜村也必须退避三舍。（总拿芜村为例，未免有些对不住芜村。但事出有因，谁让他是继芭蕉之后的巨匠呢？）即便是在表现最具芜村特色的大和绘的画趣方面，芭蕉也轻而易举地做到了不亚于芜村的效果。

夏日包粽子，只手夹额发。

据说，芭蕉自己把这句俳句称为"物语体"。

十　男色

传说称，芭蕉和莎士比亚以及米开朗基罗一样曾好男色。这种说法并不一定是空穴来风，元禄可是产生井原西鹤《大鉴》[1]的时代。芭蕉或许随着时代风潮曾爱分桃之契也未可知。实际上，那"有人传说我过去也曾喜欢男色"的话，正是年轻芭蕉执笔《贝覆》中的话语。另外，在芭蕉的作品中，也有一些像"总角生稚气，犹发嫩草味"之类歌颂美少年的俳句。

但我仍旧不能认为芭蕉是性欲错乱。诚然，芭蕉明确讲了"我过去也曾喜欢男色"，可是，首先这话是出于巧弄戏谑之笔的《贝覆》中的一节。因此，如把它当成一个了不得的自我坦白，难道不为时尚早吗？第二，就算是他的自我坦白，也许会出乎我们的意料，过去的喜欢男色根本不同于现在的喜欢男色。不，假如现在讲曾喜欢男色，丝毫没有必要特别加上"过去"这个词。而且，联想到芭蕉在宽文[2]十一年（1671）正月写下《贝

1　指井原西鹤于 1687 年出版的小说《男色大鉴》，共分为八卷，前四卷主要以武士社会为主体，后四卷则以少年歌舞伎演员为故事的主体，描绘了江户时代达到巅峰的男色文化。

2　江户时代初期，后西天皇、灵元天皇在位时的年号，具体时间为1661 年 4 月 25 日至 1673 年 9 月 21 日。

覆》时年仅二十九岁，想必他所说的"过去"是指"性的觉醒"以后的几年时间。这个年龄层的Homo-Sexuality（同性恋）并不特别稀奇。就连生于二十世纪的我们，回想起自己少年时期的性欲，也大致会有几次因美少年而恍惚的记忆。至于称芭蕉与他的门人杜国[1]之间有同性恋情一类的传说，说到底只能是小说。

十一　大海彼岸的文学

　　某个禅僧向芭蕉问诗。翁曰："隐士素堂精于诗道，为世人所知。他常言，诗是隐者之诗，风雅为妙。"

　　正秀[2]问芭蕉，言："《古今集》[3]里有'雪花纷落下，天空不知晓''樱花开时人不

1　坪井杜国（？—1690），俳人，松尾芭蕉的弟子，曾常伴芭蕉旅途之中。

2　水田正秀（1657—1723），俳人，松尾芭蕉的弟子之一。

3　指《古今和歌集》，日本第一部敕撰和歌集。

知''樱花绽开春不知',一集里面收录了三首相近之诗。收在同一集里且出自同一作者,以前可曾有过这样的先例?"

翁答道:"看来像是贯之[1]的爱用之语。今人虽讨厌此种情形,但古人却未必。唐土之诗,也有此等情形。前些时候听丈草说,杜子美专爱此举。据说近代诗人于鳞的诗中也有这种现象。其诗听过,不过忘记了。"

于鳞是嘉靖七子[2]中的一人,想必是指李攀龙。芭蕉在谈话中提及倡导古文辞[3]的李攀龙,其对杜甫的尊敬不言自明。不过,这一点暂且不论。这里首先想探讨的,是芭蕉其人对于大海对岸文学

1　纪贯之(?—945),日本平安时代贵族、歌人。《古今和歌集》编纂者之一。

2　"嘉靖七子"指中国明代嘉靖、隆庆年间(1522—1566)的文学流派。成员包括李攀龙、王世贞、谢榛、宗臣、梁有誉、徐中行和吴国伦。前文的"于鳞"即李攀龙的字。

3　一种文体概念,由前文提到的"七子派"推举,对立于唐代韩愈创立的"古文"。"七子派"又称"古文辞派",甚至名扬至日本江户文坛。

的态度。从上面的一则趣闻中所看到的芭蕉，一点也没有摆出学者的样子。假若将这段趣闻改为当今的新闻报道，芭蕉回答记者提问的态度肯定像下面一样朴实无华。

当某一新闻记者问及西方诗的时候，芭蕉这样答道："精通西方诗的人，是京都的上田敏。根据他经常的说法，象征派诗人的作品极其幽深且具梦幻。"

芭蕉还答道："这种情形，或许西方诗中也存在。最近和森鸥外聊天，据他说，歌德的作品就多有这种现象。另外，近期一个叫什么伊奇的诗人作品中，这种现象也不少。的确，我听到过那首诗，可惜让我全给忘记了。"

能够答到这种程度的人，想必在当时的俳人中也不多见。可是不管怎么说，他对大海对岸的文学不甚了解则是肯定的。此外，芭蕉对于一些不去体味艺术上无法言表的醍醐之味、一心只读万卷书的文人墨客，好像十分讨厌。起码，他一刻也容不得爱摆学者架子的人，常常向这些人投去他那显示出其天生讥讽才能的、独特的讽刺。

　　"山村梅花开，花戏迟迟来。"芭蕉把这首俳句书赠去来，并回复说："这首俳句可以有两个理解。一个理解是山村风寒，待到梅花盛开时节，演花戏的人会来吧。意思是说梅花和花戏两者皆迟。另外一个理解是，山村的梅花早已开放，可是还不见演花戏的人。是说看到山村的偏僻而怀念京城的繁华。"翁在回复中还举了一个其他的例子说，去年阴历六月路过五条一带时，见二店前挂着一幅奇怪的招牌，上写道"此处有 Hakuran 妙药"。同行的朋友觉得好笑，讥笑说应当写成"霍乱（Hakuran）之药"。某却说道："想必'博览（Hakuran）病患'会买的。"

这些话对于出自书香门第的去来 [1] 而言，是比吃那德山棒 [2] 还要疼痛的一击。（去来的父亲向井灵兰不仅精通儒、医两道，还翻译过《乾坤辩说》。名医元端以及大儒元成是他的兄弟。）另外顺便提一句，芭蕉还是一名可一语中的、极其毒辣的讽刺家。一句"想必'博览病患'会买"，真可谓沉重的一击。其他，还有以下这段趣闻：

> 东武之会，不以盂兰盆节为释教，岚雪 [3] 对此加以非难。翁曰："若以盆节为释教，正月则为神祇乎？"

总之，对芭蕉的嘴爱损人，其门人好像经常为之头疼。不过所幸的是，这位讽刺家两百年前

1　向井去来（1651—1704），俳人，"蕉门十哲"之一。本名向井兼时，号落柿舍。

2　唐代德山宣鉴禅师常以棒打为接引学人之法，形成特殊之家风，世称"德山棒"。

3　服部岚雪（1654—1707），俳人，"蕉门十哲"之一。本名服部治助，号雪中庵。

患肠炎什么的过世了。不然，我的这篇《芭蕉杂记》势必也会被他那厉害的毒嘴大大戏弄一番。

芭蕉对大海彼岸的文学不太了解，已经如上所述。那么，他对大海彼岸的文学十分冷淡吗？不，恰恰相反，他简直是非常热心地将大海彼岸文学的表现手法收入自家囊中。这一点，参看一下支考所传来的下面一段趣闻便可知晓。

某日，翁讲道："最近读《白氏文集》，觉得'老莺''筵蚕'两词颇有意思，因此作了下面两首俳句：

黄鸟竹丛叫，小鸟寻老莺。
五月梅雨下，筵蚕苦桑田。

言黄鸟在竹丛中鸣叫，巧妙透出了小鸟唤寻老鸟的余韵。'カイコ'是怕人不懂'筵蚕'一词，而故意使用了假名写法。其实，'蚕'前应加上'筵'字，是指在家养蚕的景象。"

白乐天的《白氏长庆集》是芭蕉爱读的书籍之一，这在他的《嵯峨日记》中曾经提到。芭蕉对白氏诗集中的表现手法进行脱胎换骨的改造现象并不少见。比如，芭蕉的俳谐在动词用法上，就运用了独特的技巧：

一声横江传，时鸟四月鸣。

立石寺（前书略）

山寺幽且静，蝉声入石中。

参凤来寺

寒风杉间穿，岩石被吹尖。

这些动词的用法，莫不是学了海对岸文学的字眼？所谓字眼，就是指因一字之工而使全句颖异的字。这一点，请参看一下岑参的下面一副对联。

孤灯燃客梦，寒杵捣乡愁。

可是，如果断言芭蕉是学来的，当然十分危险。芭蕉也许自然而然地掌握了和大海对岸的诗人同样的表现手法。但是，下面的一首俳句也仍然不外乎是暗合吗？

钟声散去花香撞，已经黄昏夕阳时。

根据我的判断，这明显是朱饮山[1]所谓的倒装法在俳句上的运用。

香稻啄余鹦鹉粒，碧梧栖老凤凰枝。

上面举出的，是杜甫运用倒装法的一个著名

1　清朝人，所著《诗法纂论》传至日本，为日本汉学爱好者认可。

286

对子。按照通常说法，必须将对子中的名词加以调换，说成："鹦鹉啄残香稻粒，凤凰栖老碧梧枝。"芭蕉的俳句按照通常的说法来讲的话，也理应颠倒动词的位置，说成："花香散去钟声撞，已经黄昏夕阳时。"虽说一个是名词，一个是动词，但把芭蕉之句作为倒装法在俳谐中的尝试，未必就是武断吧。

前人经常提及芜村向海对岸的文学学习了很多东西。可是，对于芭蕉究竟如何，却好像很少有人考虑（假如有这样一个人，自然早就发现了这"钟声散去"一类的问题）。然而，众所周知，延宝、天和[1]年间的芭蕉曾改编了不少如"忆老杜，胡须吹风起，何人叹暮秋""夜寒棉衣重，吴天降雪否"等大海彼岸的文学作品。不，不仅仅是这些。芭蕉在《虚栗》（天和三年出版）的跋后面，署名为"芭蕉洞桃青"。"芭蕉庵桃青"未必是一个能够让人联想到大海彼岸文学的雅号。但是，"芭

---

1 灵元天皇执政时期的年号，具体时间为 1673 年至 1684 年。

蕉洞桃青"却带上了"凝烟肌带绿，映日脸妆红"的诗中之趣（胜峰晋风也在《芭蕉俳句定本》的年谱中，强调可不能漏看了一个"洞"字）。因此必须说，芭蕉——至少是延宝、天和年间的芭蕉曾在很大程度上醉心于大海彼岸的文学。再不然斗胆说句话，使堕入充斥着谈林风气的鬼窟里的芭蕉开启天才之目光的，或许就是大海彼岸的文学。于芭蕉的俳谐之中可发现大海彼岸文学的痕迹，当然并不值得大惊小怪。偶读《芭蕉俳句定本》，思考了大海彼岸文学的影响，于是便加在了《芭蕉杂记》之后。

附记：传说芭蕉时常向伊藤坦庵、田中桐江等汉学家请教汉学。不过，芭蕉所受到的大海彼岸文学的影响，很有可能是发自于喜好作诗的山口素堂[1]。

1　山口素堂（1642—1716），俳人，俳谐流派"葛饰派"始祖。松尾芭蕉的至交，也对芭蕉风格的形成做出了贡献。

十二　诗人

　　关于蕉风连句答和的议论，樋口功氏的《芭蕉研究》已经讲得非常明确。当然，我不像樋口那样相信，蕉门的英才以及芜村等在发句（即俳句）方面能和芭蕉不相上下。不过，芭蕉在连句答和上有独步古今之妙则完全如同樋口所说。而且，他所指出的元禄的文艺复兴反映在蕉风的连句答和上，这一点我也很有同感。

　　芭蕉绝对不是孤立于时代之外的诗人。不，毋宁说是一个将自己的全部精神都投入时代之中的诗人。芭蕉的俳句中之所以偶尔没有显现出其广度来，正像樋口氏所指出的那样，只能认为那是他仅仅将"我自己的诗歌"当成了俳句的正道。是芜村打破了金锁，把俳句放归于自他无别的大千世界之中。像"忆往昔，险被斩首终私奔；看今朝，夫妻和睦换新衣（お手打ちの夫婦なりしを衣がえ）"或"本来不该输，梦话惊妻醒"等，就是产生于这种解放的作品。芭蕉对于许六的"来至名将桥，迟钝见摇扇"，也只是给予了"这首俳句是名将之作，而全无句主之功"的评价。他若是看了芜村"忆往昔，险被斩首终私奔；看今朝，夫妻和睦换新衣"等作品，想必会对着后代竖子的恶作剧眉头紧锁的。当然，芜村尝试俳句解放的好和坏自当别论。但是不看芭蕉的连句答和，便赞扬芜村的小说式的构想前无古人，则是十分偏颇的看法。

为慎重起见，再一次重复我前面的看法。芭蕉绝不是孤立于时代之外的诗人，而是一位继《万叶集》之后最切实地把握时代、最大胆地描写时代的诗人。为了了解这个事实，可以对芭蕉的连句答和给予一瞥。元禄时代产生了近松、西鹤及师宣。而芭蕉简直写尽了元禄时代的人情，以至于让人怀疑他是不是真的喜欢茶泡饭。特别是他的恋爱诗，相比之下，就连其角看上去也像是一个莽汉。更何况后代的才子们，一个个要么像空也[1]般瘦弱，要么像大马哈鱼干，再不然就让人怀

---

1 空也（908—972），日本平安时代高僧。

疑是一个肾亏的年轻隐居者。

> 捶布石边女，狩衣送佳人。（路通[1]）
>
> 吾之幼时名，不知汝可记？（芭蕉）
>
> 召我进宫去，自愧徒虚名。（曾良[2]）
>
> 自枕胳膊睡，又觉细腕添。（芭蕉）
>
> 时辰已黎明，司殿困意重。（千里[3]）
>
> 共寝别离时，欲遮眉色脱。（芭蕉）
>
> 让穿木屐去，雨中拂晓时。（越人[4]）
>
> 缠绵共寝终别离，犹思纤细婀娜姿。
>
> （芭蕉）
>
> 本当切菜做副食，哪知心思不在此。
>
> （野坡）
>
> 不是骑马日，在家寻爱情。（芭蕉）

---

1 八十村路通（1649—1738），俳人。本名斋部路通。其人行状多怪异，拜入芭蕉门下，同门皆反感之。

2 河合曾良（1649—1710），俳人，"蕉门十哲"之一。旧姓岩波，号宗悟。

3 苗村千里（1648—1716），俳人，松尾芭蕉弟子。号损居士。

4 越智越人（1656—1730），俳人，"蕉门十哲"之一。号槿花翁。

女子若瞿麦，花开温柔色。（岚兰[1]）

四折棉被中，女子团蜷睡。（芭蕉）

创作出这种作品的芭蕉，与近代芭蕉崇拜者心目中的芭蕉是有些不同的。如"缠绵共寝终别离，犹思纤细婀娜姿"，就不是淡漠枯寂的隐遁者的作品，而更像面对仿佛出自菱川[2]浮世绘中的女子或小伙儿的美貌，震颤着敏锐感受性的多情的元禄人的作品。"元禄人的"——斗胆使用了"元禄人的"这种说法。这些作品中抒情诗一般妙趣的境界之高，是文化文政期烟花柳巷的常客做梦也体味不到的。数一下年代的话，他们和吟咏"吾之幼时名，不知汝可记"的芭蕉，只不过相隔了百年。可是实际上，他们比之千年前《万叶集》中唱出"可不要忘记了常陆少女啊"的女人，难道不是更要俗气万分吗？

1　松仓岚兰（1647—1693），俳人，松尾芭蕉弟子。原名松仓盛教。

2　菱川师宣（？—1694），浮世绘师。浮世绘版画的开山鼻祖，代表作有《回首美人图》等。

十三　鬼趣

　　芭蕉也像一切天才一样反映了时代的风尚，这在前面已经讲到。其中的一个显著例证，想必就是芭蕉俳谐中的鬼趣。浅井了意把《剪灯新话》[1]改编成的《御伽婢子》，出版于宽文六年（1666）。自此以来，这种鬼怪小说一直流行到宽政[2]年间。如，西鹤的《大下马》就产生于这种流行之中。正保元年（1644）出生的芭蕉，经历了宽文、延宝、天和、贞享[3]年代，辞世于元禄七年（1694）。因此不得不说，芭蕉的一生一直都伴随着鬼怪小说的流行。所以，芭蕉的俳谐——特别是世人尚对鬼怪小说感到新颖之时、《虚栗》编纂成集以前的俳谐，留下了不时玩弄鬼趣的、颇为巧妙的作品。

1　明代志怪传奇类文言短篇小说集，一般认为作者是明代诗人瞿佑（1347—1433）。芥川的小说《奇遇》中曾提及其中一篇故事。

2　江户时代中期，光格天皇在位期间的年号，具体时间为1789年至1801年。

3　江户时代前期，灵元天皇、东山天皇在位期间的年号，具体时间为1684年至1688年。

请看如下例句：

> 夜风袭来门自开，唯见一轮堂前月。（信德[1]）
>
> 不见古人道，露水落地消。（桃青[2]）
>
> 屁股空落地，缘何留痕迹？（信德）
>
> 小被之中有鳞印，蟒蛇怀恨留痕迹。（桃青）
>
> 月亮一招手，疯子立时腾。（桃青）
>
> 长尾拖地走，林下杂草生。（似春[3]）
>
> 夫隐深山中，尼姑唤声急。（信德）
>
> 甘心为鳗鱼，身披七重衣。（桃青）
>
> 刀剑护手，素陶易碎。（其角）
>
> 马瘦骨如柴，鞭打斯马影。（桃青）
>
> 山神娶嫁娘，霎时无踪影。（其角）

1　伊藤信德（1633—1698），俳人。与松尾芭蕉多有交游，影响了芭蕉风格的确立。

2　松尾芭蕉的别号。

3　小西似春（1688—1704），俳人，江户"新风派"代表人物。号泗水轩。

忍者为地藏，消踪度光阴。（桃青）

头顶大锅，隐遁别离。（其角）

木槌当子抱，汝是幻影人。（桃青）

原为蜥蜴身，今是金色王。（峡水）

魑魅入袖中，撕碎香甜梦。（桃青）

　　这些作品中的某些东西，无疑是滑稽的。可
像"马骨瘦如柴，鞭打斯马影""木槌当子抱"所
带给人的感觉，简直比当时的鬼怪小说还要厉害。
芭蕉在确立了风格以后，几乎与鬼趣绝了缘。但
是他那寄托了无常之意的作品即便没有鬼趣，却
总也带有几分无可言表的鬼气。

题于骸骨画

盂兰盆节起晚风，只见灯笼糨糊开。

　　本间主马[1]之宅，画有一幅骸骨能吹笛击鼓之

1　日本律令制时代负责照管皇太子马匹、马具。

画，悬挂于墙。

电闪雷鸣时，脸成芒穗形。

大正十二年至十三年（1923—1924）

十四　宗师

芭蕉是一位稀世的天才，同时也是一代宗师。可自古以来的天才，不止一人因穷困潦倒而死于穷街陋巷。这样说来，即使是天才，也未必就能因此成为一代宗师。子规居士在他的《芭蕉杂谈》中，将芭蕉扬名天下的原因归于俳谐自身的平民化倾向及芭蕉其人的知识德行，并说"那是因为芭蕉是开俳谐之宗的祖师，而并不因为他是文学家"。正如子规居士所说，作为宗师的芭蕉和作为天才的芭蕉自然志趣不一。

为慎重起见再重复一遍，即芭蕉是一位稀世的天才，同时也是一代宗师。之所以成为一代宗师，其理由当然可以说出很多。比如，芭蕉喜欢像西行一样四方云游且安于朴实无华的生活。无疑，这一点也使得古往今来富于感伤的人们流下了激动的泪水。然而，他成为宗师最强有力的理由，则因为他是自然天成的宗师。假如不用"宗师"一词也可以说明问题的话，那就叫他天成的教师好了。子规居士也在其《芭蕉杂谈》之中说："芭蕉教弟子如同孔子教弟子一样，采取的是因材施教，而不是面对各人讲述绝对的道理。"如其所言，芭蕉在教门下的英才时使用了独特的手法。向井去来的《去来抄》、森川许六的《俳谐问答》等，都清楚地证明了这种事实。现试引《俳谐问答》中"自赞之论"一节如下：

　　当时，翁曰："明日当换应季服装。可有俳句？说来，让我听听。"我于是遵命，吟咏了三四句，可并不合师之意。师说，时下诸门第以及其他门皆异常严肃地看待俳谐，正襟危坐，一动不动如同上锁一般。这不是

名人的游戏做法。所担心许子的地方正在于
此。除了风雅之外，许子要想想你所擅长的
艺术或技能。名人游于危险之处，俳谐也是
这样。始终抱有可不能搞糟了的想法，这是
拙劣之心，而非高明之肠。师今年初的：

一年又一年，给猴戴猴面。

便是完全的败笔。（中略）我说，名人
大师也有败笔吗？师答道："每句都有。"我
闻听此言，顿感大悟。

下面让我们再引《去来抄》中的一节：

树下仰卧拨枝看，原是软条美海棠。

翁在路上问去来说，最近其角的集子中
收录了这样一首俳句。你认为收录其中的原
因是什么呢？去来说，莫不是在于说出了丝

樱充分绽放？翁曰："都说出了，还能有什么！"至此，去来刻骨铭心。

芭蕉对许六的态度，可谓循循善诱，苦口婆心有加。但芭蕉对待去来的态度，却又与禅家的当头棒喝如出一辙。另外，芭蕉除了这种随机应变、独特的教授法以外，还饱含着确如俳谐之父的无限温情。什么"桑枝折秋风，胸中满悲痛"，什么"久穿袖口已磨脏，可否御寒黑灰衣"，或"悲情坟冢动，哭声惊秋风"，如此悼念其门人或门人之父兄逝去般的作品，之所以能够打动人的恻隐之心，未必仅仅因为作品的妙处。特别使我伤感的，应是芭蕉下面的一段趣闻。

前天翻山过，如今花盛开。（去来）

这是三年前《猿蓑》中的吟句。翁曰："这首俳句如今没有人听，可以再等上一两年。"

之后，翁与徒杜国一起云游芳野[1]，途中寄书信给去来。信中说，或称芳野为花山，或被芳野的美景所惊呆而一味感叹，再不然被其角讲的"樱花难吟"之话给震住，以至于无句可赞芳野。不过，现在可是每天行走时吟"前天翻山过，如今花盛开"哦。

实际上，可以不去过问究竟是否为读者接受还早了一两年。但一行"现在可是每天行走时吟'前天翻山过，如今花盛开'哦"的文字，却饱含了情深无比的关爱。

芭蕉作为教师的特色，想必还可以讲出许许多多其他的例子来。但是，仅就以上所举，也应对芭蕉是一个十分优秀的教师给予首肯。门人们拥有这样的教师，其由衷的钦佩之情自不待言。

---

1 今奈良县吉野郡一带。

十五 智者

芭蕉轻而易举地将当时的英才收于门下。前人经常举出这种事头用以强调芭蕉的威望何等之高。芭蕉当然是一位德高望重的君子。至少在人际关系上，他是一位尽量与人和平相处的、精神上的节俭家。

土芳说，翁经常执意劝人挪动地方。说某某如今不应该待在那里，即使去和自己有矛盾的人那里也无所谓。这样，年老以后就没有什么内疚之处。

因此，芭蕉不仅在门人中具有威望，在他门下的俳人中也没有树立过敌人，这是确凿的事实。然而，认为他只因如此才成了一代宗师，则不免是村夫之见。芭蕉的艺术是俳谐，俳谐是连句答和的尝试。而且，连句答和的优劣与和歌题咏的优劣一样（连句答和其实也是题咏），一般人也肯定很容易看得出来。当两人对吟的时候，其优劣之明显如同剑道的对决。芭蕉在这种连句答和上，博得了独步古今之名。许多人在芭蕉面前自然产生敬畏之念，其中也肯定有着这个原因。至少，芭蕉门下的英才们之所以对芭蕉佩服之至，与其说是惧于其威望，毋宁说原因在此。关于这一点，可以参看一下与狮子庵支考同样的、从不肯轻易让人的许六的《自赞之论》。

初学之时，随季吟老人流。中斯兴起谈林之风，于是急转风向，成为京师田中氏常矩法师的门人。学习俳谐七八年，可谓废寝忘食，一日吐三百韵五百韵。遍览当时所出诸集，以为天下俳谐尽握自己掌中。有一个称为矩门弟子第一人的如泉，其实远不如予。（中略）其时，常矩在某个集子中作了这样的付句：

风物时宜，因地不同而异。（前句）

难波之足，伊势浴池可得。

人称秀逸之作，而入集。但我等则不取此句。（中略）另外，有桃青的付句：

竖耳听去，远处荻声分外怪。（前句）
难波芦苇，四方市伊势闻名。

堪称佳句，于是有感而称赞桃青的高明。（中略）当时，天下皆称桃青为翁，据说名人之号遍布四海。予观此人之器，有着非我等能并肩可比的高明之处。自己不是每日欲成名人乎？但愿能与之面晤，以聆听俳谐之新风。（中略）

吐露"难波芦苇"的，是当时才三十四五岁仍然醉心于谈林之风的芭蕉（前句的作者是信德）。关于这句连句答和的注释，樋口功的《芭蕉研究》已经再详尽不过（同书后篇，《芭蕉研究》第三节）。

假如多此一举叠床架屋的话，用老辣手段以按摩师四方市之名替换为"浜荻"，此举正是把握住了右偏则滑稽、左偏则怪幻这千钧一发的微妙。如果不把这样的人叫作智者，那么什么样的人才能称为智者呢？还有，四十一岁的芭蕉开辟了一代蕉风的作品，在这一点上也同样如此。

　　海啸大浪来，篱笆亦冲坏。（荷兮）
　　世间多有离奇事，人言大鱼吃死人。
（芭蕉）

"仏食いにる"的意思，就像幸田露伴所说的一样，是鱼吃溺水而亡之人。这当然没有像谈林风格一样，卖弄什么歇后语之类的东西。然而，其连接方式的精彩依旧显示出了智者的面目。

　　矮柜走了形，盖子合不拢。（凡兆）
　　一时草庵在，破念不曾停。（芭蕉）

所谓"麻雀百岁不忘跳，旧时习性断难改"，的确可以说明芭蕉快到五十岁时的连句答和上的才气。

十六　偶像

芭蕉在大阪圆寂以后，立即化为偶像。不，不只是化为偶像，简直是开始化为与八百万神灵完全相同的俳谐之神。芭蕉的神格化，其本身想必就是一个颇有意思的问题。芭蕉是怎样像基督一样创造了一个个奇迹？各地的城乡大众又是怎样顶礼膜拜芭蕉祠？另外芭蕉的门人又是怎样像基督的十二门徒一样带上了几许庄严？进行诸如此类的研究，不仅对于俳谐，对于阐明日本的风俗习惯，也是会起到一些作用的。

芭蕉是一个根本不在意一般习俗的偶像破坏者。不用说，经他的手破坏了许许多多的偶像。发出那"俳谐乃《万叶集》之心，丝毫不亚于唐、明及一切中华之英杰"的豪言壮语者，正是芭蕉。

扬言"世间并无读了无益之书，比起儒佛之书，似应读些日本本土书以及其他如谣曲、净琉璃之书"者，也是芭蕉。一语道破交友原则，称结交其他门派"无碍，只有盗贼和赌徒才不应结交"的，还是芭蕉（不，芭蕉对待盗贼和赌徒，未必像蛇蝎一样加以排斥）。这样一个偶像破坏者自身反倒一下子化成了偶像，虽说这是所有天才不可逃避的命运，但终究是一出实在悲惨的喜剧。

给予这种偶像崇拜沉重一击的，是正冈子规的《芭蕉杂谈》。这部《芭蕉杂谈》，有可能不会尽显芭蕉的全部本色。但是，它粉碎了罩在芭蕉头顶的光环却是确定无疑的。必须指出，比起建造百十座芭蕉堂、进行千万次芭蕉祭奠来，这才是对两百年前的那个偶像破坏者最好的佛事供奉。

可是，对于芭蕉的偶像崇拜，至今也还没有绝迹。诚然，是子规一击之下将俳谐之神消灭。但是，神丧命之后，圣人依旧存在。比如，吉田弦二郎[1]的《芭蕉》可谓一部足以传承的小说。可是作品中的芭蕉却是一个始终表情凝重、轻易不开玩笑、极其感伤的圣人。面对这样的芭蕉，那傲岸的支考[2]和许六也自始至终唯唯诺诺吗？不，就算是我也会毫不客气地将这样的芭蕉一脚踢开的。

古人在青云横卧的天际，造就了俳谐之神。今人在女校运动场的一角，造就了俳谐之圣。假如非要我二者选一，我宁可选神而不选圣。比起吉田弦二郎的《芭蕉》，我宁可去读那袋装本的《行脚怪谈袋》[3]或《俳谐水浒传》[4]等。

1　吉田弦二郎（1886—1956），日本小说家、剧作家、随笔家。本名吉田源次郎。

2　各务支考（1665—1731），俳人，"蕉门十哲"之一。芭蕉离世后，自创俳谐流派"美浓派"。

3　全名《芭蕉翁行脚怪谈袋》，以松尾芭蕉及其门人为主人公，记录了芭蕉周游各地的奇异见闻，江户后期成书。

4　作者是迟月庵空阿（1750—1812），江户后期僧人，俳人。

十七　气质

芭蕉一般被认为是一个正儿八经的隐者，可未必是吉田弦二郎小说《芭蕉》中所描述的沉默寡言的郁闷者。诚然，芭蕉说过"晚饭后，应该尽快熄灭蜡烛。眼见着夜色深沉，心便会兴奋"，这段有名的趣闻流传至今。然而，这不仅仅局限于芭蕉。假如要我们面对挂钟而作俳句的话，想必也会说出"应该摘掉挂钟。眼见着夜色深沉，心便会兴奋"的话来。

另外，小川破笠[1]在市川栢筵[2]的《老之乐》中记下了这样一段佳话。

> 据说，岚雪等人除了作俳句之外，有意躲避蕉翁，原因是觉得窘迫，没意思。

但是，任何门徒面对自己所师从的先生时，都会多多少少感觉窘迫的。实际上，夏目漱石先

1　小川破笠（1663—1747），描金绘师，亦作俳谐、"土佐派"绘画。
2　即市川团十郎二代目（1688—1758），歌舞伎演员。

生十分诙谐，可作为门人的我，却的确仍然感到窘迫。何况，破笠也好，岚雪也好，本来就不是什么严谨持身的君子，而是些晋子[1]其角一样风流无比的才子。因此，他们的所谓"除了作俳句之外，有意躲避蕉翁"，更应当说是在情理之中。

当然，芭蕉感觉人生无常是确实的。至少，经常在他人面前谈起人生无常是确实的。人生的确是无常的。可一而再，再而三"无常无常"地鼓吹，即便是"芭蕉洞桃青"之语，也如同教僧的口吻，只能说太缺乏见识。不过，假如暂且为芭蕉执辩护之劳的话，芭蕉在世的期间正是所谓的元禄黄金时代。想必这一时期的奢侈之风，自然地加剧了芭蕉的厌世思想；而且，就芭蕉自身而言，因为有着前半生喜爱谈林风格的俳谐经历，就更是加深了他那人生如梦幻或泡影的感触。考虑到这些情况，芭蕉之所以极力强调无常，其一或许……也未可知。然而，若给芭蕉的气质打上忧郁的烙印，这一点则未必能够成为什么证据。

---

1 即宝井其角的别号。

最后要说的是，芭蕉经常在他的作品中谈到无常……

十八　诙谐

芭蕉看来并不是一个如世人所想象的那样十分寂寞的人。毋宁说，同所有的天才一样，他像是一个非常喜欢诙谐的人。《去来抄》等作品所传诵的趣闻之中，就不乏可以证明这一点的例子。

有一首翁经常赞美的狂歌，那就是：

想往上爬无抓手，鸣神[1]井底了此生。（无名氏）

在三河新城，支考、桃邻当时也在场，白雪[2]问，典故怎么使用才可以出新意？翁曰，某歌仙所作诗中有这样一句话：

1　江户时代歌舞伎流派市川宗家作为自己的家艺，选定的十八种歌舞伎剧目之一。

2　太田白雪（1661—1735），俳人，松尾芭蕉弟子之一。前文的三河国新城村第四代村主。

身披草席一乞丐，立身北面桥脚旁。

佑经[1]是一个打仗运气很好的人，他设想着复仇之事，想必可以这样形容。期盼了多少年，工藤终于迎来了佳音。连他自己也觉得一直活到建久四年五月二十八日简直不可思议。可如今这句话也已成了对他的悼念。

翁某日在某贵宅，会开到一半离席去了厕所，总不出来。贵人让人看了几次，过了一会儿，翁才出来。洗手漱口之后，笑着说："常言道人生五十年，我有二十五年是在厕所度过的。云云。"

支考说，游嵯峨的（向井去来的）落柿舍时，众人在谈笑之余，为京都的蕉门之少而叹息。翁笑声如常说，我家俳谐与乐城的土地不合。从蘸荞麦面条的汤的甜味便可以知道。萝卜的辣味来得快，可是却和芥末冲

---

1 工藤佑经（？—1193），日本镰仓时代武将，因曾我兄弟复仇事件而闻名。

鼻子的辣味似是而非。之后，若有健壮人出现，洗刷掉自己心中的执着，不刚不柔，并认识到俳谐就是今日的平常之语时，落柿舍才能成为游山拜佛的团体之一，并可进入小箱的名录之中。

还有，在芭蕉的俳谐之中，诙谐之语自不待言，调皮话、歇后语颇多也是众所周知的事实。关于这一点，并不是像世人所想象的那样，仅仅局限于他在谈林派的影响之下而作的初期之句。就连元禄以后的俳句之中，这种例子也如秋天山野的鹌鹑一样比比皆是。

景清英武震天下，观花却称七兵卫。

正值箕轮笠岛黄梅雨时。
笠岛何处在？五月泥泞路。
我舍可摆席，端上小蚊子。

地火尚未熄灭，腊月之末离开京都。

赴乙州新居等候春天

托人置新宅，恍然到岁尾。

在田家

莫非憔悴因麦饭，恋人原是艺妓妻。

参拜凤来寺

寒夜求棉衣，旅宿方成眠。

二月吉日，庆贺是橘剃发入医门

初午当吉日，剃成狐狸头。

自美浓路寄书信予李由

午睡对童颜，抄本堆满床。

　　特别最后的"童颜"之句，是芭蕉圆寂于大阪的元禄七年（1694）的作品，因此必须承认，芭蕉一直到死都是喜爱诙谐的。

晚年的芭蕉爱幽玄，讲枯寂余情……

十九　中国

延宝年间的桃青是谈林风的俳人。可贞享年间的芭蕉，已经不再是谈林风的俳人。也就是说，从延宝到贞享的天和年间，当时的芭蕉庵桃青就像一只离开了猎手的猎鹰一样，飞出了谈林风的圈外。

必须说，芭蕉之所以飞出谈林风的圈外，靠的当然是他的天才。然而，芭蕉确是一位他人赞许、己亦自负的响当当的谈林风俳人。这样一个芭蕉，无疑会比其他人更加难以跳出谈林风的圈外。能够斩断这个金锁——如果这也归于天才的原因，肯定是简单的。但是进而深入探究的话，则必须想象到芭蕉的天才是由于某种机缘才得以慧目开启。那么，这机缘究竟是什么呢？

这个问题的答案同样简单，必定是古人的艺

术自然地为其指出了一个渡口。芭蕉热爱和歌，热爱谣曲，热爱书籍，并且热爱绘画。在将近四十岁的芭蕉身上，开始显露出蕉风的寂光净土来，那么究竟是何者成了机缘呢？如果回答说全部都是，无疑很省事。那么，促使芭蕉开启慧眼的最直接原因是什么呢？

天和年间的芭蕉作品，带有很多中国文学的味道。当然，"多用汉字，爱听诗歌，以及和歌俳句多出了规定的字数，而不能一气吟出"（《历代滑稽传》），并非始于芭蕉。毋宁说那曾是风靡当时俳谐的一种流行。但是显然，芭蕉也是受中国文学影响，进入其骨髓的一位作家。《虚栗》中的"胡须吹风起，何人叹暮秋""夜寒棉衣重，吴天降雪否"等中国文学的味道，自不必多讲。就算早就确立了蕉风的四十七岁的芭蕉，也留下了以下作品。

钟声散去花香撞，已是黄昏夕阳时。

　　这是将朱饮山所谓的倒装法运用在俳句上。比如，可以对照以下的例子。

　　　　香稻啄残鹦鹉粒，碧梧栖老凤凰枝。

　　杜少陵这首闻名的对子，如果要想理解其意思的话，当然必须把两句中的名词调换位置，改为"鹦鹉啄残香稻粒，凤凰栖老碧梧枝"。而芭蕉的俳句要想理解其意思的话，也必须颠倒动词的位置，说成"花香散去钟声撞，已是黄昏夕阳时（鐘ついて花の香消ゆる夕べかな）"，道理与上面的例子完全相同。如果把这说成是一种巧合那自当别论。假如把这理解为像我所说的倒装法的运用，那么则必须承认芭蕉受中国文学的影响是非常大的。

　　另外再举一例。芭蕉在《虚栗》跋的后面，署名为"芭蕉洞桃青"。"芭蕉庵桃青"的名字，未必就有中国文学的味道，可是，"芭蕉洞桃青"却有着"凝烟肌带绿，映日脸妆红"的诗中之趣。

任何人都可以毫不费力地看出，那特别使用了"洞"字的芭蕉是如何陶醉于中国文学。

芭蕉倾心于中国文学，如上所述。而且必须说，其作品之中中国文学味道最浓的时期，正像前人已经指出的那样，是写出了《次韵》《武藏曲》《虚栗》等作品的天和年间。因此，对于打开芭蕉天才慧目最有效的，很有可能就是中国文学。

大正十二年至十三年（1923—1924）

（揭侠　译）

续芭蕉杂记

一 人

我写过，芭蕉给汉字词也注入了新的生命。《蚂蚁有六只脚》这篇文章或许颇为生硬，但是芭蕉的俳谐是经常在这近于翻译的冒险中获得成功的。日本的文艺，至少"其光芒总是来自西方"，芭蕉本人也并不例外。在当代人看来，芭蕉的俳谐该是何等时髦啊。

午睡脚蹬壁，丝丝感凉意。

"壁をふまへて"这句成语，取自汉字词。当然，使用了"踏壁眠"之类成语的汉语词汇有很

多很多。我和室生犀星把芭蕉这种现代化的兴趣（当代的）算作其风靡一时的原因之一。不过，诗人芭蕉此外还有善于处世的另一面。水平接近芭蕉的各位俳人——如凡兆、丈草、惟然等，在这一点上都不如芭蕉。芭蕉是和他们一样的天才，同时却又比他们辛苦得多。他让其角、许六、支考等人由衷折服的东西，想必在很大因素上是他的俳谐出类拔萃（世间所谓的德望，至少在他们身上根本起不了任何作用）。然而，芭蕉为人处世的出色——或者他的英雄手段，应当说巧妙地笼络住了他们。要了解芭蕉通于人情世故，可以参看一下他谈林时代的俳谐。或者通过他的书简，也可以窥测到他操纵东西门徒的技巧。最后，他就是在元禄二年——即踏上《奥之细道》[1]的旅途时，仍然是一个强者。

拜过行者木屐后，出发要登夏季山。

---

1 松尾芭蕉所著俳谐纪行，收录了与其门人曾良自江户的深川出发，途经奥州、北陆的名胜古迹时所作俳句。

无论是"夏季山""木屐"还是"出发",面对这种气势,恐怕就连曾是强者的一茶[1]也会自叹不如。确实,即使作为一个人,他也堪称文艺英雄的一员。芭蕉所持的无常观,并不包含着芭蕉崇拜者所想象的那样的感伤主义。毋宁说那是一条不管三七二十一,勇往直前走到底的道路。可以说,就连俳谐被芭蕉称为"一生的路旁小草",也未必是一种偶然。总之,他是一个不被后人理解,甚至也不怎么被同时代人所理解的(我没有说不受到崇拜)、令人生畏而又无所畏惧的诗人。

二 传记

芭蕉的传记一旦涉及细微之处,直到现在好像还不是一清二楚。但我相信,我大体上已经一眼看到了底——他做了不道德之事而离开伊贺的家,到达江户以后乃是花街柳巷的常客,不觉间

1　即小林一茶。

却成了现代的（当时的）大诗人。另外为谨慎起见，如果再加上一句的话，那就是他肯定没有让文觉[1]也感到畏惧的西行[2]一样的体力，也肯定没有同样抛弃了自己孩子的西行一样的魄力。一旦除去了他的作品，芭蕉的传记也同所有的传记一样没有任何特别之处。他的一生与西鹤《置土产》中的浪子并无太大的差别。只是，他把他的俳谐——他"一生的路旁小草"留了下来……

最后要说的是他的出生地伊贺国，曾是出产伊贺烧陶器的地方。在封建时代，想必此地的艺术氛围对他产生了一些作用。我曾经在伊贺出产的香盒上，硬是感觉出一股枯淡的蕉风。禅宗和尚经常使用贬人的话语来赞扬人，当面对芭蕉的时候，我们也不觉生出类似的心境来。他的确是三百年前日本产的一个骗人精。

1　平安时代末期的真言宗僧人，俗名远藤盛远。原是武士，因误杀其恋慕的袈裟御前而出家。

2　西行（1118—1190），平安时代后期歌人、僧人。本名佐藤义清。原是效忠鸟羽天皇的武士，23 岁出家后，徒步周游日本，创作和歌。

三 芭蕉的衣钵

芭蕉的衣钵，在诗的方面传给了丈草等人。另外，或许也传给了当下的诗人。不过在生活方面，他传给了信浓（这个地方像伊贺一样多山）的大诗人一茶。一个时代的文明，必然左右着某一个诗人的作品。即使是出于这一原因，一茶的作品也没有达到和芭蕉同样的顶峰，可是，二人在内心深处都是走的"自暴自弃的道路"。或许，芭蕉的门徒惟然也是一个这样的人。他没有一茶那样厚颜无耻的根性，却比一茶更值得怜惜。他的疯癫并不是见于戏剧的那种洒脱和趣味。对他而言，家庭自不必讲，他的疯癫，是甚至要将自己的生命也赌上去的疯癫。

万里晴空秋日好，狂人鬼贯对黄昏。

在惟然的作品之中，我想这一句也算不得什么名句。然而，我以为他的疯癫在这一句之中也有体现。喜欢惟然疯癫的人——尤其是喜欢其轻妙的人，对此可以尽情地、大胆地佩服。可是依我看来，其中打动我们的东西，则是诗人终不及芭蕉又接近芭蕉的号啕。假如有哪位批评家指出其疯癫是一种"混乱而不能自持"，那么我将不惜向这位批评家送上我的敬意。

追记：这是《芭蕉杂记》的一部分。

昭和二年（1927）七月

（揭侠 译）

戏剧漫谈

戏剧是什么？这不是我想讲的内容。我想说的只是我想看的戏剧。

我对于非常戏剧化的戏剧——也就是所谓戏剧性趣味很浓的戏剧，已经腻烦透了。很想看那情节简单到最大限度、像空气一样自由的戏剧。戏剧这东西，出于性质上的原因，或许不可能吸收我的上述意见，但或许也有可能在某种程度上吸收这种意见。

不仅仅是戏剧。对于小说，我现在也感觉到了这种要求。当然我所主张的，并不是要求作家专门去写没有情节的小说，同时也不是说没有情节的小说最高级。只是说，很希望碰见不是很情节化的小说或者戏剧。勒纳尔在这一点上，如岸田君翻译的《葡萄园里的葡萄种植者》（*Le Vigneron Dans Sa Vigne*）中，就开拓了一片前人未踏之地。那看上去像是灵机一动，却又不是灵机一动所能轻易做到的工作，是只有那些立足于缜密观察的、具有诗性精神的人才可以偶有所成的工作。不知道法国人自己承不承认这个工作的独创性？

但是，这对于我们或许是个危险的陷阱。假如像某论者所说的一样，把塞尚视为绘画的破坏者，那么勒纳尔也就是小说的破坏者。可是勒纳尔所登上的山峰，总之是前人未曾登过的山峰。我期待着登峰之人的出现，其实可能已经有人登上了这山峰。我只是想说，再多些登峰的举动吧。特别对于日本的戏剧，我更加想提出这种要求。

"再多有一些 Idea（创意）吧！"我总想对日本的文坛这样说。那种希望看到不是很情节化的小说、戏剧的心情，或许就是这种要求的局部流露。

　一切文艺都必须具有广义上的诗的精神，想必戏剧也不例外。首次上演约翰·伽布里亚尔·保尔曼的自由剧场，逐渐从易卜生到梅特林克，然后又从梅特林克转移到了安德烈耶夫。我对小山内的这种心情——追求诗歌的心情，感到了莫大的同情。但是，如果允许我冒昧评论的话，与其探求从易卜生到梅特林克，然后又从梅特林克转移到了安德烈耶夫，倒不如说进入易卜生内心深处的诗的精神或许才是最紧要的问题。

　我很希望依照原样保留歌舞伎剧。但是，从大小道具甚至到演员的化妆，不知不觉之间都笼罩上了现代的气息。要与这种变迁之力相抗衡，或许只能是徒劳的。可如果能够的话，我仍旧想让布缝的狗面对那月食的月亮叫上一叫。

　日本的文艺——特别是戏剧（话剧）并没有深深植根于传统，然而，有朝一日也自然会有像歌舞伎剧一样成熟的戏剧产生。诚然，日本的话剧运动所走过的道路也许并不笔直。可每想到川上音二郎[1]上演《奥赛罗》的情景，还有川上贞奴上演《莫娜·凡娜》（*Monna Vanna*）的情景，则未必为进步之慢而一味叹息。我记得十四五年前（也可能更早些），曾经看过由《忠臣藏》改编成的现代戏。假如我的记忆还值得相信的话，多半是盐谷商会的主人盐谷高贞饰演藤泽浅次郎、总管事大石良雄饰演高田实、俄国人莫罗诺夫饰演五味国太郎——角色分配大概如此吧。我还记得，这出戏的"让出城堡"一段，演的是关闭芝浦工厂，蜂拥而至的人群不是武士而是工人们。回忆起竟然还有过这种戏，想必感慨时光流逝的绝不会仅我一人。我们的祖先把中国的杂剧发展成了举世无双的歌剧——能乐。一个作家即使消失了，肯定还会有另外一个人出现，代替前人握住他留下来的锄柄。其他暂且不论，我对日本人的这种艺

1　川上音二郎（1864—1911），日本昭和时代著名演员，后文的川上贞奴是其妻子。川上夫妇是日本新剧的先驱，曾到欧美巡演，并将诸多欧美经典剧作引进日本。

术素质，至今还没有丧失信心。

昭和二年（1927）四月

（揭侠　译）

文艺的，过于文艺的

一 没有像样情节的小说

我不认为没有像样情节的小说最高级，所以，我不主张专写没有像样故事的小说。首先，我的小说大抵有情节。没有素描，绘画就无从成立。与此完全相同，小说建立在情节的基础之上（我所说的情节的含义，并非单有故事一意）。严格说来，如果完全没有情节，任何小说都不能成立，故此我对有情节的小说表示尊敬实属理所当然。自《达夫尼斯与赫洛亚》[1] 这一故事诞生以来，一切小说和叙事诗都立足于故事之上。既然

---

[1] 古希腊作家朗格斯（Longus）创作的田园恋爱小说，主人公是被后人视为楷模的一对天真无邪的情侣。

如此，谁能对有情节的小说不表示敬意呢？《包法利夫人》有情节，《战争与和平》有情节，《红与黑》也有情节……

不过，衡量一篇小说价值的尺度，绝非故事的长短。不言而喻，情节的奇特与否，更应是小说评价标准范围之外的事。（众所周知，谷崎润一郎的小说，多数建立在奇特情节的基础之上。其中数篇，或将流芳百世，但这未必因为他将小说的生命寄托于情节的奇特上。）进而言之，有无像样的情节，亦与作品能否流芳后世了不相涉。一如前述，我不认为没有情节或没有像样情节的小说最高级，但我认为这种小说可以存在。毋庸置疑，所谓没有像样情节的小说，并非指一味描写身边琐事的小说，而是指所有小说中最接近诗的小说。它比散文诗更接近于小说。我重复第三遍，这种没有情节的小说，我不认为是最高级的。然而从纯粹的角度看，从没有通俗趣味这一角度看，它却是最纯粹的小说。再以绘画为例，没有素描，绘画无从成立（康定斯基[1]题为《即兴曲》等数幅绘画例外）。但是将生命寄托于色彩而非素描的那种绘画，是可以成立的。幸运的是，传入日本的几幅塞尚的画，足以明确证明这一事实。我对近似于这种画的小说颇感兴趣。

那么，是否确有这种小说？德国初期自然主义作家们着手创作过此类小说。但是在近代，无人能及勒纳尔（仅据我的见闻）。譬如勒纳尔的《菲利浦一家的家风》（收入岸田国士译《葡萄园里的葡萄种植者》之中），乍读之时，会怀疑它是一篇未完成的作品。实际上正需要独具的慧眼与敏感的心，才能看到它的完整。这里再次引塞尚为例。塞尚为我们后代留下许多未完成的画，就像米开朗基罗留下了未完成的雕刻一样。不过塞尚那所谓未完成的画，究竟是否真的未完成，人们自然多少持有疑问。实际上，罗丹即称米开朗基罗未完成的雕刻为"完成之作"……不过与米

1　康定斯基（Wassily Kandinsky，1866—1944），俄国画家、艺术理论家，抽象主义的奠基人。

开朗基罗的雕刻和塞尚的那几幅画相异，勒纳尔的小说显然不具有这种疑问。不幸的是我孤陋寡闻，不知法国人如何评价勒纳尔，但法国人好像没有充分认识到勒纳尔的事业具有独创性。

此类小说除了洋人，再没人写过吗？这里，我愿向我们日本人列举志贺直哉的《篝火》等几个短篇。

我称此类小说"没有通俗趣味"。我所说的通俗趣味，意指对事件本身感到的趣味。我今天站在大街上，看人力车夫与司机吵架。我不仅看，还从中感到有趣。这种趣味的本质何在？无论怎么思忖，我也认为这与看戏剧中的吵架产生的趣味毫无二致。若说二者有相异之处，则在于戏剧中的吵架不会给我带来危险，而大街上的吵架或许不知何时会殃及我身。我并非旨在否定为我们带来这种趣味的文艺，但我相信还存在高于这种趣味的趣味。何谓这种高级趣味呢？我想专对谷崎润一郎做如下回答："《麒麟》开头的几页，就是提示这种趣味的最佳一例。"

没有像样情节的小说，就是所谓缺乏通俗趣味的作品。不过最佳作品绝不缺乏通俗趣味（问题在于对"通俗"一词做何解释）。勒纳尔笔下的菲利浦，这个贯穿了诗人眼睛与心灵的菲利浦，他之所以给我们以趣味，一半原因在于他是和我们相近的一个凡人。称这种趣味为通俗趣味，未必有失允当。（不过我不愿把我评论的重心置于一个凡人上，倒是想置于"贯穿了诗人眼睛与心灵的一个凡人"上。）如今，我知道许多人是为了这种趣味才亲近文艺。不消说，我们对动物园里的长颈鹿绝不吝惜惊叹之声，而且对我们家中的小猫也会怀有绵绵爱意。

然而，如果像某一评论者所说，塞尚是一个绘画的破坏者，那么，勒纳尔则是小说的破坏者。从这个意义上讲，勒纳尔暂且不论，作品带有宗教气息的纪德也好，带有市井气息的菲利浦[1]也好，都不同程度地行走在行人稀疏、布满陷阱的道路

1　菲利浦（Charles-Louis Philippe，1874—1909），法国小说家，其作品以写卑微阶级的痛苦见长，如《鹌鸪老爹》等。

上。对这些作家的工作，即法朗士和巴雷斯[1]以后的作家们的创作，我很感兴趣。那么，我所说的没有像样情节的小说，指的是哪种小说呢？我又为何对这种小说感兴趣？答案大体上尽写在以上数十行文字之中。

二　答谷崎润一郎

以下，我有责任对谷崎润一郎的评论做出回答，不过回答内容的一半已出现在第一节里。对谷崎提出的"凡文学中最富于结构美者，即为小说"这一观点，我不敢苟同。任何文艺形式，就连仅仅十七音的俳句也有结构美。不过若按这个逻辑推论下去，必会曲解谷崎的见地。尽管如此，其实所谓"凡文学中最富于结构美者"，与其说是小说，不如说是戏曲。当然，最像戏曲的小说或许远比像小说的戏曲更缺乏结构美。然而从总体

1　莫里斯·巴雷斯（Maurice Barrès，1862—1923），法国小说家、散文家。

上看，戏曲确比小说富有结构美。实际上这些说法不过是评论的细枝末节。总之，小说这种文艺形式是否最富有结构美姑置不论，但它毕竟富有结构美吧。此外，谷崎说："删除了故事情节的趣味性，等于放弃了小说这种形式所拥有的特权。"这个见地我当然可以理解。对这一问题的解答，权当我已写在第一节里。

谷崎还说："日本小说最欠缺的，是以小说的结构能力，即以几何学的手法将错综复杂的故事情节组合起来的能力。"果真如此吗？我不能草率地赞同谷崎的论点。自《源氏物语》的古昔时代开始，我们日本人就具有将错综复杂的故事情节组合起来的能力。即使单看具有这种能力的现代作家，也可列举出泉镜花、正宗白鸟、里见弴、久米正雄、佐藤春夫、宇野浩二、菊池宽等。而在这些作家当中依然大放异彩的，就有"我们的兄长"——谷崎润一郎。我绝不像谷崎那样悲叹东海孤岛之民没有小说的结构能力。

围绕"小说的结构能力"，论述起来还可论述它几十行。但要达到这一目的，还需进一步详述谷崎的评论。这里我顺便附言，关于"小说的结构能力"，我认为我们日本人不亚于中国人。不过中国人絮絮不休地写出《水浒传》《西游记》《金瓶梅》《红楼梦》《品花宝鉴》[1]等长篇小说的那种体力，我认为日本人实不及也。

我还想回答谷崎的如下一句话，即"芥川君攻击故事情节的趣味性，攻击对象或许不在结构方面，而在素材"。我对谷崎使用的素材毫无异议，《克利浦恩事件》[2]《小小的王国》《人鱼的叹息》，我觉得谷崎这些作品的素材应用是充足的。此外，对于谷崎的创作态度，除了佐藤春夫，恐怕我是最了解的人之一。我鞭挞自己，同时也想鞭挞谷崎（当然谷崎知道我的鞭子上不带刺）。这

1　《品花宝鉴》，作者陈森，该书出版于 1849 年，又名《怡情佚史》，亦题《群花宝鉴》，全六十回，中国古代十大禁书之一。小说以清朝乾隆年间为背景，讲述青年公子梅子玉和男伶杜琴言神交钟情的故事，是中国古代同志小说的最高成就。

2　原名《日本的克利浦恩事件》，取材于美国密歇根州震惊一时的恶性杀人案件。

是为了审视旨在活用素材中那份诗的精神，或者说是在于探明诗的精神之深浅。谷崎的文章大概比司汤达的文章还要著名。（如果暂且相信法朗士的观点，十九世纪中叶的作家群中，就连巴尔扎克、司汤达和乔治·桑也不是名作家。）尤其在让文字产生绘画性效果这一点上，司汤达几乎是无能为力的，因此谷崎不是司汤达的俦类。（这里，可以举出布兰代斯承担连带责任。）不过司汤达的作品中充满了诗的精神，此乃唯有司汤达才可达到的境地。即便福楼拜以前唯一的艺术家梅里美，也要略输司汤达一筹，这已是无须赘述的问题。归根结底，仅在这个问题上，我对谷崎润一郎抱有期望。创作了《文身》的谷崎是诗人；不幸的是，创作了《正是为了爱》的谷崎，却与诗人相距甚远。

伟大的朋友啊，返回你本来的道路！

三　我

最后，我要重复一句，今后我也不想聚精会神专门创作没有像样情节的小说。我们只去做人人都能做的事，我怀疑，自己的才能是否适合写这样的小说。而且写这样的小说，绝非寻常的工作。我之所以写小说，是因为在一切文艺形式中，小说最富有包容力，任何东西皆可充塞进去。假设我生在完成了长诗创作的欧美国家，我或许不是小说家，而是一个诗人了。我向各种洋人频送秋波，可到如今反思起来，自己内心挚爱的，是诗人兼记者的犹太人——海涅。

昭和二年（1927）二月十五日

四　大作家

如前所述，我是一个涉猎颇杂的作家，但这未必是我的弊端。当然，也不是任何人的弊端。

古来称为大作家者，皆为杂家。他们把一切东西都抛入了他们的作品之中。歌德是古今的伟大诗人，即便不是全部，至少大半原因在于他的驳杂，在于他那胜过诺亚方舟里的乘客般的驳杂。然而严密想来，驳杂不如纯粹。因此，我对大作家总是投以疑惑的目光。诚然，他们足以代表一个时代，但是他们的作品如果足以撼动后代，那唯有归结于他们是非常纯粹的作家这一点。"大诗人没有什么了不起，我们唯以纯粹的诗人作为我们的目标。"《窄门》（纪德著）里主人公的这句话，绝对不同凡响。我在论述没有像样故事的小说时，偶然使用了"纯粹"一词。现在，以此词为机缘，我打算论述一番最纯粹的作家之一——志贺直哉，从而使本论的后半部自然变成《志贺直哉论》。不过，由于时间与场合的关系，话头会钻进哪条岔道，连我自己也无法保证。

五　志贺直哉

志贺直哉是我们当中最纯粹的作家，或者说是最纯粹的作家中的一员。不言而喻，评论志贺直哉并非由我开始。因我忙迫，不，莫如说因我懒散，至今没读过那些评论。故此不知何时我或恐会重复前人之说，但也许不至重复前人之说……

（一）　志贺直哉的作品首先是活出精彩人生的作家之作品。精彩？所谓活出人生的精彩，首先该是像神那样活着吧？也许志贺直哉不像地上的神那样活着，但至少他确实活得干净（这是第二个美德）。当然，我说的干净，并非意指一个劲儿用肥皂洗，而是指"道德上的干净"。这样一来，志贺的作品或许显得内容狭窄，实则非也，反倒很广阔。为何说广阔？因为我们的精神生活被附加道德属性之后，必然要比未被附加之时广阔得多。（不言自明，所谓"附加道德属性"，并非意指教训。除了物质性痛苦之外，痛苦大多源于道德属性。不消说，谷崎润一郎的恶魔主义也出自这一属性——恶魔是神的第二重人格。再举出一例，我从正宗白鸟的作品中感受到的，不是他屡屡论及的厌世主义，倒是基督教式的灵魂绝望。）当然，这种属性深深扎根于志贺的心底。而刺激志贺如此属性的，是近代日本诞生的道德天才武者小路实笃，恐怕武者小路实笃是名副其实的唯一的道德天才。武者小路实笃对志贺直哉产生的影响非同寻常。为慎重起见，我再重复一遍，志贺直哉是一个活得干净的作家。这一点从他的作品充满道德的口吻里可见一斑（《佐佐木的场合》结尾，即为显著的一例）。同时，从志贺直哉作品的精神痛苦里亦可窥见。贯穿其长篇小说《暗夜行路》的，其实就是人们容易感受的道德灵魂的痛苦。

（二）在文学描写方面，志贺直哉是一个不依赖空想的现实主义者。而且其现实主义的细密度，毫不落后于前人。专论这一点，我可以毫不夸张地说，志贺直哉比托尔斯泰还要细致入微。

这一特点有时又将志贺直哉的作品归于平淡。关注细致描写这一点的人对此类作品会感到满足。没引起世人注目的《廿代一面》就是此类作品的一例。然而收到此种效果的作品（譬如小品《鹄沼行》）倒也极尽写生之妙。顺便谈一下《鹄沼行》，这篇作品的细节全部立足于事实，唯有"凸起的小圆肚上沾满了沙子"这一行，确属虚构。曾在这篇作品中出场的某人读了此行之后，竟然说道："啊，当时 × × 的肚子上的确沾满了沙子！"

（三）文学描写上具有现实主义倾向，未必限于志贺直哉一人。志贺直哉把立足于东洋传统文化基础的诗的精神注入现实主义之中。不妨说，这一点恰是志贺直哉的追随者们无法企及的。志贺直哉的这一特色，我们——至少我本人难以企及。我未必能明确保证志贺直哉本人是否意识到这一点（十年前的我，把一切艺术活动都纳入了意识领域之中）。这一点即使志贺本人没意识到，实际他也为自己的作品涂上了特色。志贺直哉几乎把全部生命寄托在《焚火》《真鹤》等作品的这种特色中。这些作品不亚于诗歌，写得颇具诗歌性（当然，诗歌中包括俳句）。从被当代流行语称作为"人生的作品"——《可怜的男人》中，也可读出这一特色。面对皮球一样膨胀着的女人乳房，吟咏道："丰收了！丰收了！"这毕竟绝非诗人之外的人所能达到的艺术境界。相对说来，当代人对志贺直哉这种文学品位的美不太注意，令我感到有些遗憾（美并不只存在于极佳的色彩之中）。而且对其他作家表现的美也不予以注意，这也令我感到有些遗憾。

（四）身为作家的我，一直关注志贺直哉的艺术技巧。我发现《暗夜行路》的后篇在技巧上也取得了一大进步。这个问题，也许作家以外的人不感兴趣。我只想简洁表明，处于文学生涯初期的志贺直哉，便掌握了卓越的艺术技巧。

却说在古代，女人的旱烟袋比现在男人的旱烟袋粗，做得结结实实。烟袋嘴儿上镶嵌着玉藻前[1]手摇着桧木扇的图案……一时间，他迷上了那新颖醒目的工艺品。他觉得，这支旱烟袋与高个儿大眼睛高鼻梁的漂亮女人是不协调的，与整体姿容丰润的女人，却似乎非常协调。

这是志贺直哉《他与大他六岁的女人》的结尾。

代助走到花瓶右侧的多层书架前，从上面拿下一本很沉的影集。他站在那里，打开影集里的金属卡子，开始一页又一页地翻看起来。翻到中间的时候，代助的手突然停住了，这里有一帧二十岁左右女子的半身照片。代助低下头来，凝视着照片上女子的脸。

这是夏目漱石《后来的事》第一章的结尾。

---

[1] 玉藻前，日本传说中的妖怪。传说在平安时代末期、鸟羽上皇院政期间（1129—1156），由白面金毛九尾狐变化而成的绝世美女。

出门日已远，不受徒旅欺。

骨肉恩岂断，男儿死无时。

走马脱辔头，手中挑青丝。

捷下万仞冈，俯身试搴旗。

　　这是更古老的杜甫的《前出塞》组诗中的一首[1]，不是《前出塞》的结尾。上述的文与诗，皆作用于人的眼睛，换言之，这些文与诗的共同特色，表现在通过近似于一幅人物画的造型美术效果，激活了结尾。

　　（五）最后一段属于余论。读志贺直哉的《偷孩子的故事》，容易令人想起井原西鹤的《孩童地藏菩萨》（大下马[2]）。读志贺直哉《范某的犯罪》，令人想起了莫泊桑的《艺术家》（*The Artist*）。《艺术家》中的主人公也是向女人身体周围甩去飞刀的艺人。《范某的犯罪》的主人公于某种精神的昏

1　此诗是杜甫《前出塞九首》中的第二首，芥川引用时，漏掉了"男儿死无时"和"走马脱辔头"两句。

2　即《西鹤诸国奇闻》，井原西鹤所作浮世草子。目录题为《近年诸国咄·大下马》。

暗中，利落地杀死了女人。《艺术家》中的主人公也是千方百计想杀死女人，但不管积多年工夫，飞刀还是扎不到女人的身上，全扎在了女人身体周围。知道男人居心的女人只冷静注视着男人，甚至还露出了微笑。井原西鹤的《孩童地藏菩萨》自不待言，就连莫泊桑的《艺术家》与志贺直哉的作品也毫不相干。为了不让后世的批评家们谬称志贺直哉的作品是模仿之作，我在此稍加补充说明。

六　我们的散文

按照佐藤春夫的说法，我们的散文是口语文，所以口语怎么说文章就该怎么写。这也许是佐藤春夫无意中提出的观点，但是这句话里包含了一个问题，即"文章口语化"这一问题。近代散文或许是沿着"口语怎么说文章就该怎么写"这条路走过来的吧？作为其显例，（最近的）我可列举出武者小路实笃、宇野浩二、佐藤春夫诸位的散文，志贺直哉的散文也不例外。然而，我们的口语表达法与欧美洋人的口语表达法的相异问题暂且不谈。事实上，我们的口语表达法并不比邻邦中国的口语表达法更富音乐性。毫无疑问，我有"口语怎么说文章就怎么写"这一愿望，另一方面，我又想"文章怎么写口语就怎么说"。就我所知，夏目漱石先生常常就是"文章怎么写口语就怎么说"式的作家。（"文章怎么写口语就怎么说"，它并不进而意味着"口语怎么说文章就怎么写"这一循环论。）如上所述，"口语怎么说文章就怎么写"式作家确实存在。可"文章、口语一致"式作家，何时能在东海孤岛上人才蔚起呢？

我想强调的不是说，而是写。我们的散文恰似罗马一样，不是一日就可建成。我们的散文早自明治时代开始，就慢慢发展而来，由明治初期作家奠定了散文的基础。这一点姑置勿论，哪怕审视较近的时代，我也想阐明诗人为散文所尽的努力。

夏目漱石先生的散文未必借助了其他因素，

但是先生有的散文受到了写生文[1]的良好影响。那么写生文是由谁开创的呢？它源自天才的俳人兼歌人兼批评家正冈子规。（不单在写生文方面，在我们的散文和口语文方面，子规也留下了不小的功绩。）回顾这一事实，必须承认，高滨虚子、坂本四方太[2]等人也都是写生文建筑师中的一员。（当然，创作了《俳谐师》的高滨虚子，在小说方面的成就容我另行考察。）在现代文学中，我们的散文也深蒙诗人的恩惠。问其究竟，北原白秋的散文即为一例。北原白秋诗集《回忆》的序言，给我们的散文增添了近代色彩和气息。从这个意义看，北原之外，尚可举出木下杢太郎的散文。

当代人似乎认为，诗人立于日本的帕尔纳索斯山[3]之外。其实，小说与戏剧的存在并非和一切

1　将绘画写生的手法融入写作中，具有一个或多个中心思想，以抒情、记叙、论理等方式表达的文章，即纪实散文。

2　坂本四方太（1873—1917），俳人，师从正冈子规。

3　帕尔纳索斯山，位于希腊中部品都斯山脉中的一座高山，是古希腊的圣地，古时被认为是太阳神和文艺女神们的灵地。芥川以此代指文坛。

文艺形式了不相涉。诗人在其本职工作之外，又随时向我们的工作施加影响。这并非仅是上述事实的证明，与我们同时代的作家中，可以列举出诗人佐藤春夫、室生犀星、久米正雄等人。这个事实明确证明了我的见解。是的，不单是这些作家，就连最地道的小说家里见也留下了几首诗。

诗人们或许会或多或少感叹自己的孤立。然而让我说，毋宁说这是"光荣的孤立"。

七 诗人的散文

诗人的散文中存在力所不能及的局限，他们的散文常常与他们的诗歌一样，大都是未竟之作，甚至连芭蕉的《奥之细道》也不例外。特别是《奥之细道》的开头一节，打破了充满全篇的写生情趣："日月者百代之过客，往来之年亦为旅人也。"我们读这第一行，感到后句平易轻快，载不动前句的深邃厚重。（对散文也雄心勃勃的芭蕉，评价同时代的井原西鹤的文章有"浅显低俗之姿"。

喜爱枯淡美的芭蕉对井原西鹤的文章做出如此评价，完全是顺理成章的事。）虽然如此，芭蕉的散文的确还是对作家们的散文产生了影响。纵观芭蕉以后出现的所谓俳文的散文，亦可得出这样的证明。

八　诗歌

当代人认为，日本诗人站在帕尔纳索斯山之外。一个理由在于，当代人的审美眼光尚未达到诗歌的高度，但另一个理由是，诗歌毕竟与散文不同，它难以包容我们生活的全部感受。（诗，如果用陈旧的词汇讲，新体诗在包容我们的生活感受方面，要比短歌与俳句自由。纵使有"普罗列塔卡尔塔"[1]的诗，也不可能出现"普罗列塔卡尔塔"的俳句。）诗人们亦即当代歌人们做过这方面的尝试。其显著例证就是《悲哀的玩具》的作者、

1　普罗列塔卡尔塔是苏联无产阶级文化运动（proletcult）及其杂志的音译。

歌人石川啄木留给我们的工作。今日谈及这项工作恐怕已是老掉牙的话题。不过，新诗社除了诞生了石川啄木，还诞生了手拉"奥德修斯之弓"[1]的另一位歌人，此人就是歌集《祝酒》的作者吉井勇[2]。《祝酒》中短歌吟咏的内容，都带有小说气息（或者说都带有心理描写的影子）。就这一点而言，在隅田川畔秋日黄昏里消磨光阴的吉井勇和石川啄木（与贫苦搏斗的石川啄木）两者相映生辉。（顺便言之，《阿罗罗木》之父正冈子规与《明星》[3]之子北原白秋，齐心协力打造我们的散文，两者也相映生辉。）如此现象并非仅仅发生在《新诗社》。斋藤茂吉在歌集《赤光》中，则相继发表了《致仙逝的母亲》和《阿广》等作品。此外，斋藤茂吉如今正在逐步完成十几年前由石川啄木留下的工作，或者说正在逐步完成所谓"生活派"

---

1 奥德修斯是荷马史诗《伊利亚特》和《奥德赛》中足智多谋的英雄。在向珀涅罗珀求婚的男人当中，唯有奥德修斯手拉强弓，以显示本人无与伦比的威力。

2 吉井勇（1886—1960），歌人、剧作家。

3 与谢野铁干主创新诗社的诗歌杂志。

的短歌。总之，无人能像斋藤茂吉那样，将自己的工作广泛涉及方方面面。斋藤茂吉歌集中的每一首诗歌里，都有倭琴、大提琴、三味线或工厂汽笛在奏响（我说的是"每一首"，而非"一首之中"）。沿着我的这条思路继续写下去，或将不知不觉地写成《斋藤茂吉论》。为了照顾全文，必须就此打住，以后方便时我还会写到斋藤茂吉。一言以蔽之，像斋藤茂吉那样工作欲望强烈的歌人，恐怕在前人当中也不多见。

九　两位大家的作品

毫无疑问，任何作品都不可能离开作家的主观。然而假设使用客观这个方便的标签，自然主义作家群中最客观的作家就是德田秋声。这一点，正宗白鸟可谓站在与之相反的立场上。正宗白鸟的厌世主义与武者小路实笃的乐天主义恰好形成了对比，而且两者几乎都是合乎道德的。德田秋声的精神世界也许是灰暗的，但那是一个小宇宙，是久米正雄所说的"德田水"那样飘荡着东洋诗情的小宇宙。在那里纵使存在俗世之苦，但那里的地狱也没有燃起烈火。然而正宗白鸟肯定让人们窥见了地下的地狱。确实在前年夏天，我读完了随手拿起的一本正宗白鸟作品集。针对熟知人生表里而言，正宗或恐并不亚于德田。不过其中令我铭感的，至少最迫近我的心灵深处的，是自中世纪以来撼动我们的、近似于宗教情绪的那样一种感觉：

> 从我，是进入悲惨之城的道路；
>
> 从我，是进入永恒的痛苦的道路[1]。

　　追记：写完此文两三天之后，又读了正宗的《论但丁》，感慨良多。

1　这是《神曲·地狱篇》第三首开头刻在地狱之门上的铭文。

十 厌世主义

　　按照正宗白鸟的观点，人生永远是暗淡的。正宗为了阐明这个事实，创作了形形色色的故事（不过，正宗的作品中，没有像样情节的小说也不少）。为了展开这些故事，他使用了各种各样的技巧，就冲这一点，"才子"称号送给正宗理所当然。但我这里想说的，是正宗的厌世主义人生观。

　　我和正宗一样，坚信任何社会组织都无法拯救我们人类的苦难。就连法朗士笔下恰似古代面包神的乌托邦（《在白石上》[1]），也不是佛陀空想的超越生死变化的永恒净土。生老病死必然与哀别离苦同时来折磨我们。确实在去年秋天，我读到陀思妥耶夫斯基的子女或孙辈饿死的电报后，更加无法不作如是想。不言自明，这是俄国发生的事情。纵然到了无政府主义者的世界，我们人类毕竟是人类，归根结底不可能始终过着幸福

1　1904 年，法朗士在《人道报》上发表连载小说《在白石上》，表达了他对社会主义社会的憧憬。

生活。

"金钱是祸根",这是自封建时代以来的名言。随着社会组织的变化,金钱引发的悲剧或喜剧必然会程度不同地有所减少。是呀,我们的精神生活也要承受某种程度的变化。如果强调这一观点,我们人类的未来或许会被说成一片光明。因为有金钱,一些悲剧或喜剧得以中止,但金钱未必是捉弄我们人类的唯一力量。

正宗白鸟与无产阶级作家的立场相异,本在情理之中。或许权宜之下,我也会成为共产主义者。但是从本质上看,到任何时候我毕竟也只是一个报刊撰稿人兼诗人,我的文艺作品必定迟早会消亡,据我目前耳闻的学问,就连法语语尾的连音,都正在逐渐消失。所以,未来波德莱尔诗歌的音乐感,自然也会相异于以往。(不过,无论那种事情结局如何,与我们日本人无关痛痒。)然而,一行诗的生命,长于我们的生命,我今天也像明天一样,并不以自己是"怠惰之日里的怠惰诗人"——一个梦想家为耻。

十一　半被忘却的作家们

我们如同钱币一样，至少具有两面。当然，具有两面以上的人绝非稀少。洋人写出《艺术家及其人》的人物传记，恰好展示了人的两面性。虽然作为人失败了，但作为艺术家却成功了的人，谁也比不上强盗兼诗人的维庸[1]。按照歌德的见解，悲剧《哈姆雷特》是思想家哈姆雷特誓报父仇而引发的王子悲剧，这也可谓是人的两面相克的悲剧。我们日本历史上也有这样的人物，征夷大将军源实朝[2]作为政治家是一个失败者；而作为和歌集《金槐集》的作者、歌人和艺术家的源实朝，却是卓越的成功者。应当断言，作为人——或者作为其他什么都失败了，最终连作为艺术家都没成功，这才是最具悲剧性的。

1　弗朗索瓦·维庸（François Villon，约1431—1474），法国中世纪最杰出的抒情诗人。1445年他因命案逃离巴黎，次年遇赦，不久又因盗窃案再次逃亡，后在外飘游数年，其间多次犯案，曾被判死刑，后减为流放。

2　源实朝（1192—1219），镰仓幕府第三代征夷大将军。

然而，作为艺术家是否成功，这很难断定。实际上，曾经嗤笑过兰波的法朗士，后来却向兰波致敬。对兰波来说，有了三册著作，即使排错的字很多，也是幸福的；假设没有著作……

在我的前辈和熟人当中，有几人曾写过两三篇很好的短篇小说，后来不知不觉间，却被人们忘却了。和今天的作家相比，他们或许欠缺功力。不过偶然现象也发生在文艺创作方面（如果有作家根本不承认偶然，那他只能是一个例外）。现在搜集被人们忘却的作家们的作品，恐怕近乎不可能。如果可能，暂且不说这对他们本人有益，还会泽及后人。

"生于此世，是早还是迟？"这不只是西洋诗人的喟叹。我对福永挽歌、青木健作、江南文三等人也怀有这等喟叹。某时，我发现洋文杂志登载的名为《半被忘却了的作家们》的系列栏目的广告，大概我也将成为一个名登此系列的作家吧？作如是说，并非谦逊。就连英国浪漫主义时代红极一时的《僧人》的作者刘易斯，也已成为名登此系列的作家之一。半被忘却的，未必都是过去的作家。把他们的作品当作一篇作品阅读时，它未必劣于当代各家杂志上刊载的作品。

十二　诗的精神

我面晤谷崎润一郎，阐述了我的反驳之论，并接受了他的反问："那么，您所说的诗的精神指的是什么？"我说的诗的精神，是指最广泛意义的抒情诗。当然，我如是回答了谷崎。谷崎说："若是这样，岂不一切皆然？"当时，我一如所述，并没否定一切皆然的说法。《包法利夫人》《哈姆雷特》《神曲》与《格列佛游记》等，皆为诗的精神之产物。既然任何思想皆可被纳入作品之中，就必须被诗的精神这一圣火炼上一番。我要说的是，如何能让圣火炽烈燃烧起来，这也许多半要依赖天赋的才能。是啊，出人意料的是，努力的力量竟然无效。圣火温度的高低，直接决定一篇作品价值的高低。

世界上充斥着令人腻烦的不朽杰作。一个作家死了，即使三十载光阴流逝，也会给我们留下十篇值得一读的短篇小说，这样的作家不妨称其为大家；留下五篇，可将其列入名家行列；最后，能留下三篇，也还算是一个作家，成为这样的一个作家也绝非易事。还是在洋文杂志上，我发现威尔斯[1]说的一句话："短篇小说是两三天内写出的东西。"是否用两三天，暂且不论，如果交稿截止日期迫在眉睫，谁都能在一日之内赶写出来。而断言任何时候皆需两三天方可竣事，此乃威尔斯之所以是威尔斯的原因，因此，他写不出精彩的短篇小说。

十三　森先生

最近，我读了《森鸥外全集》第六卷，实在觉得不可思议。先生学贯古今，识压东西，如今

1　赫伯特·乔治·威尔斯（Herbert George Wells，1866—1946），英国小说家、评论家。

已不必赘述。先生的小说和剧本大抵无可挑剔。（日本也诞生了许多所谓新浪漫主义的作品，但像森先生剧作《生田川》那样完美的作品，毕竟不多。）至于先生的短歌与俳句，即使带着偏袒的心态欣赏，最终也无法进入作家作品之列。在当代，森先生是一位具有超凡听觉的诗人。譬如，读剧本《玉箧两浦屿》，即可窥见先生如何通晓日语的发音。先生剧本里的声韵与他的短歌、俳句不无相似之处，同时剧本的样式结构规整，这一点恐怕主要是森先生极尽心力的结果。

然而，先生的短歌与俳句则失去了某种微妙的东西。就诗歌而言，只要抓住了微妙的东西，即可不必在乎某种程度上的巧拙。先生的短歌与俳句巧则巧矣，奇怪的是并不迫近我们的心灵，大概是先生只把短歌与俳句作为业余爱好的缘故吧？然而这种微妙在森先生的剧本与小说当中也没露出锋芒（我这么说，并非否定森先生的剧本和小说的价值）。相反，夏目先生的业余爱好是汉诗，特别是他晚年作的绝句等，成功地捕捉到了这种微妙（倘不顾忌别人讥讽我偏信偏爱）。

我经过此一番思索，得出结论是，森先生毕竟不像我们是天生的神经质。另一结论是：归根结底，与其说森先生是位诗人，不如说他是别样类型的人。写出《涩江抽斋》的森先生无疑是空前的大家，对这样的森先生，我怀有近似于恐怖的敬意。是啊，以前我还没有写作的时候，先生的精力和聪明天资就深深打动了我。某时我曾在森先生的书斋里，与身穿和服的森先生交谈。书斋近似方丈室[1]，书斋的一角放着一张镶边的薄席子，那薄席子上面有几封旧书信，好像是为了防虫蛀晾在那里似的。先生这样对我说：

最近来了一个人，他把柴野栗山[2]的书信汇集起来，出了一本书。我看那书印得挺不错，便说："可惜书信没按年代顺序编排。"那人回答："日本人的书信偏偏只写月日，无

1　正方形居室，边长一丈，一丈约三米。

2　柴野栗山（1736—1807），江户时代中期的儒学学者。

论如何也没法按照年代顺序编排。"我指着这些旧书信说："我这里有北条霞亭[1]的几十封旧书信，都是按年代顺序排列的。"

现在我还能记得当时先生昂然的神情。对这样的先生瞠目惊视者，未必仅我一人。不过说句实话，我倒觉得与其留下法朗士的一部《贞德传》，不如留下波德莱尔的一行诗。

十四　白柳秀湖[2]

同样在最近，我读了白柳秀湖的文集《倾听无声》。《我的美学》《关于羞耻心的考察》与《动物的发情期与食物的关系》等一系列小论文，令我感到趣味盎然。如《我的美学》一题所示，白柳从事美学研究，而《关于羞耻心的考察》则表

1　北条霞亭（1780—1823），江户时代后期的儒学学者。森鸥外著有传记《北条霞亭》。

2　白柳秀湖（1884—1950），小说家、史论家。他创立了文学社团火鞭会，发行文艺杂志《火鞭》。

明他从事伦理学研究。后者姑置不论，稍加介绍前者。美的诞生，与我们的生活密切相关。我们的祖先爱篝火，爱林间流水，爱盛着肉的陶器，爱可打倒敌人的棍棒。美正如这些生活必需品，自然而然地诞生了。

在我看来，这些小论文至少远比当代很多超短篇小说更值得尊敬。（白柳在小论文的结尾注明："这篇小文是存于文坛一隅的唯物美学的呼声，或者说绝对写于有关唯物美学的翻译出现之前。"）我对美学一无所知，何况我更是一个与唯物美学无缘的人。然而白柳提出的美的发生论，为我提供了构筑我的美学思想的机会。白柳没有谈及造型美术以外美的发生问题。十几年前，我于某山中客舍听见鹿鸣，不由得对人产生了深深怀念。一切抒情诗大概都发源于鹿鸣，发源于雄鹿呼唤雌鹿的声音。不过，对于这种唯物论美学，俳人自不待言，或许就连远古歌人也通晓其理。至于叙事诗，确系发源于太古之民的闲谈。《伊利亚特》是诸神的闲谈，这种闲谈必定令我们感到充满野蛮的庄严之美，然而只是"令我们"而已。太古之民从《伊利亚特》中必能感受到自己的悲喜苦乐。不仅如此，他们还能从中感受到自己心灵的炽烈燃烧。

白柳秀湖从美中发现了我们祖先的生活。而我们不仅是我们，当非洲大沙漠里出现都市的时候，我们就成了我们子孙的祖先，所以我们的心情恰似地下的泉水，将流传给我们的子孙。我与白柳秀湖一样，对篝火怀有亲近感，且由亲近感进而怀念太古之民（我在《枪岳纪行》一文里略微笔涉过这一感觉）。不过"近似于猿类的我们的祖先"为了拢起篝火，怎样煞费苦心呢？不言而喻，发明了篝火的人是一个天才，但是能让篝火继续燃烧下去的，毕竟也需要若干个天才。不幸的是，当我思考他们为之煞费的苦心之时，我并不认为："今天的艺术可以彻底消泯了。"

十五　文艺评论

批评也是一种文艺形式。我们或者称扬或者贬抑，归根结底都是为了表现自己。对映照在银幕上的美国演员——且是已不在人世的瓦伦蒂诺[1]，我们恣意送去了掌声，目的并非让对方欢喜，只是为了表达自己的好意，进一步说，目的是表现自己……

我们的小说和戏剧，或恐远不及西洋人的作品，而文艺批评确实逊色于西洋人的作品。在这种荒芜的文艺田园中，我只爱读正宗白鸟的文艺评论。借西洋人的话来形容，批评家正宗白鸟的态度简洁得非常到位。且正宗白鸟的文艺评论未必就是单纯的文艺评论，有时就是文艺式的人生评论。我手指间夹着香烟，愉快地阅读正宗白鸟的文艺评论。我时常想起一条滚动着石块的路[2]，

1　鲁道夫·瓦伦蒂诺（Rudolph Valentino，1895—1926），美国著名男演员，1926年因心脏瓣膜炎在纽约去世。

2　正宗白鸟以"一条滚动着石块的路"来形容人生之路是不平坦的。

在这条道路上的阳光中，感受着残酷的欢快。

十六 文学的未开地

英国正在关注曾长久遭受冷落的十八世纪文艺。其原因之一，是大战之后人们都在追求明朗的感觉。（窃以为，整个世界岂不全抱有这种心情吗？连未遭大战打击的日本不知何时也感染上这种思潮，真觉不可思议。）另一原因是，正因十八世纪文艺遭到冷落，所以能为文学家们提供方便研究的素材。水槽边无米粒，麻雀不会飞来。文学家亦复如是。所以耽于等闲之作，也是为了实现其自我发现。

如此现象在日本也不例外。雅号俳谐寺的小林一茶暂且不提，天明时期[1]以后俳人的事业，几乎不为后人所顾及。我想，这些俳人的业绩会逐渐显露出来。不过，用"平庸"一词无法涵盖的

---

[1] 天明是光格天皇在位期间的年号，具体时间为 1781 年至 1789 年。

另一方面，也会逐渐显露出来。

遭到冷落，未必全是坏事。

十七　夏目先生

令我惊叹的是，不知何时，夏目先生成了"风流漱石山人"。我所认识的夏目先生是一位才气焕发的老人。他心情不畅时，诸位前辈暂且不说，我等后辈弟子也是毫无办法的。我曾经认为，诚然，所谓天才就是这么回事。大概在秋余冬始的一个星期六晚上，先生和来客聊着天，脸根本不转到我这边说道："给我拿支烟来！"可偏偏我不知香烟放在哪里。万般无奈下，我问先生："烟放在何处？"先生不回一言，猛然（这样说并无丝毫夸张）把嘴巴往右侧一晃。我战战兢兢朝右边望去，终于发现了客厅一角桌子上的香烟。

《后来的事》《门》《行人》《路边草》等作品，都是先生这种热情的产物。先生或许甘居枯淡，实际上确曾多少甘居于枯淡之中。然而连我

所知道的晚年，先生也绝非所谓的文人，更何况
《明暗》出版以前的先生，性情一定是激烈的。每
当我想起先生，就对他那老辣无双的感觉又有了
新认识。一次，我向先生咨询人生境遇问题。当
时先生的胃口似乎挺不错，他对我这样说："对
你，我没有什么可劝告的，只是我若站在你的位
置……"确实，和上一次朝我晃嘴巴相比，此时
的先生更令我大为折服。

十八　梅里美书简集

　　梅里美读了福楼拜的《包法利夫人》之后说
道："这是在浪费超凡的才能。"浪漫主义者梅里
美实际上也许就是这样感知了《包法利夫人》。不
过梅里美书简集（致某一位不为人知的女子的恋
爱书简集）中包含了多种多样的话语。譬如，自
巴黎发出的第二封信内容是：

　　　　圣奥诺雷街住着一个贫困的女人。她几

乎一次也没离开过她那寒酸的亭子间。她有一个十二岁的女儿。女儿午后去歌剧院上班，大都在午夜回家。某夜，女儿来到楼下看门人的屋里，央求道："请借给我一支点亮了的蜡烛。"看门人的妻子尾随她上了亭子间，发现屋里躺着贫困女人的尸体。女儿从提箱里拿出一束书信烧了。她对看门人的妻子说："妈妈今夜去世了，妈妈临死前对我说，这些信不要看，把它们全烧掉！"女儿既不知父亲的名字，也不知母亲的名字。要说她的维生之计，就是坚持不懈地去歌剧院上班。她有时扮演猴子，有时扮演恶魔，只是干跑龙套的活儿。母亲对女儿的最后训诫是："永远当跑龙套的演员，永远要善良。"女儿至今仍遵照母亲遗嘱，始终是个善良的跑龙套演员。

顺便再引用一个农村的故事，这是自戛纳发出的信，内容如下：

格拉斯附近有一个农夫倒在山谷底死了。不知是前一天夜里跌落下来的，还是被谁抛入山谷的。于是，作为死者同伴的一个农夫向他的朋友说明："我是杀人犯。"朋友问："为什么？"答曰："那个家伙诅咒了我的羊。我请教了我的羊倌，在锅里煮了三根铁钉之后，便口念咒文。当晚那家伙就死了。"……

本书简集收集了自 1840 年至 1870 年（梅里美殁年）的书简（他的《卡门》是 1844 年出版的作品）。上述故事本身恐怕构不成小说，但是若能抓住主题，则有可能写成小说。莫泊桑姑且不论，菲利普便根据这些故事写了若干漂亮的短篇小说。当然，我们不能像高山樗牛说的那样"超越当代"，况且统治我们的时代短暂得出奇。我从梅里美的书简集里发现了如此落穗之时，不由得萌发了这样一番深刻的感觉。

梅里美开始给某一位不为人知的女子写信之时，已经为世间留下了数篇杰作。从那时起直到他辞世，他都是一个新教徒。梅里美是尼采之前的超人崇拜者，心里琢磨着这样的梅里美，我多少也感到有趣。

十九　古典

我们只能写自己完全熟悉的事情，古典文学作家亦复如是吧？大学教授从事文艺评论时，总是忽略了这一事实。不过，也许不能断言忽略这一事实的人都是大学教授。总之，对于莎士比亚晚年创作《暴风雨》时的内心世界，我怀有一种近似于同情的感觉。

二十　传媒活动

再次引用佐藤春夫说过的一句话："口语怎么说文章就该怎么写。"实际上我真的按照口语的表达方式写过文章，可是无论怎么写，想说的话还是没完没了。在这一点上，我觉得自己实质是个记者，故此，我把职业记者当作兄弟看待。（不过，人家要是说"我不接受你的感情"，我便只好悄悄作罢了。）传媒活动毕竟是历史（新闻报道像历史一样，也有误传），历史毕竟是传记。历史这种传记与小说到底有多大差异呢？实际上，自传与私小说没有明确的差异。倘若暂且不听克罗齐[1]的议论，把情诗之类的诗歌也列为例外，那么一切文艺都是传媒活动。在明治、大正两个时代里，留下了并不逊色于所谓文坛品格的报纸文艺作品。姑且不谈德富苏峰[2]、陆羯南[3]、黑岩泪香[4]、迟冢丽水[5]等人的作品，就连山中未成写的通讯，文艺性也不次于当代各家杂志上登载的杂文。

1　克罗齐（Benedetto Croce，1866—1952），意大利哲学家、历史学家，新黑格尔主义的主要代表之一。

2　德富苏峰（1863—1957），日本明治时期至昭和时期记者、历史学家、评论家。创刊《国民之友》《国民新闻》，著有《近世日本国民史》。

3　陆羯南（1857—1907），新闻记者、评论家。本名中田实，《日本报》创办者。

4　黑岩泪香（1862—1920），新闻记者、翻译家。本名黑岩周六，《万朝报》的主办者和主笔。

5　迟冢丽水（1867—1942），作家、新闻记者。本名迟冢金太郎。

不仅如此……

报纸文艺的作家们在自己的作品上并不署名，所以，许多作者连名字都没能流传下来。现在，我可以从报纸文艺的作家当中列举出两三位诗人。像"删除我一生中的任何一个瞬间，我都不能成为今天的自己"这种作品的作者（哪怕我不知道该作家的名字），只要能给我诗一样的激动，在今日记者兼诗人的我看来，照样是我的恩人。偶然把我造就成为作家，这个偶然又把他们造就成为记者。如果认为除了装入口袋的月薪之外还能拿到稿费是幸事，那么我比他们幸福。（虚名不是幸福。）如果这一点除外，我们和他们在职业上毫无差别。至少我是个记者，现在依然是记者，不言而喻，将来还是个记者。

诸位方家暂且不提，我对记者的这个天职经常感到腻味，这是事实。

二十一 正宗白鸟的《论但丁》

正宗白鸟的但丁论，压倒了前人的但丁论。至少在独特性上，或许并不亚于克罗奇的但丁论。我爱读正宗白鸟关于但丁的评论。对于但丁的美中不足之处，正宗几乎不加指责。他是故意这样做的吧？或恐是自然而然这样做的。已故的上田敏博士也是一位但丁研究家，并且打算翻译《神曲》。不过看博士的遗稿可以得知，他不是根据意大利原文翻译《神曲》的。博士的加译之处证明，是根据卡里[1]的英文译本转译过来的。如果只依据卡里的英文译本，就大谈但丁的美，恐怕会落得滑稽。（我也只读过卡里的译本。）不过，但丁的美，即便读的是卡里的英文译本，也是可以感觉出来的，这是确凿的事实。

从另一方面看，《神曲》是晚年但丁的自我辩护。蒙受"靡费公帑"之嫌疑的但丁，毕竟和我

1　卡里（Henry Francis Cary，1772—1844），英国文学家，他所译的《神曲》于 1814 年刊行。

们一样，肯定有必要进行自我辩护。不过，但丁到达的天国，我多少有些厌倦。那是因为事实上我们正行走在地狱里吧？或者因为但丁终究亦未能升入净罪界之外的境界。

我们皆非超人。就连坚韧不拔的罗丹亦因创作了著名的巴尔扎克塑像而遭恶评时，他的精神也是痛苦不堪的。从故乡被放逐的但丁，他的精神也必然是痛苦不堪的。尤其是死后化作幽灵，在他儿子身上显现出来，这在某种程度上表现了但丁的精神特质 —— 从儿子身上表现出来的遗传的精神特质。实际上，和斯特林堡一样，但丁也是由地狱里逃脱出来的。《神曲》的净罪界里有着近似于病愈后的那种欢喜。

不过，那种欢喜还没品味到但丁的"皮下一寸"，而正宗在《论但丁》这篇论文中，却品味到了但丁的骨肉。论文中出现的，既非十三世纪，亦非意大利，而是我们居住的俗世。和平，唯有和平，这不仅是但丁的愿望，也是斯特林堡的愿望。正宗不是仰望式地看待但丁，我喜爱他的这种态度。如正宗所述，与其说贝雅特丽齐[1]是女人，不如说她是天人。假如读了但丁之后立即就面晤贝雅特丽齐，我必会感到失望。

写这篇文章时，我想起了歌德。歌德描写的弗里德里克[2]几近可怜。不过波恩大学教授涅克发表己见，认为弗里德里克未必就是那样的女人。不消说，丁策尔[3]等理想主义者不相信这一事实，可是歌德认为涅克说的并非假话。还有，听说弗里德里克居住过的塞瑟内姆村也与歌德描写的大不相同。蒂克[4]专程访问了这个村庄后，竟然说道："后悔，不该来。"贝雅特丽齐的情况也与此相似。贝雅特丽齐虽然并没表现出她自身的特质，

---

1 《神曲》中多次出现的圣女。她曾经是但丁的恋人，但丁对她的爱是一种精神上的爱情。

2 弗里德里克·布里翁，阿尔萨斯地区一个牧师的女儿。歌德在斯特拉斯堡一带周游时，在塞瑟内姆遇到了她，并产生过一次短暂却热烈的爱情。

3 丁策尔（Heinrich Düntzer，1813—1901），德国语言学家，文学史学家。

4 路德维希·蒂克（Ludwig Tieck，1773—1853），德国早期浪漫派代表作家，代表作有《金发艾克贝尔特》等。

却表现出了但丁的特质。但丁直到晚年还在憧憬着这位所谓"永远的女性"。然而"永远的女性"只住在天国里。加之那个天国里充满了"未曾体验的后悔"，恰似地狱将"体验的后悔"展现于烈焰之中。

我读《论但丁》时，感觉到了隐藏在铁制假面下的正宗双眼的目光。古人云："君看双眼色，不语似无愁。"归根结底，正宗双眼的目光令我感到可怕。或许正宗的这双眼睛是一双假眼。

二十二　近松门左卫门

我和谷崎润一郎、佐藤春夫两人一起，时隔好久又去看了木偶剧，那木偶比演员还美。尤其不动的时候更加美丽，而耍木偶的黑人倒叫人毛骨悚然。实际上，戈雅作画时在人物的背景上常常衬托以这种感觉。我们难道要受那种东西——令人毛骨悚然的命运摆布吗？

但是这里我想说的不是木偶，而是近松门左

卫门。我在看小春和治兵卫[1]时，好像才初次想起近松门左卫门。相对于写实主义者井原西鹤，近松博得了理想主义者的称号。

我不了解近松的人生观，他或许仰望长天喟叹我们的渺小吧？抑或每当他考虑到天气情况，便挂虑翌日的收入，这些事今天的我们确实无人知晓。只是看近松的净琉璃戏，能感觉到近松绝非理想主义者。

到底何谓理想主义者？在文艺方面井原西鹤是写实主义者，同时在人生观上他又是现实主义者（至少据其作品看，可作如是说）。然而文艺方面的写实主义者未必就是人生观上的现实主义者。是啊，写了《包法利夫人》的作家，在文艺方面则是个浪漫主义者。如果称追梦的行为是浪漫主义，那么近松也是浪漫主义者，但另一方面近松

---

1 近松创作的净琉璃戏《情死天网岛》中的两个主人公，小春是游女。

还是强悍的写实主义者。把中村雁治郎[1]的河内屋[2]形象从"小春和治兵卫"的印象中抹掉吧！（因此人们才去看木偶净琉璃戏。）这样一来，最后剩下的不是别的，正是眼光遍及人生各个角落的写实主义戏剧。确实，那里面必定夹杂着元禄时代的抒情诗。倘若把创作夹杂着抒情诗的戏剧作者称作浪漫主义者，则证明了维利耶·德·利尔-阿达姆[3]的话并非谎言。如果我们不是傻瓜，就统统是浪漫主义者。

元禄时代的戏剧手法与现在相比，多少显得有些不自然，但与元禄时代以后的戏剧相比，很少在手法上耍小聪明。如果说没受到后者手法的搅扰，那么"小春和治兵卫"在心理描写上就绝没离开写实主义。近松注视着主人公的官能主义

1　初代中村雁治郎（1860—1935），著名歌舞伎演员。

2　河内屋庄兵卫，《情死天网岛》中的角色。

3　维利耶·德·利尔-阿达姆（Auguste Villiers de l'Isle-Adam，1838—1889），法国象征主义作家、诗人与剧作家。其作品经常带有神秘与恐怖的元素，并具有浪漫主义的风格，著有小说《未来夏娃》（*L'Ève future*）等。"Android"（机器人）一词即出自该小说。

和个人主义，关注他们中间存在的某种不可思议的现象。把小春和治兵卫两人引入死地未必是太兵卫[1]的恶意，治兵卫的妻子阿三与岳父的善意也在折磨着小春和治兵卫。

近松经常被喻为"日本的莎士比亚"，"日本的莎士比亚"或许要比历来诸位大家评价的更显莎士比亚化。首先，近松像莎士比亚一样，几乎是超越理智的（应当想起拉丁人种的剧作家莫里哀的理智）。他们都在戏剧中布下一行行美丽的文字，最后，在悲剧高潮中点出喜剧的场景。我看着《情死天网岛》里被炉旁边的乞食和尚，几次想起《麦克白》中人们酩酊大醉的情态。

自从高山樗牛发表见解之后，近松的世话物[2]被置于其历史剧之上。近松在历史剧中并没有始终贯彻浪漫主义，这一点多少带有莎士比亚特色。莎士比亚在罗马放置了一个钟表后，便不复在乎它的存在。近松无视时代束缚的程度超过莎士比

1　在《情死天网岛》中，太兵卫是治兵卫的情敌。
2　净琉璃戏、歌舞伎中描写当代世态风俗人情的作品。

亚，他甚至把神代的世界全都设定为元禄时代的世界，剧中人物的心理描写屡屡异常带有写实主义特色。譬如，就连历史剧《日本振袖始》中巨旦与苏旦兄弟之争的描写，也和世话物中的一个场景完全一样。且巨旦之妻的心情以及巨旦杀父之后的心情，恐怕在当代亦可通用。还有，素戈呜尊的恋爱[1]虽然可怕，有史以来却丝毫没有变化。

不言而喻，近松的历史剧要比历史荒唐无稽得多。然而正因如此，他的历史剧中才有着世话物中没有的美，这是不争的事实。例如，我们想象一下这样的场景：日本南部海岸偶然漂来的船里有一位中国美女（《国姓爷交战》），这样的场景至今仍给我们某种异国情调方面的满足。

不幸的是，高山樗牛无视这些特色。近松的历史剧成就未必低于他的世话物，我们对封建时

---

1 素戈呜尊是日本神话中天照大神的弟弟，他恋上了琼琼杵尊（姐姐天照大神的孙子）的妃子木花开耶姬。

代的市井有着相对的亲身感受。元禄时代的河庄[1]
与明治时代带有色情服务的小茶馆相似。小春，
特别是身为游女的小春，与明治时代的艺妓相似。
我们可以在近松的历史剧中，如实地、比较容易
地感觉到这种事实。几百年光阴流逝之后，换言
之，连封建时代的市井都变成梦中梦之后，当我
们回顾近松的净琉璃戏时，必会发现他的历史剧
未必低于他的世话物。其实在另一方面，历史剧
也描写了与世话物同时代的诸侯生活。历史剧之
所以不像世话物那样给我们以如实的感觉，乃因
封建时代的社会制度让我们对诸侯生活感到很生
疏。不可思议的是，就连九重云上的灵元法皇也
爱读近松的净琉璃剧本。究其根源，或许在于近
松的出身，或许在于灵元法皇对市井的事情怀有
好奇心。从近松的历史剧当中，我们未必感受不
到元禄时代的上流阶级。

我一边看木偶剧，一边思考此类事情。木偶

1　《情死天网岛》中的一幕，一间茶馆的名字。

剧似乎正趋于衰微，不仅如此，净瑠璃戏也不按原作来说唱了。然而我对木偶剧和净瑠璃戏怀有的浓厚兴趣，却远超过对其他戏剧怀有的兴趣。

二十三　模仿

西洋人蔑视日本人擅长模仿这一特点，还蔑视日本人的风俗习惯（或者道德）的滑稽特色。我读了堀口九万一[1]介绍的一本名叫《阿雪》的法国小说[2]梗概（载于《女性》三月号），才思考起这一事实。

日本人擅长模仿。我们的作品也是西洋人作品的模仿品，这是不争的事实。不过毕竟西洋人和我们一样，也擅长模仿。惠斯勒[3]不也是在油画

1　堀口九万一（1865—1945），日本外交官、汉诗人、随笔家。

2　1927年，堀口九万一翻译的荷兰作家埃伦·福雷斯特（Ellen Forest）所著、以日本为舞台的小说《阿雪》（雪さん）在《女性》杂志上连载。

3　惠斯勒（James Whistler，1834—1903），美国画家，擅长人物、风景、版画。

的基础上模仿日本的浮世绘吗？是的，他们在同行之间也相互模仿。如果进一步追溯以往，伟大的中国为他们提供了多大程度的先例？他们或他们的模仿或许可称之为消化。假如可以称其为消化，那么我们的模仿也是消化。同样以水墨作画，日本的南画不是中国的南画。我们在大街边的露天小店，用我们的语言来购买炸猪排。

如果以模仿为方便的话，没有什么事情能胜过模仿。我们并不认为我们有必要挥舞祖先传下的名刀与他们的坦克、毒气作战。即便在不需要物质文明的时代，必然也要努力去模仿。实际上，就连身披轻纱的希腊、罗马等暖国国民，如今也穿起北狄[1]发明出来的、十分耐寒的西装。

西洋人认为我们的风俗习惯滑稽可笑，这也丝毫没有什么奇怪。他们对我们的美术，特别是对我们的工艺美术，很早就表示出某种程度的赏识。必须断言，这是出于工艺美术的价值有目共

1　罗马以北的北欧曾被视为野蛮的土地，这里是对英法德等国家的戏称。

睹的缘故，而我们的思想和感情等，未必是肉眼
所能轻易看见的东西。江户时代末期，英国公使
阿礼国看见一个接受艾灸的孩子，便嘲笑我们日
本人因为迷信而如何遭受折磨。潜藏于我们风俗
习惯中的感情与思想，即使在今天，在诞生了小
泉八云的今天，对他们来说依然不可理解。他们
必然要取笑我们的风俗习惯不言自明。同样，我
们也觉得他们的风俗习惯滑稽可笑。例如，爱
伦·坡由于是个酒鬼（或者因为像酒鬼），死后多
年名声依然不佳。然而，在夸赞"李白斗酒诗百
篇"的日本，这种事无疑是可笑的。虽说这样相
互蔑视乃难以避免的事实，但毕竟是可悲的事实。
而我们从自己身上，也并非感觉不到这般悲剧。
是啊，我们的精神生活大抵是新的我们向旧的我
们开战。

　　然而我们能够比他们自己更多地了解他们几
分。（这一点，对我们来说，或许是不光彩的。）
西洋人对我们不屑一顾。在他们看来，我们是尚
未开化的野蛮人。不过住在日本的他们未必代表

他们，恐怕他们不足以作为支配世界的西洋人的榜样。因为有丸善书店，我们或多或少能知晓他们的灵魂，这倒是千真万确。

顺笔附言，他们在本质上与我们并无二致。我们（包括他们）都是乘坐在诺亚方舟里的一群人兽，且方舟里面是黑暗的，特别是我们日本人坐的船舱，还经常遭到大地震的袭击。

堀口九万一连载于杂志上的关于《阿雪》的梗概介绍，偏偏尚未结束，而且没登载堀口九万一理当附加的作品批评。尽管如此，我还是突发此想，匆忙走笔，涂成此文。

二十四　为"代人创作"辩护

古代画家都有众多杰出弟子，近代画家却没有，理由在于他们为了金钱，或者为了远大理想才教弟子。古代画家教弟子，意在让弟子代替师傅创作，故而他们把技巧上的秘密毫不保留地传给了弟子。其弟子杰出，不足为奇。

巴特勒[1]的此番话，在某一方面道出了真相。固然，天赋的才能并非仅因此而生，却能因此受到许多促动。最近我才知道福楼拜在指教莫泊桑时倾注了多深的心意[2]。（福楼拜读莫泊桑的稿子时，甚至发现连续两篇文章结构相同都要唠叨一番。）但无法期待任何人都达到如此程度（即使弟子富有才气）。

今天的日本甚至要求大量生产艺术。即便作家本人，若不生产大量艺术，就很难保住衣食。然而量的提高，结果大抵是质的下降。所以或许正因古人让弟子代替创作的做法，才诞生了众多才子。然而封建时代的通俗文学作者自不待言，明治时代的报纸小说作家也完全没使用这种方便手段。至于美术家，譬如罗丹，他作品的某一部

1　塞缪尔·巴特勒（Samuel Butler，1835—1902），英国作家。

2　据莫泊桑长篇小说《皮埃尔和若望》自序，福楼拜谐谑地称莫泊桑是"我的弟子"，激励人们用自己的眼睛去发现人才。

分就曾让弟子代为创作。

具有如此传统的"代为创作"，今后或恐还会继续下去。这种做法未必会把一个时代的艺术推向俗恶。弟子掌握了技巧之后再独立创作并无不可。这样一来，师傅的名气可以传到第二代、第三代。

不幸的是，我还没有让别人代为创作的机会。我有可对别人的作品进行再创作的自信，但唯一的困难是，对别人的作品进行再创作，比纯粹的自己创作还要麻烦。

二十五　川柳

川柳是日本的讽刺诗，但是川柳备受轻视，绝非因为它是讽刺诗。毋宁说，它受到轻视是因为"川柳"这一名称带有江户趣味，好似文艺以外的其他东西。或许众所周知，旧川柳近似于俳句，且俳句在某些方面也包含了近似川柳的因素。

其明显例子就是初版《鹑衣》中收录了横井也有[1]的连句。其连句与带有色情插图的川柳集《俳风末摘花》一模一样。

> 葬礼饰以白莲花，盛开恰似新曙色。

谁都得承认这样的川柳近似俳句。（不消说，白莲花是假花。）后代的川柳也不能说全是俗恶之作，这些川柳也表现了封建时代商人和手艺人的心境，将他们的悲欢表现在谐谑之中。如果称后代的川柳全是俗恶之作，那么必须断言：当代的小说和戏剧也同样属于俗恶之作。

小岛政二郎曾指出川柳中的官能描写问题，后代人恐怕也会指出川柳中的社会苦闷问题。对川柳我是门外汉，不知何时川柳也会像抒情诗或叙事诗那样，在《浮士德》面前通过吧？不过，诵读川柳，需要身穿江户时代流传下来的夏季短

1　横井也有（1702—1783），江户中期俳人。

外褂之类的。

区区诗人何所嗜？

各位不妨听端详。

人人厌烦糟心事，

我倒很想说了唱[1]。

二十六　诗型

　　故事里讲，有个公主在城里静静地睡了数年。除了短歌与俳句，日本的诗型也和故事里讲的公主别无二致。《万叶集》里的长歌暂且不提，催马乐[2]、《平家物语》、谣曲、净琉璃戏，皆是韵文。在这些韵文文学中，肯定沉睡着许多诗型。将谣曲分行写，仅此，近于现代诗的诗型就从谣曲中

1　此诗出自《浮士德》第二部第一幕。译文引自绿原译《浮士德》，人民文学出版社1997年版，第231页。

2　日本的一种雅乐歌曲。

自然地出现，这里必定包含着我们使用语言的必然韵律。（现今的所谓民谣，至少在诗型上大都与都都逸[1]相同。）仅是发现这样的公主，即可谓趣味盎然的事，更何况唤醒公主呢？

不过今天的诗，若用更古风一些的术语来说，即新体诗，它或许正自然地朝这条道路走来。此外，昨日的诗型对于包容今日的感情，果真已派不上用场了吗？当然，我并非强调必须承袭过去的诗型，我只是从过去的那些诗型中感受到某种生命力。同时我还想提议：要比现在更加有意识地把握住那种生命力！

不论任何方面，我们都生活在激烈的过渡时代，因而矛盾重重。至少在日本，文学之光或许不从东方却从西方照来，或者说那光是由过去照射过来的。阿波利奈尔[2]等人的连体诗，与日本元禄时代的连句有相似之处，只是数量远没达到。

1　天保、嘉永年间（1830—1854）流传的俗曲之一，多为男女之间传唱的情歌，常用三味线伴奏。

2　阿波利奈尔（Guillaume Apollinaire，1880—1918），法国超现实主义诗人，诗集有《动物小唱》等。

当然，并非任何人都能唤醒诗型这位公主。与其说只要出现一个斯温伯恩[1]，莫如说只要出现一个具有更大力量的人——"片歌的道路守护人"[2]。

在日本过去的诗中，流动着某种绿色。这种绿色，我非但捕捉不到，就连活用的能力都没有。不过，我的感受能力自认不在他人之后。我的这等能力在文艺上恐怕微不足道，然而那朦胧的"某种绿色感应"，竟出奇地牵系着我的心。

二十七　无产阶级文艺

我们不能超越时代，也不能超越阶级。托尔斯泰谈论女人时，毫不顾忌猥亵，这足以令高尔基惊愕且退缩。高尔基在与弗兰克·哈里斯[3]的对

1　斯温伯恩（Algernon Charles Swinburne，1837—1909），英国诗人，其著名诗剧《阿塔兰忒在卡吕冬》（*Atalanta in Calydon*）表现了一种独特的韵律美。

2　俳人建部绫足（1719—1774）的自称。片歌是和歌的一种，古民谣，有五七七调和五七五调。

3　弗兰克·哈里斯（Frank Harris，1856—1931），爱尔兰裔美国作家、记者、编辑、出版家。

谈中实话实说，倾吐衷情："我比托尔斯泰更注重礼貌。如果我学习了托尔斯泰，人们就会解释道，这是我的秉性使然，是我的庶民出身使然。"哈里斯对高尔基的此一番话注释道："高尔基依然是庶民，这一点流露于他因自己的庶民出身而害羞。"

确实，世间诞生过几个中产阶级革命家，他们把自己的思想表现在理论的实践方面，他们的思想果真超越了中产阶级吗？马丁·路德[1]背叛了罗马天主教，而且他看到了妨碍他工作的恶魔形象。马丁·路德的想法很新颖吧？但他的灵魂毕竟不能不看到罗马天主教的地狱。这种事实不仅存在于宗教界，社会制度方面也是如此。

我们的灵魂被打上了阶级的烙印，然而束缚我们的未必仅是阶级。从地理方面看，大到日本国，小到一市一村 —— 我们的出生地也在束缚着我们。如果再考虑到其他遗传因素与境遇等，我们不得不惊叹于我们自身的复杂性。（而造就了我

1　马丁·路德（Martin Luther，1483—1546），德国宗教改革者。

们的东西，未必都能反映到我们意识中来。）

卡尔·马克思暂且不论，自古以来女子参政权的提倡者都有贤妻陪伴。如果说连科学的产物也展示出这种条件，那么艺术作品，特别是文艺作品则展示出所有的条件。我们与不同天气下不同土壤里发芽的野草别无二致。同时，我们的作品也恰如具备了无数条件的草籽。如果是在神的眼中，我们的一篇作品大概能展示出我们的整个生涯。

那么，何谓无产阶级文艺呢？不消说，首先人们认为它是在无产阶级文明之中开花的文艺，现今的日本没有这种文艺；其次，可以认为它是为无产阶级奋斗的文艺，这样的文艺日本并非没有（假如日本是瑞士的邻邦，这样的文艺或许会诞生得更多）；再次，即便没有共产主义或无政府主义这样的主义，它也是以无产阶级灵魂为根基的文艺。当然，第二类无产阶级文艺与第三类无产阶级文艺未必不能共存。然而，只要新文艺诞生，则必须是出自无产阶级之魂。

　我站在隅田川的河口，眺望聚集一处的西式帆船与驳船，不由得感受到当今日本未有任何"生活之诗"的表现。要歌颂这种"生活之诗"，非有这种生活的体验者不可，至少需常与这种生活体验者为伴。把共产主义和无政府主义思想加进作品中，未必是件难事。然而，毕竟唯有无产阶级的灵魂，方能使作品如煤炭般发出黑油油的光芒，具有诗的庄严。英年早逝的菲利普，正是具有这种灵魂的人。

　福楼拜在《包法利夫人》中把资产阶级的悲剧描写得淋漓尽致，但福楼拜对资产阶级的蔑视，并没能使《包法利夫人》不朽。令《包法利夫人》成为不朽之作的，是福楼拜的才能。菲利普除了具有无产阶级的灵魂，还具有凝练的技巧，所以，任何艺术家都要为作品的圆满而奋进。圆满完成的作品结晶呈方解石状，成为留给我们子孙的遗产，且经得起风化作用的考验。

二十八　国木田独步

国木田独步是才子，说他拙笨纯属用词不当。阅读国木田独步的任何作品，都不会感觉写得很拙笨。《正直者》《巡查》《竹栅门》《非凡的凡人》……每一篇都写得灵活巧妙。说国木田独步是拙笨的，那么菲利普也是拙笨的。

不过，说国木田独步拙笨，也并非完全事出无因。他没有写过富有戏剧性发展的故事，也没写过长篇作品（当然两者均没能写出）。他蒙受拙笨这一评语，自然是来自这一缘由吧？然而他的天才或部分天才，确实亦存在于此。

独步具有敏锐的头脑，又有一颗温柔的心。不幸的是，两者在独步身上失去了调和，故此他是悲剧性人物。二叶亭四迷[1]和石川啄木也是这种悲剧中人，不过，二叶亭四迷不像他俩那样有一颗温柔的心。（或者说，二叶亭四迷具有比他俩更

1　二叶亭四迷（1864—1909），小说家、翻译家。本名长谷川辰之助。

强健的行动能力。）因此，二叶亭四迷的悲剧远比他俩的悲剧平静，二叶亭四迷的一生或许就处于这种并非悲剧的悲剧之中。

进而审视独步，因为有敏锐的头脑，他不能不俯视地面；因为有温柔的心，他又不能不仰望天上。前者在其作品中化作短篇小说《正直者》与《竹栅门》等，后者则化作短篇小说《非凡的凡人》《少年的悲哀》和《绘画的悲伤》等。自然主义和人道主义都钟爱独步，并非偶然。

不消说，具有温柔心灵的独步是个诗人（此话意思未必指他写过诗），他是相异于岛崎藤村和田山花袋[1]的诗人。田山的诗近似于大河，这种诗在独步的心中无法找到；藤村的诗近似于花圃，这种诗在独步的心中也无法找到。独步的诗韵显得紧迫，就像他在一首诗中表现的那样，总在呼唤着"高峰的云哟"。少年时代的独步爱读的书籍之一是卡莱尔的《论英雄》，卡莱尔的历史观或许

1　田山花袋（1872—1930），日本自然主义文学的代表作家。

打动了他。但更自然的，则是独步被卡莱尔诗的精神触动了。

如前所述，独步具有敏锐的头脑。《自由存山林》一诗必然要转变为小品文《武藏野》，恰如其名所示，武藏野确系平原。但是那里的杂树林一定透出了群山。德富芦花的《自然与人生》与独步的《武藏野》恰好形成了对照。在客观描绘自然方面，两者难分上下。但是后者比前者带有较多沉痛色彩，而且是带有将广阔的俄国包含其中的东洋传统古色。似是而非的命运依赖这种古色，将《武藏野》装点一新。（大概有许多人从独步开拓的《武藏野》之路上走过，但我记住的仅有吉江孤雁[1]一人。当时吉江孤雁的小品集似已消失在书的洪水之中，但他的小品集却富有近似于梨花般朴素纯真之美。）

独步双脚踏在地上，然后，与所有的人一样，直面野蛮的人生。不过他内心世界里的诗人，永

---

1 吉江孤雁（1880—1920），诗人、法文学者。

远是诗人。独步敏锐的头脑临近死亡时，还让他创作了《病床录》。此外，独步还创作了散文诗《沙漠的雨》。

如果从独步的作品中举出最为完美的作品，当数《正直者》与《竹栅门》。当然，这两篇作品未必能展示出独步作为诗人兼小说家的全部特色。我从《猎鹿》等小品文中发现了最和谐的独步，或者说发现了最幸福的独步。（中村星湖[1]的初期作品与独步的此类作品相似。）

自然主义作家皆专心致志地走在地上，唯有独步一人，时常飞到天上……

二十九　再答谷崎润一郎

我读了谷崎润一郎的《饶舌录》，再次产生了撰写此文的兴致。当然，我的志向并非仅为回答谷崎。世间少有能不挟私心、相互展开激烈论争

1　中村星湖（1884—1974），小说家、翻译家。

的对手，但我发现了第一个有这种境界的人——谷崎润一郎。在谷崎看来，这或恐是"添麻烦的好意"。虽然如此，谷崎若能像吃点心一样多少听一下拙论，我就心满意足了。

世间，并非唯有艺术是不朽的，我们的艺术理论也是不朽的。我们不是总在评论何谓艺术的事吗？确实，这种思考使得我的笔头滞涩。不过为了阐明我的立场，我还得暂且玩一会儿理念的乒乓球……

（一）也许恰如谷崎所云，我在"左顾右盼"。不，恐怕确实如此。不知源于何种恶缘，我做事欠缺勇往直前的勇气，即使偶尔有了这种勇气，做起事来大抵也是屡战屡败。我曾提出的"没有像样情节的小说"这一议题，恐怕也是其中一例。但我说过被谷崎引用过的一句话："仅据是否纯粹这一点，即可确定艺术家的价值。"当然，这个观点与我以下观点并不矛盾，即我不认为"没有像样情节的小说"为最佳之作。我想从小说和剧本中观察艺术家面目的纯粹程度（没有像样情节的小说——譬如日本写生文小说，未必都展示了艺术家纯粹的面目）。谷崎说："论及'诗的精神'云云，我不甚了了。"我以上的几行文字，足以回答谷崎的疑问。

（二）对于谷崎提出的"构成能力"，我也能理解。我认为，日本文艺，尤其是当代文艺，缺乏这种能力未必就该否定。若按照谷崎所云，这种能力未必只出现于长篇小说之中，由此推论，我以前列举过的诸位作家也都具有这种能力。这是一个带有比较性质的问题，纵然立足于某一标准之上论述有无这种能力，也无济于事。另外，谷崎说我不及志贺直哉的原因在于"肉体力量感的有无"。这一说法，我完全不赞成。谷崎比我自己还高估了我。梅里美在他的书简集里引用了一位老外交家的话："我们无须谈论自己的短处。即使自己不谈，别人也必然会谈给我们听。"我也准备在一定程度上信守这一箴言。

（三）谷崎说："歌德的伟大，在于他作品规模宏大且不失其纯粹。"此言深中肯綮，我无异议。有驳杂的大诗人，却无不纯粹的诗人。将诗人造就成大诗人的缘由，或者说至少后代人称其为大诗人的缘由，均归结于他的驳杂。谷崎大概觉得驳杂是一个低俗的概念，此乃因我们的审美情趣相异。我将歌德界定为驳杂，其中未必包含"杂乱之感"。若按谷崎的语汇含义推论，驳杂可与"包容力大"同义。但以"包容力大"来评价古来的诗人价值，是否将其看得过重？将波德莱尔和兰波看作伟大诗人的人，不把光环套在雨果的脖颈上。对他们的心情，我寄予颇多同情。（其实，歌德具有煽动我们嫉妒心的力量。就连对同时代的天才没表示出妒意的诗人们，不少也朝歌德发泄郁愤。不幸的是，我连表示嫉妒的勇气都没有。根据歌德传记的记述，他除了稿费和著作权费，还能领到退休金和生活补贴。歌德的天才暂且不提，也不论养育其天才的境遇和教育，以及其强健体魄，纵然如此，依旧对歌德羡慕不已的人，恐怕不限于我一个吧？）

（四）这一节不是对谷崎的回答。关于我与谷崎两人论争的相异，谷崎认为或许是源于"各自体质的相异"。对谷崎的这一见解，我想流露一点感慨。谷崎喜爱的紫式部在《紫式部日记》中的一节这样写道：

> 清少纳言其人，神情甚为得意。她端出聪明的架势，信笔写着汉字文章。不过仔细一读，发现写得拙劣之处颇多。如此这般，一个人很想发挥与他人相异的特色，其结果必然相形见绌。将来如此可悲的倾向只能日趋严重，力不从心地显示物哀情趣，并一一追寻风情之同时，人自会变得空茫浅薄。空茫浅薄之人，岂有好结果？

清原家族的男人男根坚挺，我无法以清原家族中的少女自居，但是读了《紫式部日记》这篇文章（虽然紫式部的科学知识修养尚未进步到言及体质的相异），我强烈感到谷崎在劝诫我。值此再答谷崎之际，关于论争的谁是谁非姑置不论，我之所以流露出这般感慨，并非仅因《饶舌录》的文章韵律堂堂，亦因我想起早年深夜在汽车里向我讲授艺术的谷崎润一郎。

三十　野性的呼声

日前，我观看光风会展出高更的《塔希提妇女》时，感到了某种斥拒之力。站在装饰性背景前面的橙黄色女人，从视觉上感觉她挥发出野蛮人肌肤的气息。仅此一点就多少令我厌烦，加之人与背景失去协调，自然令我感到不快。美术院展览会上展出的两幅雷诺阿的作品，水平都超过高更。当时我觉得，尤其是小小的裸女图，画得多么富有魅力！随着岁月的流转，高更画的橙黄色女人逐渐慑服了我，想必这就是塔希提妇女的魅力。同时，法国女郎在我心中尚未失去魅力。就画面上的美感而论，我想法国女郎较塔希提的女人更美。

在文艺中我也有类似的感受。我感觉诸位大

家的文艺评论中也存在塔希提派与法兰西派。高更——至少是我见到的高更，他在橙黄色女人的内部世界里表现了一个人面兽，而且比写实派画家表现得更为深切。有些文艺批评家，譬如正宗白鸟，就以作品是否大抵表现了一个人面兽作为批评的尺度。但是又有文艺批评家，譬如谷崎润一郎，则认为不能以是否大抵表现了一个人面兽来作为批评的尺度，而应以包含了一个人面兽的画面之美为批评的尺度。（诸位大家的文艺批评尺度并不止于上述二例。确实，还有实践道德尺度与社会道德尺度，不过我对那些尺度不太感兴趣。我相信这不足为奇。）当然，塔希提派未必不能与法兰西派并存，两者的差异就像人世间发生的一切差别那样朦胧。故而暂且举其两端，即两者存在差异这一点上，毕竟无可置疑。

根据"歌德·克罗齐·斯宾汉商会"的美学理论，上述差异会在"表现"这一语之中的概括下烟消云散。然而事实上，一部作品完成之后，常会令我们，——或令我驻足歧路。古典艺术家已经巧妙地在歧路上走过一次，我等小辈不及他们之处，恐亦在此。雷诺阿——至少我眼中的雷诺阿在这一点上恐怕比高更更接近于古典艺术家。但雌性橙黄色人面兽似乎总想引诱我，在我们当中，能感觉到这种野性的呼声的人，不会仅限于我一人吧？

我像同时代出生的所有造型美术的爱好者一样，非常钦佩充满了沉痛力的凡·高。不知从何时起，我又对雷诺阿产生了兴趣，这大概因为我内心世界的都市人使然。此外，我与当时轻视雷诺阿的艺术爱好者的审美倾向，恐怕也有乖违之处。十余年过后再进行反思，卓越完成了艺术创作的雷诺阿，确实依然撼动着我。而凡·高画笔下的柏树和太阳也再度吸引着我。这种吸引与橙黄色女人的吸引也相异。但论及某种迫切性，即刺激艺术性食欲方面，两种吸引产生的作用一模一样。它会变成发自我们灵魂深处某种执着的表现欲。

恰似我对雷诺阿怀有恋恋不舍之情，在文艺

作品方面我也喜爱优美的作品。从乐园中走过的人，不可能轻易地忘掉那种魅力，我们都市人尤其禁不住那种魅力的诱惑。不消说，无产阶级文艺的呼声曾经打动过我。不过与此相比，倒是这个问题从根基上撼动了我。做到纯粹，这种事对任何人恐怕都有困难。不过从表面看，在我认识的作家当中，达到这样境界的人并非没有。我一直对这类作家多少怀有羡慕之情。

不知是谁给我贴的标签，我成了所谓艺术派的一员。（世界上恐怕仅有日本存在这种名称，或存在产生这种名称的氛围。）我并非仅为了自身人格的完成而创作，当然，也不是为了革新现今社会组织而创作，只是为了造就我内心世界的诗人，或是为了造就诗人兼记者。故此我不能将野性的呼声等闲视之。

有位朋友读了我那篇对森鸥外先生的诗歌流露不满的文章后，谴责我在感情上对森先生太刻薄。至少我并非有意识地对森先生抱有敌意，不，毋宁说，我衷心钦佩森先生。千真万确，我对森先生心怀羡慕。森先生不是拉车的马那样一心只看前头的作家，也不像一个人的意志那样左顾右盼。小说《苔依丝》里的帕弗奴修不向神祈祷，而向生活在拿撒勒的人之子基督祈祷。我怀有一种总难接近森先生的心情，这大概是因为我感受到与帕弗奴修相似的悲哀吧？

三十一　西洋的呼声

我由高更的橙黄色女人身上感觉到"野性的呼声"，又从雷东[1]的《年轻的佛陀》（土田麦仙[2]收藏？）里感受到西洋的呼声。这种西洋的呼声毕竟撼动了我。谷崎润一郎在他自己心中感到了东洋西洋的相克。而我所说的西洋的呼声，或许与谷崎所谓的西洋的呼声多少有所不同。因此，我决定写一下我所感知的西洋。

1　奥迪隆·雷东（Odilon Redon，1840—1916），法国画家，有"象征主义艺术家之父"之称。

2　土田麦仙（1887—1936），日本画家，本名土田金二。

西洋向我发出的呼唤总是来自造型美术。至于文艺作品，特别是散文在这一点上反映得不甚明显。原因之一，在我们人是人面兽这一点上，东方西方无大差别。（引用我们身边的一个例子，某医学博士凌辱了一个少女，其男性心理竟和神父塞尔吉乌斯对待百姓女儿的心理毫无二致。）原因之二，我们的语文学素养在捕捉文艺作品之美时，显得力不从心。我们——至少我对西洋人写的诗文的意思，是能够理解的。但是对于我们祖先写下的诗文，例如对野泽凡兆的俳句"艳美垂杨柳，树腿有两条"，我就不能津津有味地品嚼到一字一音之末。西洋通过造型美术向我发出呼唤，如此现象未必偶然。

扎根于西洋根底的，永远是神奇的希腊文明。如古人所云，如人饮水，冷暖自知。对待不可思议的希腊文明也是如此。若想最简略地说明希腊文明，我劝大家去看日本保存的几件希腊陶器，或劝大家观赏希腊雕刻的照片。那些作品之美就是希腊诸神之美，或者说完全官能性的肉感美中，

包含了某种超自然的魅力之美。这种渗入岩石中
的、类似麝香气味的莫名之美，也流露于诗行中。
我读瓦莱里[1]的作品时（不知西洋的批评家如何评
价他的作品），不期邂逅了很早以前被波德莱尔时
时撼动我心灵的那种美，而最直接地让我感觉到
希腊文明的，是前已举出的雷东的那幅画。

　　围绕希腊主义与希伯来主义在思想上的对立，
众说纷纭。我对那些议论没太大兴趣，只当听街
头演说，听一下而已。至于希腊之美，即便我这
个门外汉也会对其深感惊讶。我就是从这里——
希腊，感受到有异于东洋的、西洋的呼声。贵族
让位于资产阶级，资产阶级迟早也要让位于无产
阶级吧？然而只要西洋还存在，不可思议的希腊
文明就必然会吸引着我们，吸引着我们的子孙。

　　我写这篇文章时，浮想起传入古代日本的亚

1　瓦莱里（Paul Valéry，1871—1945），法国作家、诗人、法兰西学
　　术院院士。除了小说，他还撰写了大量关于艺术、历史、文学、
　　政治的文章。

述[1]竖琴。也许伟大的印度会让我们东洋与西洋握手，此乃未来之事。西洋，最具西洋特色的希腊，现在尚未与东洋握手。海涅在《流亡的众神》(*The Gods in Exile*) 中写道，被十字架赶走了的希腊诸神，住在西洋的一个偏僻农村里。虽然是偏僻农村，但毕竟是西洋。他们若在我们东洋大概一刻也待不下吧？西洋纵然接受了希伯来主义的洗礼，也还是与我们东洋血脉不同。其显例恐怕出现在色情文学领域，就连他们的肉感本身，亦与我等大异其趣。

某些人从终结于 1914 年或 1915 年的德国表现主义之中，发现了他们的西洋。当然又有更多的人从伦勃朗和巴尔扎克身上发现了他们的西洋。现今，秦丰吉[2]则从洛可可时代的艺术中发现了秦氏的西洋，我不能说此类形形色色的西洋并非西洋。不过我害怕的是这些西洋背后那只永远清醒

1　公元前九世纪至公元前六世纪间，建立在底格里斯河上游一带的国家。

2　秦丰吉（1892—1956），日本实业家、演出家、翻译家、散文作家。

着的凤凰——神奇的希腊。害怕吗？或许并不害怕。我觉得神奇的希腊具有近似于动物性的吸引力，我一边排斥它的吸引力，一边却奇妙地渐渐为它所吸引。

我若能做到视而不见，最好是在面对这样的西洋的呼声时能视而不见。但能否做到视而不见，这未必由我。终于在四五天前的晚上，我和室生犀星又叼起久违的烟斗[1]，和年轻人闲聊之间，想起已经淡忘了十余年的波德莱尔的一行诗（无疑，从实验心理学上讲，可谓趣事），接着又想起了雷东那幅充满神奇与庄严的画。

与野性的呼声一样，西洋的呼声也想把我带向他方。"琐罗亚斯德"[2]时代的诗人是幸福的，他从阿波罗与狄俄尼索斯身上发现了他的偶像。生存于当今日本的我，不能不感到文艺在自己身上发生了无数分裂。这种现象是否仅发生在我一

---

1 借指堀辰雄、中野重治以室生犀星为核心组成的烟斗会。

2 琐罗亚斯德是琐罗亚斯德教的创始人，琐罗亚斯德教于公元前六世纪创立于波斯东部，中国史称其为祆教、火祆教、拜火教。

人身上？仅发生在易受外界影响的我一人身上？
我想，将最具西洋特色的文艺作品翻译成日文时，
神奇的希腊在起着妨碍作用。或者说，神奇的希
腊甚至妨碍我们日本人正确理解（语言学上的障
碍暂且不说）最具西洋特色的文艺作品。一幅雷
东的画，是的，就连某时在法国美术展览会上展
出的莫罗[1]的《莎乐美之舞》，在这一点上，也自
然令我联想到隔断了东西方的大海。如果将这个
问题颠倒过来看，必须断言，西洋人搞不懂汉诗
也是理所当然。我略听说过，大英博物馆里有一
位东方学者，可是他翻译的汉诗，至少对我们日
本人来说，是难以传达原作的醍醐真味的。尽管
他的汉诗论贬盛唐，扬汉魏，打破前人之说，我
们日本人仍无法对其轻易首肯。毕加索从黑人艺
术中发现了新的美，但是何年何月他们才能从日
本的艺术中——譬如从大愚良宽[2]的书中，发现新

1　古斯塔夫·莫罗（Gustave Moreau，1826—1898），法国画家，《莎乐美之舞》是其代表作。

2　良宽（1758—1831），江户后期僧人、歌人。号大愚，本名山本荣藏。

的美呢？

三十二　《大道无门》

　　所有的小说，在另一方面皆为处世术教材，所以在极广义上，无妨说小说具有教育性。乍一看宛似超越红尘的《碧岩录》[1]等短篇集，即为其最显著的例证。（我对禅宗一无所知，但我却带着偏爱，读过一遍短篇集《碧岩录》。）当然，这类小说中的处世术与作者的人生观密切相关，里见弴的长篇小说《大道无门》就是一例。

　　里见弴是位哲学家，不知何故，他的这一侧面常被忽略。然而论及里见时，这是无法忽略的。此前他写过《多情佛心》，这次又著《大道无门》，两部小说连书名都带着哲理性。加之，里见的感想大体皆带哲理性，若更加严谨地说，乃富于理想主义色彩。而这位理想主义者在现实面前毫不

1　中国佛教书籍，共十卷，宋代僧人圆悟克勤著。

气馁，反而高扬着写有"莫惧幻灭"字样的大旗向前突进。

我评论哲学家里见，倒并非想卖弄奇谈。在这一点上，我要将里见与其他作家截然分开。不，也许应当说不是与"其他作家"，而是与"外表近似于里见的作家"截然分开。某一批评家称他为颓废派，我认为其观点不正确。诚然，里见确实描写过无数的男女爱情，但任何一篇作品中均看不到有颓废的倾向，甚至在其任何一篇作品中也没见过殉情倾向。里见的作品中并非始终贯彻着现实主义。阅读《大道无门》，从他的人生态度中，我感到一切理想主义者的庄严。

此前里见这样评论永井荷风："永井是最优秀完善的人，但遗憾的是，他没有一部作品是竭尽全力创作出来的。"此言栩栩如生地反映出理想主义者里见的形象。里见所谓的竭尽全力，并非意指为完成一篇作品的形式而竭尽全力，乃在于竭尽全力活出囊括于作品中的人生，因此里见的作品里无颓废气息并非偶然。至于我所说的亦无殉情情绪，里见自己已将其解释为"真心哲学"。

里见是理想主义者，但不是天生的理想主义者，他是由现实主义者不断精进的理想主义者。武者小路实笃恐怕是天生的理想主义者的代表，而菊池宽大概是天生的现实主义者的代表，里见恰似于两者中间笔直伸展起来的小说家。我们亲爱的卡利班（Caliban）[1]也生活在里见的内心世界里，然而，卡利班也唱着以利亚[2]的歌。我们在《大道无门》里毕竟也感受到以利亚的歌。不仅如此，以利亚的歌远较两三个理想主义作家更加接近于上天。

里见技巧之纯熟，已有定论，我不必在此锦上添花。所谓的白桦派作家们皆头戴明晃晃的理想主义色彩的头盔，手执理想主义色彩的钢枪，分别策马奔向文艺淘汰赛的广场。在这些作家中，里见像马上的贞德一样别具特色。不过里见戴的

1　莎士比亚戏剧《暴风雨》中半人半兽的怪物。

2　《圣经》中的重要先知，活在公元前九世纪。他按神的旨意审判以色列，施行神迹，被以色列王室逼迫。以利亚意即"耶和华是神"。

头盔上，还有一根理想主义的鸟羽在阳光下闪耀着一缕白光……

三十三　批评的时代

批评与随笔的流行，表明了文艺创作萎靡不振的一个侧面。这并非一己之见，而是佐藤春夫的观点（载于《中央公论》五月号），同时也是三宅几三郎[1]的观点（载于《文艺时代》五月号）。我对两位偶然同揆的观点颇感兴趣。两位的观点切中肯綮，如佐藤所云，今天的作家肯定已是精疲力竭（敢说"我不累"的作家纯属个别），或因无休止地创作（世界上没有哪个国家能像日本这样勉强地粗制滥造），或因身边琐事，或因年龄不饶人，总之理由繁多各不相同，却多少都感到赢顿。其实，西洋作家中也有不少人到了晚年便写文艺批评以消磨时光。

1　三宅几三郎（1897—1941），日本小说家、翻译家。

佐藤强调，在这文艺批评的时代，更有必要触及文艺的根本性问题。三宅要求有"最具根本意义的批评"，这一观点恐怕与佐藤无大差异。我也希望每人撰写文艺批评的笔尖都滴着鲜血。文艺批评中以什么作为最具根本意义的尺度呢？言人人殊。"真正的批评"的出现，也许尚有实际困难。尽管言人人殊，我们仍要提出自己的信条和疑问，此外别无选择。目前正宗白鸟在《文艺评论》和《论但丁》中出色地做了这项工作。从批评的角度看，正宗的评论也许还可举出一些缺陷，可后代人总有一天会像拉萨尔[1]所说的那样，"与其指责我们的过失，不如理解我们的热情"。三宅说："把批评全部委托给（原）小说家，有阻滞文学进步发展之虞。"我读到这句话时，想起了波德莱尔的一句话："诗人是天生的批评家，而批评家未必是天生的诗人。"确实，诗人天生便是批评家。至于天生的批评家之批评，对于批评这一

1　费迪南德·拉萨尔（Ferdinand Lassalle，1825—1864），普鲁士著名的社会主义者，主要哲学著作有《工人纲领》等。

文艺形式的形成，到底有无作用力？这自然是另一个问题。期待三宅所说的"真正的批评家"出现的恐怕未必仅我一人。

但日本文坛被某种传统俗套所束缚。例如诗人室生犀星写小说和剧本，绝不被视为业余爱好；而小说家佐藤春夫时常写诗，却被奇怪地看作业余爱好。（我记得当时佐藤愤慨地说："我作诗绝非业余爱好！"）如果让我举出符合"小说家万能"这一论断的事实，我觉得佐藤正是其例之一。小说家兼批评家，其具体事实也与此相同。我读《鸥外全集》第三卷，获知批评家鸥外先生是如何凌驾于当时"专业批评家"之上，同时也了解到，没有批评家的时代是多么寂寥。若列举明治时代的批评家，我想举出森先生、夏目先生以及正冈子规居士。东京的淘气鬼斋藤绿雨，尽管在森先生的西学与幸田先生的和汉之学之间左右借鉴，但毕竟没能跻身于批评家之列。（不过，对于除了随笔别无杰作的斋藤绿雨，我总是怀有同情——至少绿雨是个作家。）这是余论……

批评家森先生为自然主义文艺兴盛的明治时代做了准备。〔但似非而是的命运在自然主义文艺兴盛的时代，把森先生造就成一位反自然主义者，这或因森先生的眼睛望得更远。一言以蔽之，连早在明治二十年（1887）就开始评论过左拉和莫泊桑的森先生，居然成了一位反自然主义者，这真可谓似非而是的现实。〕我若将当代亦称作批评的时代——三宅说："我们对理当到来的日本文学隆盛期，难道不感到几近绝望吗？"假如幸运的是此言仅为三宅一人之感慨，那么我们将如何安心等待新作家的到来呢？或者说又将怀着何种不安，等待新作家的到来呢？

所谓"真正的批评家"，是为了把稻壳从大米中区分出来才拿起批评之笔的吧，我也时常觉得自己心中存在这种救世主式的冲动。然而大体上我不过是为了自己，我不过是为了理智地歌颂自己才创作。对我而言，写批评几乎与写小说、作俳句如出一辙。我读了佐藤与三宅两人的评论文章，为了给自己的文艺批评附一篇序言，急匆匆草成此文。

追记：此文告竣后，受堀木克三[1]的启发，获知宇野浩二的批评中使用过《文艺的，过于文艺的》这一题目。我既非故意模仿宇野，也无意与无产阶级文艺结成统一战线，只是由于专论文艺问题，才漫不经心地加上这样一个题目。想必宇野会理解我的心情。

三十四　新感觉派

现今评论新感觉派的是非，恐怕已事过境迁。但我读了新感觉派作家们的作品，又读了批评家关于新感觉派作家的批评，遂产生了写点什么的欲望。

至少在任何时代，诗歌都因为新感觉派而进步。室生犀星说："松尾芭蕉是元禄时代最大的新人。"此论深中肯綮。在文艺方面，松尾芭蕉总

1　堀木克三（1892—1971），大正时期的评论家。

是为了成为更新的新人而努力。既然在诸多文艺形式中，小说和剧本都具备诗歌的要素，既然是广义的诗歌，就应对"新感觉派"寄予永久的期待。我记得北原白秋是怎样一个"新感觉派"诗人。（"官能解放"一语，当时是诗人的标语。）我还记得谷崎润一郎是怎样一个"新感觉派"作家。

不消说，我对今日的"新感觉派"作家颇感兴趣。"新感觉派"作家，至少其中的论客们发表的理论，要远比我对"新感觉派"的思考新颖。不幸的是，他们的理论我不甚明白。也许我理解不了的仅是"新感觉派"作家的作品。我们开始发表作品时，获得了"新理智派"[1]之名（不过我们自己确实没用过这个名称）。理当断言："'新感觉派'作家的作品，在某种意义上比我们的作品更接近'新理智派'"。

何谓"某种意义"呢？即他们所谓的感觉带有理智之光。我与室生犀星一起欣赏碓冰山上的

1　"新理智派"是文坛对芥川和菊池宽等人的称呼，又称作"新现实派"。

月亮时，他突然说："妙义山的形状'似生姜'。"听了这话，我发现妙义山的形状确实宛如一块老姜。这种所谓感觉，不带有理智之光。而"新感觉派"作家们的"感觉"，例如横光利一为我引用了藤泽桓夫[1]的一段话，"马好像褐色的思想一样，奔驰而去"，以说明其中飞跃着"感觉"。这种"飞跃"我也并非一无知晓。很显然，这一行文字建立于理性联想之上，他们必然向他们所谓的"感觉"上添加理性之光，他们的现代特色或在于此。若以"感觉"的"新"为目标，我还是认定，将妙义山"感觉"成一块"老姜"，这才是更新的"感觉"，恐怕是将其"感觉"为早在江户时代就有的一块"老姜"。

不言而喻，"新感觉派"必然诞生。它又和所有新生事物一样（文艺方面的），绝非轻而易举即可完成。如前所述，比之"新感觉派"作家的作品，我对他们的所谓"新感觉"不敢苟同。不过批评

---

1 藤泽桓夫（1904—1989），日本小说家。

家对他们作品做出的批评恐怕也苛刻过甚。至少，"新感觉派"作家是在朝新的方向迈步，任何人都应当承认这一点。若对他们的努力付之一笑，不仅会打击今日的"新感觉派"作家，对他们日后的成长，乃至对继其后而来的"新感觉派"作家树立其坚定目标，均是一大打击。不言自明，其结果不利于日本文艺的自由发展。

然而，无论如何称谓，所谓"新感觉派"作家，今后必然还会出现。确实早在十余年前，我偕久米正雄参观了"草土社"[1]的展览会之后，久米感叹道："看这庭院里的扁柏，竟也显得带有'草土社'特色，真是不可思议。"显得带有"草土社"特色，这正是十余年前的"新感觉"。期待明日的作家能有这种"新感觉"，这未必仅是我轻率的思考。

假如真正追求文艺上的"新东西"，追求的或许不外乎这种"新感觉"。（当然，新意无关紧要

1　日本大正时期的西洋画团体，与"白桦派"作家多有往来。

的观点，当在这个论题范围之外。）就连具有所谓"目的意识"的文艺[1]，倘若暂且不问"目的意识"本身的新与旧（即使过问，萧伯纳的出现亦系十九世纪九十年代），其实也是众多前人曾经走过的路。更何况我们的人生观恐怕已悉数纳入"伊吕波纸牌"之中，不仅如此，这些新与旧的问题已非文艺上的，或是艺术上的新与旧的问题了。

我知道"新感觉派"怎样不为同时代的人们所理解，例如佐藤春夫的《西班牙犬之家》至今不失其新意。何况登载于同人杂志《星座》之当时，是多么"新"啊。然而《西班牙犬之家》的"新"，并没震动文坛。我想，佐藤本人是否会因此怀疑自己这篇作品的新意，进而怀疑其价值？当然，这种事在外国恐怕也很多。但如此现象尤甚者，难道不是我们日本吗？

---

1 这里指具有明确的阶级意识和社会变革意志的文学。

三十五　解嘲

　　我已多次重复，我并未主张专写"没有情节的小说"，因而无论如何我也没站到与谷崎润一郎截然相反的立场上。我只是希望人们也承认"没有情节的小说"的价值。若有论客完全不承认其价值，此人便是我真正的论敌。我与谷崎争论不休时，并不希望有人袒护我（当然，也不希望有谁去袒护谷崎）。我们估摸自己比谁都清楚，我们并非在辨别彼此论争的是非。最近我看杂志上的广告，竟连我的"有情节的小说"也被改成了"没有情节的小说"，故此我突然决定撰写此文。"没有情节的小说"究竟是怎么一回事？看来想让人们理解并非易事。我尽可能阐述了我所能阐述的观点，仅有两三个熟人正确理解了。对其余的人我只能说，你们爱怎么理解就怎么理解吧！

三十六　歇斯底里

　　我听说，歇斯底里的疗法是让患者把自己的心事都原原本本写出来，或者原原本本说出来。由此我想到，新文艺的诞生或许受益于歇斯底里。虎头燕颔的罗汉暂且不问，其他任何人都或多或少带有歇斯底里性质，尤其是诗人，其歇斯底里倾向尤其强烈。三千年来，这种歇斯底里无时无刻不在折磨着诗人们。诗人们有的因此而亡，有的因此而疯。然而，他们努力歌颂自己因此产生的悲喜，这一切绝非不可想象。

　　假如从殉教者或革命家中可以列举出某种受虐狂，那么诗人中的歇斯底里患者不在少数。"非写不可的心情"，就是朝树下洞穴呼喊"国王的耳朵是马耳朵"的那个神话中人物的心情。倘无此心情，至少《疯人辩护词》（斯特林堡著）肯定不会问世。进而言之，这种意味的歇斯底里往往会风靡一个时代。《少年维特之烦恼》和《勒内》的问世，也是源于时代的歇斯底里。歇斯底里还是全欧洲都参加了十字军的缘由，不过这也许不属于"文艺的，过于文艺的"的问题。自古以来，癫痫被冠以"神圣病"之名，由此类推，或许可称歇斯底里为"诗意病"。

想象一下歇斯底里发作时的莎士比亚和歌德，这种想象是滑稽可笑的。人们认为这种想象恐怕会伤害他们的伟大，而造就他们伟大的，正是存于歇斯底里之外的某种表现力。他们的歇斯底里发作了几次？这大概是心理学家研究的问题，而我们研究的问题则在于表现力。我撰写此文，突然想象到太古的森林里，有一个无名诗人突然歇斯底里大发作，他大概成了被部落里人们嘲笑的对象。然而歇斯底里促进了他的表现力，而表现力的产物，恰似地下泉水，数代流淌下去。

我并不尊敬歇斯底里。不消说，歇斯底里型的墨索里尼对于世界是危险的。但是倘若歇斯底里绝迹了，令我们喜闻乐见的文艺作品将会大大减少。因此我愿为歇斯底里辩护，愿为不知何时成了女人"特权"，但事实上人人都多少带有歇斯底里的可能性而辩护。

十九世纪末，文艺确实陷入了时代性的歇斯底里状态。斯特林堡在其《蓝书》中给这个时代性的歇斯底里冠以"恶魔的举动"之名。到底是恶魔的举动还是善神的举动？我们当然不得而知。不过诗人们大都曾歇斯底里发作过。根据目前刊行的比留科夫写的传记，就连强健的托尔斯泰也曾陷入半疯癫状态，离家出走——这与最近见诸报端的某一位女性歇斯底里患者，几无相异之处。

三十七　人生的随军记者

记得岛崎藤村称自己是"人生的随军记者"。近日又风闻广津和郎[1]把这一词语用到正宗白鸟身上。我对两人使用的"人生的随军记者"一语的含义，其实非常清楚，其意义大概相对于近来诞

1　广津和郎（1891—1968），日本小说家、评论家。作家广津柳浪的次子。

432

生的新词"生活者"，不过严格说来，生于俗世，谁也无法成为"人生的随军记者"。不管我们愿意与否，人生强制我们做一个"生活者"，不管我们愿意与否，非让我们尝试生存的竞争不可。有的人想主动获胜，有的人在冷笑、机智和咏叹中采取防御态度，最后一种人则以混沌意识"处世"。但归根结底，事实上任何人都是迫不得已的"生活者"，都是接受遗传和境遇支配的人间喜剧中的登场人物。

他们中间有人高奏凯歌，有人一败涂地。而无论哪一方，只要还活在世间，就皆如佩特[1]所云："都是缓期执行的死囚。"缓期执行的这段时间用于何种目的，这是我们的自由。这是自由吗？究竟有多大程度的自由？我们心中无数。无疑，我们是背负错综复杂的因缘生于斯世。而那错综复杂的因缘，就连我们自己也未必能一清二楚。

1　瓦尔特·佩特（Walter Horatio Pater，1839—1894），英国作家、批评家。1873年出版《文艺复兴史研究》，提出"为艺术而艺术"的美学主张。

古人早以"karma"[1]来说明这个事实，所有近代理想主义者大都向 karma 挑战，然而他们的旗帜和刀枪只不过显示了他们的能量而已。不消说，他们显示能量自有其意义。付诸如此行动的人，并非仅限于近代理想主义者。确实，我们从卡耐基的能量中也可以感受到坚实的力量。如果感受不到坚实的力量，便无人愿去读实业家和政治家的励志故事。不过"karma"并不因此而失去其自身的威胁力。生出了卡耐基的能量的，是他带来的"karma"。我们除了向我们各自带来的"karma"低头，别无选择。"karma"若是赐予我们，至少赐予我"断念"这一"天惠"，也就证明我命中只该如此。

我们在不同程度上都是"生活者"。对强健的"生活者"，我们的敬意油然而生，也就是说，我们永远的偶像非战神玛尔斯（Mars）莫属。卡耐

1　梵语，意为"业"，佛教徒称一切行为、言语、思想为业，分别称作身业、口业、意业，合称"三业"。业本来包含善恶两面，善业恶业各有报应，但通常专指恶业。

基暂且不论，就是尼采的"超人"，剥其表皮观之，亦系玛尔斯的化身。尼采向切萨雷·波吉亚[1]发出赞叹之声，实非偶然。正宗白鸟在《光秀与绍巴》[2]中，让"生活者中的生活者"光秀嘲笑绍巴。（这样的正宗白鸟被称作"人生的随军记者"，真可谓似是而非的事。）这并非光秀一人在嘲笑，我们也会在不经意间发出同样的嘲笑。

我们的悲剧或喜剧，难以仅是潜在于"人生的随军记者"的事实中，也潜在于我们背负着"karma"的事实中。但艺术不是人生，维庸为了他的抒情诗传于后世，需要"长期败北"的一生。让失败者失败吧！他或许会违背社会的习惯亦即道德，或许会违背法律，甚至异常违背社会礼节。违背这些社会框束导致的惩罚，当然须由他自身来承受。社会主义者萧伯纳在其《医生的窘境》（*The Doctor's Dilemma*）中，宁可救助平凡的医生，

1　切萨雷·波吉亚（Cesare Borgia，1475—1507），意大利政治家、瓦伦提诺公爵，教宗亚历山大六世与情妇瓦诺莎·卡塔内之子。
2　正宗白鸟创作的剧本，绍巴系著名连歌师，光秀是一位勇将。作者将绍巴描写成小心谨慎的艺术家，以期与勇将光秀形成对照。

也不救无德无义的天才。至少应该说，萧伯纳的态度合情合理。我们喜欢看博物馆玻璃门里的鳄鱼标本，但现实中习以为常的事是，与其竭尽全力救一条鳄鱼，不如竭尽全力救一头毛驴。"动物保护会"至今也没宽大到要保护猛兽毒蛇，原因即在于此。换言之，这是人生中的内部规则问题。再度引维庸为例，他虽然是一流的罪犯，却也是一流的抒情诗人。

有位女士说："我们一家人里没有天才，这是幸福。"她说的"天才"这个词里毫无嘲讽之意，我也以我家里没有天才感到心定神安。（当然，从我所谓的天才的属性中，根本列举不出违背道德的要素。）田园和市井的人们当中，有许多人比古今的天才更具备"生活者"的美德。西洋人在"人"的名义下，经常列举同样存在于古今天才当中的"生活者"之美德，但我不相信这种新的偶像崇拜。"作为艺术家"的维庸姑置勿论，"作为艺术家"的斯特林堡，也值得我们一读。而"作为人"的斯特林堡，要远比我们尊敬的批评家

XYZ 君更难相处。因此我们对待文艺上的问题，任何时候也不可最终"须看作者人品"，倒不如强调"须关注这些作品"。不过即使强调"须关注这些作品"，在阅读"这些作品"之前，若干世纪却恰似一条大河，"这些作品"随着世纪的河水流走了。那"若干世纪"或又像一根稻草，把作品统统扫进"忘却之河"，飞快地冲走了。如果不信仰艺术至上主义（有这种信仰与为吃饭而写作，两者未必矛盾，至少只要不是仅为吃饭而写作的话），事实则如古人所云：作诗不如种田。

我相信，岛崎藤村自不待言，正宗白鸟亦非"人生的随军记者"。两位大家的才气再大，也绝不可能遽然变成前所未有之人。在我们的内心世界里都同时存在"光秀与绍巴"，至少我身上存在如下倾向：涉及自己时，我多少偏于绍巴；涉及其他人时，我多少偏于光秀，因此我们心中的光秀未必嘲笑我们心中的绍巴。但光秀想嘲笑绍巴的心理，确实存在。

三十八　古典文学

所谓"挑选出来的少数读者"是不是能欣赏到最高境界之美的少数读者？我心中无数。毋宁说，这里指的是能够接触到展现作品中作者心境的少数读者。所以不论什么样的作品，或者说不论什么样作品的作者，只能获得"挑选出来的少数读者"，而无法获得其余读者。但是这与获得"未被挑选出来的多数读者"，毫不矛盾。褒赞《源氏物语》的人，我曾遇过许多，但真正读过《源氏物语》的人（是否理解或得其妙趣暂置勿论），在与我交往的小说家当中仅有两人——谷崎润一郎与明石敏夫 [1]。由此看来，所谓古典文学，或许是五千万人中极少有人读的作品。

然而，《万叶集》的读者远远多于《源氏物语》的读者，原因未必在于《万叶集》的艺术品位高于《源氏物语》，亦非因两者间横亘着散文、韵

1　明石敏夫（1897—1970），日本小说家。

文的鸿沟，而是因为将《万叶集》中的作品一篇篇单独欣赏时，它们的篇幅比《源氏物语》短小得多。

确实，东西方的古典文学作品中，能拥有大量读者的皆非长篇，就算再长也无非是短篇的合集而已。爱伦·坡依据这一事实，提出了他在诗歌方面的原则；比尔斯也依据这一事实，提出了他在散文方面的原则。在这一点上，我们东洋人愿意接受智慧的引导而非理智，自然成了西方的先驱。可是在我们东洋人当中，偏偏又没有西方那样的人物，能够根据事实造起理智的建筑。若要尝试构建理智的建筑，长篇《源氏物语》至少在这一点上不失其身价，恰巧可以提供很好的素材。（不过，爱伦·坡的诗论已涉及东洋西洋的差异。他指出，大体上一百行诗为最佳长度。当然，十七音的俳句，或许会被他排斥到"警句性质"的类型范围内。）

所有诗人的虚荣心，无论本人是否明说，其本质都是执着地希望名垂后世。这里并非指"所有诗人的虚荣心"，而是指"发表了诗作的所有诗人的虚荣心"。有些人一行诗没写，却知道自己是诗人。（是大诗人还是小诗人暂且不说，在他们诗一样的生涯中，他们是最平和的诗人群体。）如果因为性格与境遇的关系，仅给作了韵文诗或散文诗的人冠以诗人之名，那么所有诗人存在的问题，恐怕不是"写了什么"，而是"没写什么"。

当然，这对仅仅依赖稿费为生的诗人们来说，生活或有不便。说到不便，我们可以观察一下封建时代的诗人石川六树园[1]，他同时还是旅店老板。若是连鬻文这项工作也没有，我们或许会找份经商的工作，我们的经验或见闻也许会因此扩充开去。对于仅靠鬻文无法维持生活的古代，我时常感到些许歆羡，但是当代这样的情况下，也会为后代留下古典作品。不消说，为谋稻粱而写的东西未必就不能成为古典作品。（如果认定"为谋稻粱而写"乃是作家最富情趣的姿态的话。）恰如

1　石川六树园即石川雅望（1754—1830），国学学者、狂歌师。

法朗士所云，要想飞往后世，须以身轻为条件。这样一来，被称为古典的作品，恐怕当是人人容易读懂的作品。

三十九　通俗小说

所谓通俗小说，即较通俗地描写了具备诗一样品格的人们的生活；所谓艺术小说，即较富诗意地描写了未必具备诗一样品格的人们的生活。正如众人所说，两者的差异并非一清二楚，不过通俗小说中的人物，确实具备诗一样的品格。这绝非反论性的说法，若为反论，那是因为事实本身的形成就带有反论性质。任何人的青年时代，性格都会或多或少为诗情的淡荫所笼罩，但随着年龄的增长，诗情的淡荫便逐渐消散一空。（在这一点上，抒情诗人确实永远是少年。）所以，通俗小说中的人物们，容易像老人一样陷入滑稽之中。（不过这里所谓的通俗小说，不包括侦探小说和大众文艺。）

追记：草成此文后，我出席了《新潮》座谈会，受鹤见祐辅[1]的启发，想到了所谓通俗小说与西洋人所谓的"Popular novel"（大众小说）的差异。我的通俗小说论，并不适用于"Popular novel"。本涅特[2]给自己的"Popular novel 冠以 Fantasies（幻想文学）之名，是因为他的作品向读者展示了一个事实上不可能存在的世界。本涅特如此界定，未必意味着幻想文学作品中存在幻怪之气，而意味着在那个世界里，人物或事件皆未被打上文艺性的真实烙印。

四十　独创

当代正在对明治、大正时代的文艺进行总结，其缘由我不得而知，其目的何在我也不清楚。然而《现代日本文学全集》也罢，《明治大正文学全

1　鹤见祐辅（1885—1973），日本政治家、著述家。

2　阿诺德·本涅特（Arnold Bennett，1867—1931），英国作家，代表作有《老妇人的故事》等。

集》也罢，自是文艺上的一个总结，而明治、大正名画展也可算是对绘画进行的一个总结。我观察这些"总结"，深感独创之难。"不食古人糟粕"，此话人人都能信口说出，但是看他们的工作（或许即便看了也白搭），则会更加感到独创之不易。

纵然我们尚未意识到，实际上还是不知不觉地在走前人的老路。我们所谓的独创，只不过稍微超越老路。仅仅跨出一步，哪怕就是一步，往往也会震动一个时代。若要故意反叛，反倒愈发摆脱不了前人的套路。从道义上讲，我也是一个赞成艺术叛逆的人。事实上叛逆者绝非稀少，也许其数量远超过重走前人老路的人。他们确实反叛了，但并未明确感知自己反叛了什么。大体看来，他们的反叛，与其说是反叛前人，不如说是反叛重走前人老路的人。若对前人有所感觉，他们或许也曾反叛过，但那里必然会留下前人的足迹。研究传说的学者从大洋彼岸的传说中发现了许多日本传说的故事情节类型。穷原竟委地观察，艺术也不乏其模本。（如前所述，我相信作家们并没意识到他们在使用模本。）尽管艺术的进步或变化非常期待大人物的出现，但若越级跃进，则无法改变艺术的面貌。

在这种缓慢的步伐中，有人或多或少地追求变化，值得我们尊敬（菱田春草[1]就是其中之一）。新时代的青年们相信独创的力量，我则希望他们更加相信独创的力量。即便是微小的变化，也不会出现于独创之外。自古以来，世上就有前人扎成的一把大花束，哪怕能往这把花束里再插入一枝，也是伟大的事业。为达到这一目的，要有扎成新花束般的热情。这股热情或为错觉——若嗤笑其为错觉，那么古往今来的艺术天才们也都在追求错觉。

但是，明确认识到这股热情属于错觉的人是不幸的。何谓"明确认识到这股热情属于错觉的人"？恐怕他们自己也必然有些错觉。对于此类问题，我拿不出高见。不过观察对明治、大正的

1　菱田春草（1874—1911），日本画家。

文艺进行的总结，我深感独创的艰难。参观了明治、大正名画展的人，在品评诸多绘画的优劣，然而至少还有我一个人，无暇去发那般议论。

四十一　文艺上的"极北"

文艺上的"极北"，或曰最具文艺性的文艺，令我们心平神静。接触这些作品时，我们唯有感到心醉，文艺或艺术在这方面有着惊人的魅力。倘以人生所有的实践侧面为主，可以说任何艺术的根本都或多或少具有降伏我们的力量。

海涅在歌德的诗歌面前老老实实低下了头。而圆满无缺的歌德不驱使我们投身于实际行动，海涅又对此发泄了满腔不平，我们不能仅将此简单视为海涅的心情。海涅在《德国浪漫主义运动》一节里，观点直指艺术的根基。一切艺术越富有艺术性，越能（实践性地）平静我们的热情。接受这种力量的支配，我们就不易成为玛尔斯的儿子。能安心居住在那里的人——纯粹的艺术家自不用说，连傻瓜们也是幸福的。不幸的是，海涅没能得到这块净土。

无产阶级的战士诸君将艺术当作武器，我趣味盎然地眺望着他们。战士诸君何时才能得心应手地挥舞这个武器呢？（当然，像海涅的男仆那样无法挥舞这个武器的人，当属例外。）但这个武器也许不知何时又会令战士诸君安静下来。海涅一边受到这个武器的抑制，一边又挥舞着这个武器。海涅无言的呻吟或许就潜藏于这个武器之中，我全身都感受到了这个武器的力量，故而我不像一般人那样眺望挥舞武器的战士诸君。其中我所尊敬的一人，希望战士诸君不忘艺术的降伏力，且能运用艺术这武器。幸运的是，他的希望似乎与我的期待不谋而合。

他人对此事或许会付之一笑，这一点我也早有精神准备。我的见地或许肤浅，即使不肤浅，十年前的经验也早已告诉我，一个人的话不易被别人理解。然而我一边像普通人那样努力不止，一边终于开始察觉到艺术的巨大降伏力。仅此一项，对我来说就是一件大事。如海涅所言，文学的"极北"与古代石人一样，纵使含着微笑，也永远是冷静的。

昭和二年（1927）二月至七月

（刘立善　译）

续文艺的，过于文艺的

一　《死者生者》

《文章俱乐部》在征询意见时提问："大正时代的作品有哪些还留在诸位大家的记忆中？"我想回答，却没有得到机会。留在我记忆中的，首先就是正宗白鸟的《死者生者》。这篇作品和我的《山药粥》同月发表，故而给我留下的印象尤深。《山药粥》没有《死者生者》写得那样好，只是有几分新意而已。《死者生者》的评价不高，《山药粥》的评价也不高，我尽可不必自我吹嘘了。我记得，当时久米正雄读完《死者生者》之后，这样说："要说读后感的话，是意味深长的短篇小说。"回复《文章俱乐部》征询意见的诸位，好像无人举出《死者生者》。然而不论幸或不幸,《山药粥》却在大家的回答之中。

恰如这一事实所证明的,世人总好关注新事物。只要从事新事物的创作,终归可成为作家,但这样的作品,未必能留下指甲划痕般的痕迹。我依然认为《死者生者》非《山药粥》所能比。我觉得,作为短篇小说家的正宗写《死者生者》的时候,已是最具艺术性的作家,尽管当时的正宗似乎不是很有声望。

二 时代

我时常这样想:纵然我没出生在这个世上,也一定会有别人写出我这样的文章。因此与其说那是我的作品,不如说那是生长在一个时代土地上的几棵小草中的一棵,于是我的作品不能成为我个人的骄傲。(实际上,若不等待适合他们从事创作的时刻的到来,他们也可以写出前所未有的作品。尽管一个时代的影子会理所当然地体现在他们的作品中。）每当想到这里，我就感到出奇地失望。

三　日本文艺的特色

日本文艺的特色，首先是与读者的亲密（intime）。这个特色是好是坏，特别是在现在，没人在意。

四　阿纳托尔·法朗士

根据尼古拉·塞居尔[1]著《与阿纳托尔·法朗士的对话》来看，这个微笑的怀疑主义者确是一个彻底的厌世主义者。这一点在保罗·格塞尔[2]的《与阿纳托尔·法朗士的对话》中却没表现出来。有人问："您作品中的人物都在微笑吧？"对此，

1　尼古拉·塞居尔（Nicolas Ségur，1874—1944），法国作家、编辑，著有《欧洲文学史》等。

2　保罗·格塞尔（Paul Gsell，1870—1947），法国作家、艺术评论家。

法朗士野蛮地回答："他们因为怜悯才微笑，这不过是文艺技巧而已。"

按照法朗士的观点，人生的安定建立在意志力量与行动力量之上，而且由于意志的活动，我们必须全神贯注于此。这不是人人皆能做到的，特别是对于受到理智与感性诅咒的我们。

"伊壁鸠鲁花园"中的思想家、德雷福斯事件中的赢家[1]、《企鹅岛》的作者法朗士，在这里重新展示了自己。不过从唯物主义的角度解释，或许法朗士的高龄与疾病使他的人生观变得阴暗起来。在其作品中，这一点似一根粗绳，将较为平常的作品，或曰事实上的劣作（譬如《红蛋》）连接到他一生的文艺体系上。病态的《红蛋》之类，或许是法朗士的必然之作。我相信，根据"对话"和书简集，我能写出更新的《法朗士论》。

1　德雷福斯事件（Dreyfus Affair）是十九世纪末发生在法国的一起政治事件，事件起于一名法国犹太裔军官被误判为叛国，社会因此爆发严重的冲突和争议。法朗士在事件中支持军官德雷福斯，发挥了重要作用。1901 年他在小说《巴黎的贝尔格莱特先生》中写到了此事。

法朗士是背着十字架的牧羊神。不过在他的内心世界里可以得见，新时代恐怕仅是连接上一世纪与现世纪的桥梁。世纪末来到人世的我，从法朗士的内心世界发现了有史以来的我们。

五　自然主义

到了一定年龄，自然赐予我们《春的觉醒》[1]；饥肠辘辘时，自然赐予我们旺盛的食欲；上战场时，自然赐予我们躲避枪弹的本能；过了几年（或几个月）姘居生活后，自然赐予我们对那女人的厌恶之感；此外……

不过社会的命令与自然的命令不一致，岂止如此，还屡屡相反。若仅止于此倒也无妨，我们自身还有某种奇异的东西，它否定自然的命令。所以在理论上，一切自然主义者或者必须站在最左翼，或者站在最左翼对面的黑暗之中。

1　《春的觉醒》（1891）是德国的一部戏剧，剧名象征着人的性欲萌动。

"到地球外边去！"波德莱尔的这行散文诗，绝非桌上的产物。

六　汉姆生 [1]

性欲中有诗，这一点前人早已发现；食欲中也有诗，这一观点的提出，却有待汉姆生的出现。我们是多么庸愚。

七　语汇

"平明"一词，意为黎明；不知何时，这个词的意思变成了"手工精细"。"先人"一词，意为死去的父亲；不知何时，这个词的意思变成了古人。我使用"态度"一词时，取其"姿态"与"形象"这一层意思，用"大红莲"一词形容火势凶猛的火灾。由此可见，我们的语汇发生了相当程

1　克努特·汉姆生（Knut Hamsun，1859—1952），挪威作家，代表作有《饥饿》等。

度的混乱。"随一人"的原意为多数人中的一人，但如今人们将其理解为第一人。大家都错了，错误自然也就随之消失了。因此，治理这种混乱的对策是，大家都错！

八　科克托[1]的话

"艺术是科学血肉化的结果。"科克托此言深中肯綮。不过按我的理解，所谓"科学血肉化的结果"，并非给科学附上血肉，这种活儿连手艺人做起来都不难。艺术的血肉中自然藏有科学，各类科学家不过是从艺术中寻找他们的科学。艺术的珍贵，或者说直观的价值就在于此。

我担心科克托的话会令艺术家走错方向。一切艺术杰作或许止于"二二得四"，却未必始于"二二得四"。我并非要鼓吹抛弃科学精神。我想指出的事实只是，恰恰相反，科学精神潜藏于看

1　让·科克托（Jean Cocteau，1889—1963），法国诗人，创作上追求奇巧，有"卖弄文字的魔术师"之称。

重诗意的意识之中。

九 《如果我是帝王》[1]

在《如果我是帝王》这部电影里，精通各种犯罪的抒情诗人维庸变成了杰出的爱国者，还变成了夏洛特公主纯情的恋人，最后他集聚了民众的拥戴，成了所谓"民众一方的人士"。若让维庸出生在连卓别林都不断被谴责的今日美国，上述状况尽可不必论及。历史人物恰似《如果我是帝王》这部电影中的维庸，变幻莫测。实际上，《如果我是帝王》正是美国拍的电影。

我一边看电影，一边历数使维庸逐渐变成大诗人后三百年的星霜岁月，不由得想到"盖棺定论"这个成语的怪异。"盖棺定论"之后发生的事，不可能超出神化或兽化的范围。然而几个世纪过

---

1 指艾伦·克罗斯兰（Alan Crosland）执导的默片《亲爱的无赖》（*The Beloved Rogue*），日文译作《如果我是帝王》（我れ若し 王者なり せば），1927 年上映。

后，仍能接受人们焚香礼拜者，只是"幸福的少数"。维庸在另一方面不正是作为一个爱国者，作为"站在民众一方的人士"兼模范恋人，受到人们焚香礼拜的吗？

不过，我的感情在此一番思考过程中，仍将开口明确表态："归根结底，维庸是大诗人。"

十　两个西洋画家

毕加索总在攻城——进攻非贞德则无法攻陷的城池。毕加索恐怕知道自己无法攻下这座城池，但他仍在礌石火矢下倔强地独自攻城。抛开这样的毕加索，再看马蒂斯，好多人总能因此感到轻松自适。马蒂斯在海上驾驶快艇飞驰着，那儿根本没有枪炮和硝烟气味，有的只是粉底白道、鼓满海风的三角帆。我偶然看到了上述两人的画，我同情毕加索，对马蒂斯怀有亲切感与歆羡。即使在我们这些门外汉看来，马蒂斯也具有把艺术带进现实主义之中的本领。马蒂斯的这种本领，虽然时常为他的画增添光彩，但或许有时也或多或少令他绘画的画面装饰性效果出现破绽。若问我选哪一方，我想选择毕加索，选择火燎盔缨、枪柄都折断了的毕加索。

昭和二年（1927）五月六日

（刘立善　译）

小说作法十则

一　我们应当懂得，在所有的文艺当中，论非艺术性首数小说，唯有诗才是文艺中的极致。小说不过是依赖小说中的诗才列入文艺之中。所以，小说与历史乃至传记在实质上毫无二致。

二　小说家既是诗人，又是历史学家和传记作者，故此必须与人生（某一时代某一国家）相涉。从紫式部到井原西鹤，日本小说家的作品证明了这一事实。

三　诗人惯常向他人倾诉自己的衷情。（你看，为了追求女人，诞生了恋歌。）小说家既然是诗人又是历史学家和传记作者，那么自传归类于传记，其作者也应存乎小说家之中。小说家必然比常人更加频繁地直面自身暗淡的人生，这就使小说家中的诗人常常感到缺乏实践的力量。如果诗人比历史学家和传记作者更加强健有力，那他的一生难免愈活愈悲惨。爱伦·坡就是一个例证。（不消说，若让拿破仑和列宁成为诗人，他们必然也能成为非凡的小说家。）

四　如上所示，小说家的才能有三项，可归结为：诗人的才能、历史学家和传记作者的才能、处世的才能。令这三者互不相克，对于前人来说也是至难之事。（若不将此作为至难之事，其人必是庸才。）小说家恰似汽车驾驶学校里尚未毕业的司机，驾车满街乱跑，别想指望一生平安无事。

五　既然别想指望一生平安无事，就仅能依靠体力、金钱与单身立命（放纵主义）。不过应当料及这三者的效用在某种程度上小得出奇。**要想获得较为平和的一生，归根结底莫如不当小说家。**我们要记住，一生过得较为平和的作家，都是自传细节写得模糊不清的小说家。

六　小说家要想在当今之世过完较为平和的一生，最重要的是要练好处世才能。不过这与能否留下铿锵独创之作的创作水准意义不同。（当然，两者不矛盾。）所谓处世才能，与其说是上指支配命运（能否支配不敢保证），不如说是下指对什么样的傻瓜都恭敬相待。

　　七　文艺是以文章为表现载体的艺术，所以推敲文章当是小说家不可怠惰的事。我们应该悟及：若对一词之美不能达到心醉神迷，其小说家资格则多少会存在缺欠。井原西鹤获"荷兰西鹤"之称，未必由于他打破了一个时代之下小说方面的束缚，而是因为他知道通过俳谐悟出的言词美的真价。

　　八　一个时代之下一国的小说，自然要处于种种约定之下（此为历史所决定）。要当小说家的人，必须努力顺从这些约定。这样的益处首先是，可以坐在前人肩头上写自己的小说；其二，由于显得一本正经，不会招致文坛之犬的狂吠。如此一来，又与能留下独创之作的那种创作水准，产生意义上的不同（当然，两者不矛盾）。天才多将这种约定践踏于脚下（但不能保证能否践踏到世人想象的水平），故此天才或多或少都要驰骋于天命或文艺的社会进步（变化）之外，不能恰似淌在渠中之水。天才只是游离于"文艺的太阳系"之外的一颗行星，故而天才当然不为当代所理解。若能从后世觅得知己，他便成为有待发现的珍宝。（这不仅局限于小说领域，也通用于一切艺术。）

九　想当小说家的人，要时常警惕自己对哲学思想、自然科学思想、经济科学思想做出的反应。只要人依旧是人，任何思想与理论都无法支配其一生，因此须知对上述思想做出的反应（至少是有意识的），对于人面兽[1]的一生即对于整个人生多有不便。真实地观察，真实地描写，即谓写生。小说家最方便的做法莫过于写生。不过这里所说的"真实"，是指"他自己观察的真实"，而非"付了借据之后的真实"。

十　一切的小说作法皆非黄金律，当然，这篇《小说作法十则》亦然。一言以蔽之，能成为

1　本书《文艺的，过于文艺的·野性的呼声》中的一个比喻。

小说家的便理应成为小说家，不能成为小说家的便理应不能。

附记：对任何事物我都是一个怀疑主义者。不过我在这里坦白，无论我是怎样的一个怀疑主义者，在诗的面前我还不能算是一个怀疑主义者。同时我还要坦白，即便在诗的面前，我也想努力做一个怀疑主义者。（遗稿）

大正十五年（1926）五月四日

（刘立善　译）

我感到我心中有着冷酷的自我。

我自身无力驱除这个冷酷魔,

就像我的面孔无法改变一样。